東吳手記

陳慶元 著

作者簡介

陳慶元

福建省金門縣人。歷任福建師範大學古籍所所長、文學院院長兼中文系主任、協和學院院長；現任中國散文研究中心主任、教授。被聘為山東大學、復旦大學兼職教授、東吳大學客座教授。兼中國韻文學會副會長、中國古代散文學會副會長、福建省文學學會會長。主要著作：

中古文學論稿（一九九二）
沈約集校箋（一九九五）
福建文學發展史（一九九六）
詩詞研究論集（一九九八）
龍性難馴——嵇康傳（一九九九）
蔡襄全集（一九九九）
賦：時代投影與體制演變（二〇〇〇）
地域：文學的觀照（二〇〇二）
謝章鋌集（二〇〇九）
陶淵明集（二〇一〇）

遊子心　故鄉情

——試讀陳慶元教授《東吳手記》

陳長慶

《東吳手記》是陳慶元教授在臺灣出版的第一本散文集。收錄於書中的作品，即使大部分都是他獲聘來台擔任東吳大學客座教授、授課之餘與師友互動或參訪的感想。然而，若從現代文學的角度來審視，則是一本知識性與可讀性兼備的散文佳作。倘使以現代人的觀點而言，或許會認爲一位長年專攻古典文學的學者，其文章勢必都是文詞較深奥、文意較晦澀之作；甚至善於引經據典，文言多於白話。可是，當我們進入到《東吳手記》書中的意境時，呈現在我們眼前的，竟是一篇篇自然淳美、生動流暢的散文作品。就猶如浯島天空悠悠白雲，浯江溪潺潺流水，讓我們眞正領略到散文創作藝術的美妙和魅力，以及有別於小說和詩歌等文類的獨特光采。

不可諱言地，散文是作家心靈最眞誠、最赤裸、最直接的表白。儘管慶元老師生於廈門、長於廈門，直到大學畢業仍然說自己是廈門人。但是，當他從祖父遺留的族譜中，得知自己是金門烈嶼人時，一份血濃於水的故鄉情悠然而生。於是他在〈我的家鄉在烈嶼〉寫著：

「水天盡處隱約可以見到如線的島礁，我的家鄉，就在如線的島礁之後，在水天的盡頭。那是一個神秘的，似乎是一個永遠也不可能揭開它面紗的地方。」即便內心有一份難以言喻的思鄉情愁，然而限於兩岸分治的因素，直到二〇〇二年隨著兩門對開，始有機會踏上故鄉的土地；而這一等，就等了五十三年，怎不教人潸然淚下。在該書〈小引〉中，老師毫不避諱地說：「鄉人愛我，我愛鄉人；鄉人鄉事，記錄稍多。」故此，這本書雖然是以《東吳手記》爲書名，但書寫「鄉人鄉事」的比例爲數不少，它也是筆者以〈遊子心，故鄉情〉來詮釋《東吳手記》的原由。

綜觀書中的三十五篇作品，正式列入「東吳手記」者有三十篇，其餘五篇爲「附錄」。時間從「之一」的〈士林閒步〉（二〇〇七年九月廿三日）到「之三十」的〈卓克華《古蹟歷史金門人》序〉（二〇〇八年七月三十日），前後不到十一個月。空間除了座落於台北外雙溪的東吳大學外，更跨越臺灣的十餘個縣市，可說北、中、南及東部都有慶元老師走過的足跡。然而，無論其行程是參訪或演講，抑或是參加學術研討會，幾乎都在匆忙中行走，可是老師卻能憑其敏銳的觀察，復透過慎密的思維，把親眼目睹的景物及接觸過的人與事，以其雄渾的文學之筆，在短短的十一個月裡，寫出三十篇、總字數約十餘萬言的散文作品，並陸續發表於報章雜誌，讓讀者們一起來分享，一位遠在臺灣作客卻繫懷故鄉金門的大陸學者的誠摯心聲。

毫無疑問地，散文雖是一種最貼近現實生活的文體，但它卻不同於小說，是不能融入矯情和假象的，它講究的是寫眞而不寫假。從《東吳手記》書中的三十餘篇作品中我們發覺到，無論慶元老師書寫的主題或欲表達的意象是什麼，完完全全是「眞」與「實」的呈現。尤其在〈羅莎，我的野蠻舞伴〉這個篇章裡，老師簡直把強颱「柯羅莎」寫得既詼諧又生動，彷彿讓我們也置身在它的暴風圈裡。即使颱風帶來的大風大雨是老師旅臺難得的經歷，但是老師卻以輕鬆的心情、幽默的筆調，把它當成「舞伴」來書寫，並風度翩翩地與其「共舞」，復以「野蠻」來形容它的強悍。當我們看到：「野蠻的舞伴，你絕沒有舞姿可言，但我懷念你的強悍，正因爲你的強悍，我空前釋放了一個男人的熱力；也懷念你的野蠻，正因爲你的野蠻，使我變得如此強悍。」時，除了佩服老師的想像力和筆力外，也領會到老師在嚴謹的教學與學術研究後，亦有溫雅風趣的一面。

顯然地，若以嚴肅的文學觀點而言，《東吳手記》書中包羅的，何止只是單純的鄉人鄉事或是參訪的感受。慶元老師曾多次利用遠赴各大學演講或開會的機緣，除了尋機介紹故鄉金門的歷史文化與風土民情外，甚至還以「解嚴之後的金門文學」爲題，爲中正大學臺灣文學研究所的博、碩士生作專題演講。不可否認地，受邀演講對一位學有專精的著名學者來說，確實是稀鬆平常的事。可是，當我們讀到老師〈在中正大學講金門文學〉這個篇章時，身爲熱愛文學的金門人，內心的確有太多的感慨。

試想，金門旅臺學人不知凡幾，但眞正關注金門文學，或以金門文學向博、碩士生作專題演講的學者又有幾人？即便文學史家認爲島嶼文學與主流文學尚有一段差距。但是，金門不僅有自己的歷史文化與風土民情，還有戒嚴軍管時期獨特的戰地文化和戰爭遺蹟，如此之題材，由當地作家來書寫、來詮釋，不是更能深入爾時的時空背景和說服力嗎？誠然，臺灣多數文學史家均爲學有專精的學者，可是，他們對金門這座歷經戰火蹂躪過的島嶼瞭解多少？對浯島的歷史文化與風土民情又知道多少？故此，當慶元老師與中正大學臺研所、江寶釵所長對談的那席話，足可道出金門人的心聲：

如果說，許獅這些文學家是古代的文學家，可以暫且不論，那麼當代的文學家呢？金門當代的文學家又該怎樣定位？如果從文化的角度來審視，金門文化當然是閩南文化的一個組成部分；如果從行政轄區和意識形態來考量，金門文學應當是臺灣文學的一個分支，無論是大陸的學者還是臺灣的學者，我想，對這個問題肯定不會有分歧。現在，我以兼有大陸學者和臺灣東吳大學客座教授的雙重身分來看這個問題，也許更為客觀。我覺得，在研究臺灣文學時，不應當遺落金門。

看完這一小段，我們不得不佩服慶元老師的見解和用心，也不得不感謝他爲金門文學發聲。而江寶釵所長非僅認同他的說法，也在總結時告訴博、碩士生，希望他們能從慶元老師的演講中得到啟發，甚至還建議他們說：「大家不是經常說選題很難嗎？金門文學為什麼不能選呢？」而且還承諾將來在撰寫《臺灣文學史》時，會考慮加上一章〈離島文學〉，把金門文學也寫進去。

經過慶元老師登高一呼，或許不久的將來，勢必會有更多的學者專家或各大學的博、碩士生，對金門文學產生濃厚的興趣而投入研究。由此，我們不難發現到老師對島鄉的愛和關懷，以及對金門文學的關注。近年來，更有多位縣籍知名文史作家與社會人士，相繼考取福建師範大學中國古典文獻研究所博士班，並由慶元老師親自指導，相信他們必能從老師的授業中，獲得無窮的知識。一旦學成，勢將投入浯島古典文獻整理與研究，這不僅是金門之幸，亦是浯島之福，慶元老師功更不可沒。

誠然，豐富的人生閱歷是一個作家不可或缺的基本要素，然而，若沒有敏銳的觀察與慎密的思維，焉能書寫出撼動人心的作品。即便慶元老師在東吳大學擔任客座教授僅短短的一百二十餘天，除了授課外，讓人深感訝異的是，他竟同時在這段時間裡，寫出三十篇知性與感性並駕齊驅的散文作品。而且落筆明快、文字簡潔，看不出有一點矯情和虛假，有的盡是眞實人生的體現，這毋寧是《東吳手記》書中最大的特色，也是老師獨特的書寫風格。於此，更能凸顯出老師人生閱歷之練達，觀察之細微，以及異於常人的記憶力和豐富的想像力。當《東吳手記》申請金門縣文化局一〇〇年贊助地方文獻出版補助時，更獲得全體審查委員無異議地通過，其文筆與水準可見一斑。相信這本書的出版，必能引起海內外華文讀者閱讀的興趣，以及廣爲流傳的普世價值。

筆者雖於兩門對開後始與慶元老師相識，但多年來彼此以誠相待，早已衍生出如兄如弟之深厚情誼。每次會晤，無論是切磋文學、砥礪品格，或閒話家常，都能從其言談中獲得諸多啓發，可謂是余之良師益友。日前由其博士班門生葉鈞培君轉來老師電子郵件，囑咐余爲其新著《東吳手記》作序。雖蒙老師厚愛，惟余所受教育有限，不學無術，即便在文壇耕耘數載，則仍舊處於學習階段，故此，焉能自負不淺，爲老師新書作序。然而，忝爲老師知己，倘若不受抬舉，未免過於虛假與失禮，於是在拜讀老師大作之後書寫此文，謹向老師致敬，不敢言序。

原載二〇一一年六月二日《金門日報・浯江副刊》

本文作者陳長慶，福建金門人。

著有：《春花》、《夏明珠》、《秋蓮》、《冬嬌姨》、《失去的春天》、《午夜吹笛人》、《烽火兒女情》、《小美人》、《李家秀秀》、《歹命人生》、《西天殘霞》、《攀越文學的另一座高峰》、《金門特約茶室》等文學作品二十餘種，並於一九七三年創辦《金門文藝》。

東吳手記

目錄

小引

一九九七年，第一次到臺灣，參加東海大學主辦的魏晉南北朝文學研討會，路過臺北，時爲東吳大學中文系主任的王國良教授熱情有加，在參觀完故宮博物院後又邀往東吳參觀。白隙過駒，十年過去了。在王國良教授（時爲臺北大學古籍所任所長）和東吳中文系主任許清雲教授的鼓勵下，我接受了劉兆玄校長的聘任，於二〇〇七年九月十六日到達東吳，開始了一學期的客座教授生活。二〇〇八年元月十八日離開臺北，前後共一百二十五天。

少年不知愁滋味，寫寫詩文，非常快樂。入了大學以後，突然和寫作有了隔膜。

我是金門人，在廈門長大，臺灣的生活，語言相通，習俗相同，不存在適應的過程。教書數十年，東吳一每週有十堂課，壓力也不大。課餘時間，還可以做做手頭上未完成的課題。東吳大學依山而建，外雙溪從學校門前流過，溪邊有錢穆故居。學人宿舍在半山，入夜，可以聽到溪聲，聽到秋蟲的低吟。在東吳寫的第一篇文章，是到臺灣的第七天。當時無法預計，接下來寫什麼，到底可以寫多少篇。隨手而寫，陸續發表。回到大陸之後，師友不斷建議把這些文章結集。

東吳的生活，交往的多是教授、學生，還有金門鄉人，所寫的人，僅此而已；事，也是與教授、學生、鄉人有關的事，僅此而已。再者，就是遊屐所至，臺灣的北部、中部、南部、東部、離島，只要踐履其地，盡可能把它記錄下來。寫人，寫事，寫風景，偶有所感，隨性發揮，亦興之所之，一併記錄於茲。

鄉人愛我，我愛鄉人；鄉人鄉事，記錄稍多。

所見、所聞，所經歷以至所感，都不離東吳。文三十篇，漫漶無主題，不敢以散文自命，隨筆記錄而已，名之曰「東吳手記」。三十篇中，在東吳寫下的只有十三篇。這十三篇，蒙許清雲教授錯愛，製成電子書，發佈在東吳大學中文系的網頁上。其餘各篇，根據記錄的素材，陸續完成于離開東吳之後。兩三年來，乃繫情東吳，不敢忘，也不能忘也。

各篇都盡可能插入一些相關照片，以彌補文字表達的不足。

附錄五篇，多關金門的人和事。

二○○九年三月，有銘傳大學之行，趁便重回東吳。事先沒有聯絡好，錯過校慶。不過，重見了錢穆故居和愛徒樓，會到了許清雲教授和碩士班學生許永德，並且看到溪邊第二教授大樓已經落成，說不盡的喜悅。二○○九年十二月，隨在大陸的金門同胞到臺北，受限於「團進團出」，只能在故宮博物院的半山上，俯瞰東吳的樓宇，近在咫尺，悵悵然而去。

二○一○年八月十二日

士林閒步

——東吳手記之一

七點鐘去餐廳，鐵將軍把門。到校外吃漢堡，喝奶茶，索性出去閒逛。

東吳大學在臺北東北，最近的捷運站在士林官邸西，每天有數班校車可往。中秋節連放數天假，也不能指望什麼校車不校車了。安步可以當車，況且也有好幾天沒活動了，不知道肌肉是不是開始萎縮？等數個月後受聘結束，成一乾癟小老頭，才冤呢！

走到中山北路五段，飄起了霏霏細雨，如絲如縷，掛在鬢角，沾惹眉鬚，附著手臂，衣服潮了，不過潮而未濕。只要不是太大的雨，通常出門，我是不帶傘的，今天也是。如果撐著一柄大傘，絕沒有與細雨這麼相親相近的感受，人類常常造出些物件來保護自己，不經意間也使自己與大自然隔膜開來。官邸背面的群峰清翠如洗，路西的福林公園林石如畫。

向南走去，很快就到了銘傳大學，今年三月，應陳德昭教授之邀，參加了銘傳五十年校慶。開幕的第一天，校長論壇，我對德昭鄉賢說，我又不是校長，怎麼能參加論壇？鄉賢嚴肅地說，獨立學院的院長就是校長。做過多年中學校長，做了二十多年副教授、教授，當獨立學院院長卻不過半年，有此禮遇，多少有點惶惶恐恐。與會的金門籍院校長有臺灣師範大學第一副校長陳瓊花教授、金門技術學院院長李金振教授，德昭教授和我，拍照留念。重到銘傳，有如重見諸位校院長一般，親切，溫馨。

再往南，就是捷運劍潭站。本來只想逛士林一個站，結果倒先逛了劍潭。劍潭的地名很好，內地也有劍池之類，不知也與歐冶子有關？劍潭捷運再往南就是圓山飯店，十年前我曾下榻於圓山西側劍潭的招待所。折回往北走，偏西，捷運一站的路程很短。一站很短，兩站不長，三站還行，十站八站，走到淡水、北投試試，腿非走腫不可。有點慶幸，今天沒有計劃走到淡水。出士林站北端，有一座天主教堂，繁華的街市，有此建築，也是一道風景。有寺觀的街市，常常顯示出它的傳統；有教堂的街市，往往流露出一種優雅。

沿文林街向北，街西有菜市場，擁擠、討價還價和內地沒有兩樣。最不同的是，價錢最小的單位是「元」，出手就是幾十幾百，薪金數額大，幣値小。如若是用越南盾，印尼盾，動輒數萬，那才叫嚇人呢。或許我來早了，或許是假日，店面冷清，只要可看，電器也好，超市也好，既然來了，還是探頭探腦，即便是化妝品，也不妨移步駐足，不知道老闆煩不煩我？沒有辦法呀，美人秋水隔雲端。

南方的都市和北方不同，北方的城市中規中矩，四四方方，中軸線，數經數緯，辨認不難；南方像泉州、廈門，既本無中軸可言，更不講什麼經呀緯呀，彎來拐去，北方人到此，東西南北，暈頭轉向。臺北好像也是如此，文林路，不知不覺已經偏了西，走到雙溪河，上士林橋，以爲只要沿溪溯流，東吳也就近在咫尺了。前半的判斷是不會錯了，絕不會走失；後半就不對了，這條馬路既不和福林路平行，也不太和中山北路五段、六段平行。越往前走，離東吳可能越遠。好在今天並沒有預先設定一個作繭自縛的時間表。很有吸引力的是雙溪岸邊連綿的公園，老人們安詳地坐在樹下的椅子，戀人情侶依偎于花叢水涘。一會兒登上河堤走一段，登高視野開闊，可望市廛，可眺遠山；一會兒，又下堤漫步，可賞溪流綠波，可聽水聲潺湲，體味休憩人群的平靜。

雙溪公園狹而長。越過中山北路五段，到了至善公園。公園矗立一尊吳敬恒先生的銅像，是于佑任先生題的字。銅像前有一座水池，荷花猶有幾枝殘。臺北雖然還沒有什麼涼意，但植物的生命，卻昭示著秋天已經早早到來。五月下旬，憑弔當塗李白墓，小荷剛剛初綻，嫩黃的，粉紅的，遊客絕跡，青山清靜，微風細雨，斜橋石徑，觀賞盤桓，捨不得離去，連陪我的安徽朋友也和我一樣眷顧不已。從初夏到中秋，已四越月矣。至善公園有石凳可憩，有紅磚路可以閒步，有親切的溪聲悅耳，更有輕風徐徐入我懷抱。紅磚路兩側綠樹亭亭，枝葉扶疏，斑駁的日影散亂而溫柔地灑到我的臉上。一時不知今世是何世，不知今日是何日，不知此地是何地了。

出東吳路口北望，中華影視城幾個大字赫赫然在目。聽說那兒有泳池，每到一地，游泳之地是必須打聽的，入住東吳也不能免。如果影視城冬天也開池，那無異於就在自家門口可以繼續冬泳了。可是，很失望，經營者資不抵債，城門緊閉，池門深鎖。我的頭一下大了起來，這個學期我或許就與冬泳無緣了？不，我還是要千方百計去尋找機會，不言放棄，捨近求遠也在所不辭。

沿溪步入東吳，無意間發現溪岸懸掛著一副繩梯，長可四五米。一時技癢，恨不得馬上寬衣解帶，下水浸泡。昨天我在溪岸上遊散步，看到校方立了個牌子，告示河川湍流，禁止下水！這裏又不是六年前去的金門，趁著誰都不留意的時候，我可以偷偷溜到金沙湖，把衣物往堤岸胡亂一扔，四周空

曠，不見人影，可以任意揮灑。水天一色，在蒼茫的天水之中，你才會感到大自然的偉大，個人的渺小；但是，當你不經意立於天水，當你迎著淩厲劈來的寒冷海風，你又會體味出自己，又會發現書齋之外、研究室之外的另一個你。我還是沒有下到雙溪湍流的勇氣，不想在此地留下狂客（客座之客）一類的雅號，生活在人間世，絕多數的時候還是「吾隨眾」的好，不然就有「異類」之嫌了。

回宿舍已近中午，掩映的樹叢中，安素堂的五色玻璃窗隱約透出光亮，牧師的佈道聲依稀可辨。

流了一身汗，沖了涼，渾身的輕鬆。今天是來到海東的第六天，是第一次的戶外活動，淋雨，曬太陽，吹風，享受了水、陽光和空氣，享受著生活。

如果一星期閒散地走上一兩遭，四個月後去職，還不至於換上一副乾癟的模樣吧？

二〇〇七年九月二十三日

九月二十五日改畢

羅莎，我的野蠻舞伴

——東吳手記之二

東來臺灣客座，到十月六日，算起來只過去二十天的時間，而二十天中，卻被我碰到兩次颱風。

九月十七日下午三點多抵達臺北，已經零星地下著雨，博士生林勝勤到機場接我，連忙塞給我一把雨傘，說是「韋帕」快來了，備一備吧。當時，我不太以爲然。

晚上風慢慢大起來，也有一些雨，出門掛電話，雨傘果眞還用得著。第二天一早，在餐廳用餐，昨晚到達的蘇州大學劉教授說，今天韋帕登陸，昨天深夜電視臺播出臺北市今天停課停辦公的通知。今晚我的課也隨之取消了。下午電話掛得不順利，晚上想再到電話亭掛看看，房門一打開，剛剛撐起雨傘，大風就把我吹了回來。在海邊長大的大男人，對颱風什麼的，本來並不很在意，只是剛來乍到，夜黑風高，路又不怎麼熟悉，只好退縮回房。韋帕之後的日子，雨天多於陰天，陰天又多於晴天。不知道往年臺北的秋天是不是「雨

霖鈴」？

中文系系主任許清雲教授非常客氣，說要爲我和劉教授接風洗塵，時間定在十月六日，這天是星期六，大家都沒課，比較容易湊在一起。一系之主，平常忙得像陀螺似的，定在週六理所當然。有預設的飯局，就給了我一種期待。可是，到了三號，又說有一個叫「柯羅莎」的颱風又要來了，而且可能是超強颱風。此後天空上的烏雲越來越多、越濃，風聲也慢慢緊了起來，我開始擔心六號這天，如果颱風眞的登陸，這餐飯可能吃不成了。五號，有消息說，強颱風可能在臺北東南不到一百公里的宜蘭登陸。我終於沉不住氣，跑到系裏打探，回答是：主任說風雨無阻。並且讓我和劉教授在上午十一點到愛徒樓等他。

五號夜晚，風雨大作。我的寓所門口有兩三米寬的走廊，走廊外的山坡林木茂密，天氣清朗之時，綠葉婆娑，心境尤其平和；秋風乍起，微雨網織，我還特意打開門窗，沙沙作響，看風聽雨，頗有一點詩意。然而，這一夜，我的睡眠偏偏不好，睡中、不睡之中與似睡非睡之中，滿耳都是大風猛撼樹木、大雨猛打枝葉的聲音。在昏昏沉沉中醒來，天色微明，打開窗戶，風勢正在不斷加強，雨勢正在不斷加大，滿地都是飄零的落葉，滿天迷迷茫茫。住在半山，本來住戶就不多，路上行人已經絕跡。週末又加上颱風天氣，餐廳不知開也不開？好在昨天傍晚已經到便利店買了兩袋麵包，冰箱裏還有兩三包速食麵及其他小點心，對付一兩天是沒問題的，況且我吃麵包很有水準，百吃不厭。去冬到大馬參加世界金門人日，住在豪華飯店，早餐五花八門，我看重的只是那幾片土司和黃油。有人打趣問我，太太是不是淮河以北的北人，受了薰陶？我正色說，我祖上來自河南，我是穎川陳。

這樣的天氣，又加上頭昏昏，能出門嗎？

打開電腦，友人從網上提醒我：颱風天，出門要小心！眞得謝謝這位朋友，在這樣的時候。

十一點差十分，我和劉教授準備出門，在走廊上，劉教授遲疑道：這麼大的風雨，出得了門嗎？我說，許主任講過風雨無阻，他約定我們十一點到愛徒樓，他有車來接。雨也還不是特別大，風也還不特別大，傘還勉強可以撐得住。我們歪歪扭扭走到樓前，稍等了片刻。許主任身著夾克，沖入風雨中把車開了過來——此時風大得撐不開傘了。

吃飯的地點是在離台大不遠的一家酒樓。系裏的同事有鄭教授、許教授、陳教授、劉教授、林教授和塗助理教授，還有一位小學校長和他的太太。本來，喝酒對我來說就是做做樣子而已，加上昨夜犯睏，今天不得不加倍小心，怕失態而不可收拾，只喝了一小杯的金門高粱而已。

臺北市是個自然環境還不錯的城市，街旁樹木修整，綠地林木青蔥。兩點多我們離開酒樓，颱風正在肆虐地襲擊這座城市，街上倒了許多樹和看板。吹倒的樹，有的是連根拔起的，有的是攔腰折斷的，有的是摧折樹枝的。倒下來的枝幹，順著風勢，毫不客氣地橫出路面。

稍稍低窪的地方，已經開始積水，兩車交會，水濺得老高老高，大雨橫掃著汽車的擋風玻璃，視線非常差非常差，加上樹幹枝葉和各種被風刮得滿地飛跑的器物，一般的駕技，非出事不可。許主任駕技不錯，應變自如，就是有一次，前面的黃色計程車突然煞車，許主任神奇般緊跟著把車停定。也許他猜想到我的驚疑，回過頭對我一笑，說我駕車一流。進入士林，風雨更大更猛，已經「不辨牛馬」，地勢更低的地方，積水超過一尺，此時開車不能猶豫，一猶豫，很可能熄火拋錨。前年十月二日晚，「龍王」颱風刮到福州，正好有學生請我在外面吃飯，包廂內才兩小時，完全不知道外面的世界發生什麼巨變，出門一探腦袋，街頭已然成了一片澤國，拋錨的汽車無算，像漂浮在水面的各色各樣的小甲殼蟲。水鄉澤國，臺北還不至於到這個地步，但風勢之猛烈，卻是近年來我幾乎沒見到過的。

我判斷得過早，結論似乎也下得過早。臺北沒有成水鄉澤國，這是就全局說的，但局部卻不一定是這個樣子了。車開到東吳門口，許主任停車逡巡，外雙溪溪水暴漲，已經溢到路面，水深估計在兩尺以上，路面和田徑場一片汪洋。我們誰都明白，車是開不過去了。主任說：抱歉抱歉！只好請二位下車徒步了。小心！

剛一下車，飆風一掃，驟雨襲來，我打了個趔趄，差一點倒在水中。一夜加上半天的昏沉，猛然驚醒。以前我總認爲，風是有向的，可是這柯羅莎方向無定，她狂猛的舞蹈是旋轉式的，她想朝哪個方向舞去就往哪個方向舞去，不講常理，不和你商量；剛剛站隱腳跟，又是一個趔趄。外雙溪是從山澗下泄的澗水的匯流，由東向西，眼前一大片的汪洋澤國，不是安流，不是平日那個逗人喜愛的小溪水，嘩啦嘩啦，今天它夾雜著泥沙，顏色渾黃，不留下一點點的情面，衝擊你的腳你的腿，你要前進一步，它要把你沖回兩步，如果風勢剛好順著水勢，它還可以把你沖回三步四步五步，以至於把你沖倒，讓你隨逐流波而去。我得站隱，我能站穩腳跟，我想起朋友的忠告。

大雨從頭上狠狠潑下來，洪水從我腿和腳上洶洶地沖過來，羅莎這時強擁著我，讓我與她共舞。哈，天生的舞伴！不招自來的舞伴！美妙絕倫的舞伴！來吧，我陪你舞蹈，你也陪我舞蹈。高明的舞者，無論怎樣騰挪、迴旋、舉腿、投足、甚至腰枝輕折，一曲終了，他們的腳跟都無例外地斬釘截鐵地釘在舞臺上，紋絲不動。來吧，羅莎，你可以拔起大樹，吹落樓頭的廣告，承蒙你瞧得起我伴我舞蹈，你別只看著隨地勢變化，我的落腳時高時低，你看看我的舞步吧，是如此的輕曼；你看我的我的舞姿吧，每一扭動腰身都是如此的中規矩；你看看我的腳點吧，隨著水聲的節奏，每踏下一個舞點都是如此的不慌不忙。我不是天生的舞者，偶一起舞而已，或許，我是情感式的那種，但是今天我的起舞，是理智之舞，每一個步划，每一個手勢，每一個肢體的語言，都靠的是理智，靠的是智慧。

淌過了一百多米的水澤，開始向山坡舞去。羅莎，你這野蠻的舞伴，怎麼把我手頭唯一的導具雨傘都給打折了，這淡青色的傘，亭亭如蓋，是五月李白青山蓮荷的衣裳，是春晚《雨巷》諸多雨具中的一種，也許還是江南舞蹈《踏雨》中我的舞友所用！羅莎，好野蠻的舞伴！來吧，咱們再來一段徒舞，我棄傘狂舞，斗折蛇行，手之舞之，足之蹈之，頭頂雨幕，腳踏雨點，大地是咱們的舞台，蒼翠的群峰是咱們的看客。我的舞衣已經全部濕透，從頭到腳都是涼絲絲的雨水、溪水和我生命熱力流淌出來的汗水。我狂熱起舞。李白曾經對著月亮說，我歌你起舞，我舞你零亂。羅莎，我的舞伴，對著我的起舞，你也零亂了，你亂了節奏了，怎麼突然鬆開我的手慌慌忙忙地奔突！我放開大嗓門嗚嗚在歌唱，羅莎，我的舞伴，你怎麼突然呼嘯起來，亂了方寸似的，不合天籟！我在舞蹈中始終帶著孩童的童真，羅莎，我的舞伴，我斷定你只有野蠻卻沒有童趣，只有粗暴卻沒有溫柔，要不然，何以這麼沒有理智！

羅莎伴著我邊舞邊唱，上了半坡，此時道路分成兩叉，往東是教師公寓，向西是學生樓群，平日裏纖塵不染的兩條柏油路，此時成了兩條斜沖而下的激流，匯流處，水不深，卻急。羅莎裹挾著我，讓我與她側著身舞蹈，來吧，咱們就試試這個高難度的舞姿，兩腿交叉，左右腿交替移步，兩手半舉，右擺左擺，以保持舞步的平衡而又不失高雅。我知道，羅莎，你這野蠻的舞伴，你想讓我在這兩水交匯之處出出洋相，想讓激流把我沖下山坡，你好在一旁竊笑，你這存心不良的舞伴！暴雨繼續潑在我的身上，夏天單薄的舞衣緊裹著我壯實的肌體，討厭的羅莎，你輕薄的手翻動著我不多的衣服。來吧，不用你動手，我干脆把上衣剝掉，我再和你舞的一曲，不是探戈，不是拉丁，是原始民族的原始舞蹈，難道你不知道嗎？如果你還嫌不過癮，那好吧，你把草裙拿來，我馬上換裝給你看看；或者，你把泳裝拿來，我馬上換上泳裝和你共舞。我怕什麼，一年三百多天，我有兩百多天出沒在海邊河邊或者泳池，異樣的眼光我見多了，我還怕你那使壞的眼神？

再上一個陡坡，再登上一小段Z字形的石階，就是我的寓所了。天呵！可恨的羅莎，你的野蠻也野蠻得太過了，你竟然把我門前碗口粗的樹幹撕裂成兩半，一半還掛在樹上，一半卻倒在石階上，讓我上去也難！羅莎，如果你還想和我共舞，也不必採取如此過激的舉動，不讓我回家！我憤憤地跨過枝幹，頭也不回地打開房門。

沖涼，更衣，悠悠然輕啜精製的紅茶——放一塊方糖，用銀匙在白色的磁杯上輕輕攪件。

羅莎不肯離去，還在時緊時慢、時重時輕地叩

台風刮倒錢穆故居前的巨樹

擊著我的門扉。你走吧，羅莎，咱們的舞緣已盡。

入夜，羅莎乘著夜色，黯黯然、蔫蔫然的漸漸遠去。再見了，我的野蠻舞伴，當你離去的那一刻，我突然有點想念你。野蠻的舞伴，你絕沒有舞姿可言，但我懷念你的強悍，正因爲你的強悍，我空前釋放了一個男人的熱力；我也懷念你的野蠻，正因爲你野蠻，使我變得如此強悍。

週一，許主任碰到我，說：感冒了沒有？不好意思不好意思。

我笑著對他說：沒有沒有。

他又說：經歷一次也好。

這次我沒有回答，只是笑。如果一定要回答，我會反問他：經歷一次什麼？是和羅莎、是和那位野蠻的舞伴共舞嗎？

那天下午，我整理手機上的短信。兩年前的一個夏日，也是大雨，我在高速路上給一位泳友發了一條短信：

福廈高速路上，雨下如注。如若此時憑空讓大雨灌注，再做一〇〇個俯臥撐，推舉鋼鈴一〇分鐘，逆流博擊水浪三〇〇〇米，過屠門而豪嚼，真人生一大快事也！

以上四事，似乎都不是什麼難事。但細想「憑空」卻有些難，好端端地憑空跑到大雨中灌注，不是瘋子就是傻子，對於一個稍稍體面的成年人來說，做這事最難。這次來東吳碰上大雨大風，雖然不能說是憑空灌注，卻是天賜良機，解了多年之饞，何況又與野蠻的羅莎共舞一場，眞是人生大大的快事。

但是，羅莎是可遇不可求的；與羅莎共舞，更是難遇難求。遭遇羅莎，遭遇了，迎接她；遭遇羅莎強行共舞，野蠻地邀請共舞，就毫不猶豫地與她起舞，而且要表現出比她更加野蠻更加強悍。

羅莎，我難得的野蠻舞伴！

二〇〇七年十月十一日

楊樹清的大書包

——東吳手記之三

鄉賢楊水應先生的鑽石婚紀念活動，原訂於十月七日舉辦，因柯羅莎颱風肆虐的緣故，推遲到十日。上午十一點，我按時來到位於松山區敦化北路的王朝大飯店。五樓的會議中心，親友故舊，融融一堂。楊水應賢伉儷，身體硬朗，含笑著、客氣地接待著每一位來客。這是我到東吳大學後參加的第一次鄉親活動，席間，會到了從金門趕來的李縣長、謝議長、吳立委、楊清國校長等，以及臺灣的中部、北部的各位同鄉會的理事長。理事長中，有的是老朋友了，如臺北縣的黃獻平理事長、臺北市的黃德全總幹事、台南市的黃吉瑜理事長，有的見過一兩次面了，如新任烈嶼公共事務所的林理事長，還有久聞其名而首次會面的臺北市王理事長，此外還有旅台鄉親臺北服務中心的黃主任等。穿梭于人群中、並不很顯眼的就是目前兼任《金門日報》鄉親版的楊樹清兄。

樹清兄是《金門叢書》的策劃者之一，寫過不少關於金門的文章及著作，也是「頭銜」

冠著「金門」二字的作家，即金門作家楊樹清，因此常常想見其人。二〇〇五年元旦，我到金門縣參加首屆世界金門日，大會安排我做一短暫講演，我講的題目是《木本水源》。講畢，樹清兄過來和我合影，並從大書包掏出一個大本子讓我簽名，還囑我寫上一兩句話，署上福建省金門同胞聯誼會某。樹清一臉的憨厚，樸直，體格壯而不粗，和閩南做活的人沒有兩樣。後來，我才知道，樹清的父親並不是金門人，早年隨軍來到金門，就在金門落腳。樹清就是在金門吃著地瓜長大的，從生活習俗到語言神態完全是金門化了，有一種很特殊的「蕃薯情」，大概除了血緣，已經看不出一點湖南人的樣子了。

二〇〇六年十二月，到吉隆玻參加第二屆世界金門人日，在萬豪大飯店邂逅了樹清兄。在豪華金碧輝煌的大飯店，男人個個西裝革履，女人大多珠光寶氣，氣象大大不同往日，像換了一個人似的，而樹清兄還是挎著一個大大的布書包，穿著與平日並無二致，似乎與富麗堂皇的格調不很協調。我們和李縣長合影之後，樹清兄從大書包又掏出大本本來，翻出一頁空白頁讓我簽名，這次與上次稍有不同的是，地點是吉隆玻。

今年三月二十二日，我來銘傳大學參加兩岸大學校長論壇暨建校五十周年校慶，並做講演。二十四日，參觀一〇一摩天大樓，順便狂了新光三越。化妝品、首飾櫃檯都在一樓，櫃檯小姐滿臉推笑地招呼，讓我爲女朋友買點什麼。她們怎麼知道我有無女朋友呢？我也報她們以一笑。稍事休息，趁便給樹清兄去電，他回電，說：哪位？我正在捷運上。我報

了家門，電話傳來他的聲音，似乎有點喜出望外的樣子。他說，他準備到臺灣師範大學附近一家叫「舊香居」的書屋參加三十年代現代文學的書展，邀我前往。我連忙打車趕去，樹清兄已在街口迎候。參與今天小聚的還有北部、中部某些大學的教授，出版商。舊香居這個名字起得好，書店的品味、書店的高雅、不同凡俗已經隱藏其中。這是一家舊書店，一層賣書，擠擠挨挨，錯錯落落，雖然都是舊書，但舊而不髒，舊而不亂。地下層是展室。三十年代書籍數百上千種，所有的書都精心地擺在鑲有玻璃的展櫃裏，排布得整整有條，燈光取的是暖色，透明而柔和，賞心悅目。這麼多的三十年代書籍，除非是老牌一點的圖書館，不然在大陸也算是奇觀了。我雖然不研究現代文學，但也爲此頗感吃驚，在海東，竟然還有這麼些熱衷於三十年代書刊的搜集、整理、珍藏的文化人！老闆、老闆娘和他們的女兒都很熱情、在行。有一位老教授對舊書行業非常熟悉，不斷和我談北京、上海、福州昔日舊書店之盛，如講到福州南後街的舊書鋪，眼睛是一亮一亮的，充滿了愛慕，當然也有惋惜。他還和我探討了在大陸開店的可能等等。

新光三越

晚上，與樹清等在師大附近吃泰國料理。飯後，在另一家茶館喝茶。各人有各人的愛好，有點熱咖啡或冷咖啡的，有點啤酒的，有點綠茶的。可見人和人的嗜好是不盡不同的。在家，我多喝綠花和烏龍，出門，在賓館和茶館我只要紅茶。在家，客人來了，泡壺烏龍，你一小杯我一小杯，這時的喝茶是以「我」爲主，客只能隨「我」之便，因爲這是「我」家。工作時，沒有人對飲，也沒有閒工夫去不斷添水斟茶，用透明的玻璃杯泡一杯綠茶，累了，或者文思阻塞，停下來觀賞會兒綠綠的葉兒在杯中沉浮，亦是自得之樂。喝紅茶，好像要一點好的環境，大賓館富有氣派的廳堂，或者僻靜的小茶館，用白磁甌，慢慢品啜。故而，來台數日，我要的都是紅茶。談興很濃，對樹清兄來說，是有朋自遠方來；對我來說，是他鄉遇鄉人；對幾位當地的教授來就，是小聚，也是結交新友新知。

這天晚上，樹清兄的大書包尤其引起我的興趣。剛才吃飯，他從包裏摸出一瓶金門高粱，說：慶元兄給我電話時，我已經在捷運上了，這瓶金門高粱並不是我有意的準備，只是湊巧帶出來的罷了，沒想到就這樣碰上朋友，有了用場了。款待鄉親，金門高粱是比什麼酒都更好的佳釀！這醇香馥鬱無比的高粱，是內心濃濃的鄉情，是眼睛裏溫濕的情意；如果是在他鄉，還多多少少帶著一點淡淡的鄉愁，小島的海波輕輕在懷中激蕩。我不知道，平日裏，他的大書包是不是也常常藏著一瓶金門高粱，以備不時之需？

小茶館的頂篷吧啦吧啦作響，下起雨了，好像雨還下得不小。喝茶間歇，樹清兄從大書

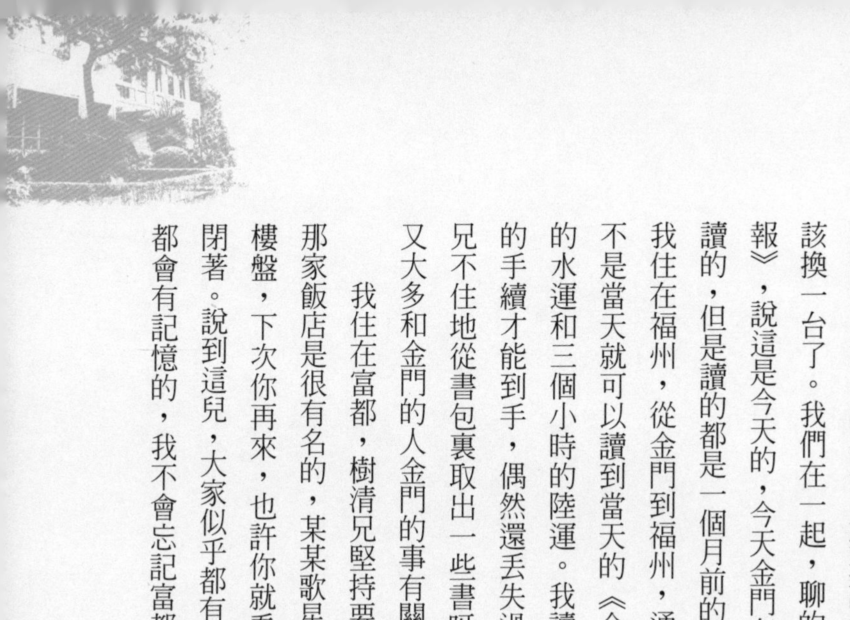

包取起出照相機爲大家拍照。這款照相機從外觀看已經有些老舊，看來用的時間已經不短。樹清兼有記者的身份，難道記者就不能多講究一點他手上的器械嗎？樹清也說，確實也應該換一台了。我們在一起，聊的多是金門事，說到興處樹清兄又從包裏掏出一份《金門日報》，說這是今天的，今天金門有哪些消息和新聞。他問我，你也讀《金門日報》嗎？我說：讀的，但是讀的都是一個月前的舊報。不過，我仍然十分感謝《金門日報》社多年來的贈報。我住在福州，從金門到福州，通過小三通的管道，本來當天讀當天報是沒有問題的，臺北不是當天就可以讀到當天的《金門日報》嗎？報紙運到臺北，要空運，到福州只需要短暫的水運和三個小時的陸運。我讀的報，大約每十天打成一包，輾轉許多路程經過許多麻煩的手續才能到手，偶然還丟失過。樹清兄聽罷，不住搖頭。在茶館坐了一個多小時，樹清兄不住地從書包裏取出一些書呀雜誌呀參觀卷呀之類，好像取不完似的，而這些印刷品，又大多和金門的人金門的事有關聯。

我住在富都，樹清兄堅持要送我回飯店。他說，那家飯店現在比較一般了，若干年前，那家飯店是很有名的，某某歌星當年就是在飯店頂層唱紅的。可惜呀，這家飯店快要轉讓做樓盤，下次你再來，也許你就看不到了。我說，我就住在頂樓的下一層，難怪現在頂層關閉著。說到這兒，大家似乎都有一點點的感傷。看來，人都是戀舊的。我說，我住過的飯店，都會有記憶的，我不會忘記富都。他又麻利地從大書包找出一本開本很大的簽名冊讓我簽名，我說，不是簽過了嗎？他說，那不一樣。我們見過三次面，是在三個不同的地點：金門，吉隆玻，臺北。這次你簽名，一定要把臺北兩個字也寫上。我說，沒問題，他說他還要到大陸辦些事。我說，到時候是不是讓我再簽一個名，寫上于福州、或於廈門、或于北京、南京？我們都笑了。

臨行，樹清兄從包裏取出一張小紙條塞給我，上面寫道：

金門作家楊樹清尋根。

金門作家楊樹清，原籍湖南武岡市高沙丘唐楊家沖。

祖父：楊手城。

祖母：謝十妹。

父親：楊國祺（一九四九年來金門改名楊國棋），生於民國二年（一九一三），來金門記載為民前二年（一九一〇）。楊國祺有姐妹：楊福娥、楊美滿，均嫁到縣城。

我答應樹清兄，我會努力的。我握著樹清兄的手。樹清兄的父親在他的一生中，有漂泊，有流離，從湖南來福建的金門，樹清兄現在也到臺北謀生，但是，血脈是絕不會忘記的。樹清兄的父親雖然已經故去，但是生前他並沒有忘記把自己的父輩和自己姐妹的名字告訴

樹清，更沒忘記把居住之縣、之鄉、之里告訴下一代。這使我想起曾經執教於臺灣大學、香港中文大學的吳宏一教授。十多年前，我們初識不久，他就讓我幫他做一件事，安排他到福建南靖老家，尋找某鄉某村。他說，他的祖上是三百年前跟著鄭成功到臺灣的，三百多年來，一代傳一代，始終沒有忘記南靖的某鄉某村。現在，樹清兄居住在臺北，我還信，將來他的孩子一定不會忘記金門，就像我的子女一樣，他們也絕不會忘記金門。

樹清兄，事隔半年，我又來台了，這次來台，一下子可以住上一學期，我們見面的機會多了。不過，我還想探究一下，你的大包包裏還有什麼？對了，那包裏還有一隻手機，手機號也很特別，前面〇九是臺灣手機號的識別，接下來的三位號碼是八二三。金門的區號是八，二三是金門許多固話前面的兩位數。樹清兄，你太狡滑了，原來你的手機號也有這麼多的玄機！

雨，還在下著。臺北的雨，春夜裏纏綿的臺北的雨。

二〇〇七年十月十五日

陽明山林語堂故居

——東吳手記之四

十月十四日九點，和劉教授去臺北的風景區陽明山。到陽明山已經是第三次了，前兩次都到過中國文化大學。第一次到陽明山，由廖一瑾教授帶著去看山，她開著紅色小車在山際盤旋，其時已經黃昏，天色在半明半暗間，稍有延宕，天就盡黑了。晚上，廖教授在一家格調清雅的餐廳請客，在座的還有六朝文學專家洪順隆教授。眼前依然是蒼蒼的青山，迷矇的山嵐，而十年之間，洪順隆教授已化爲異物，不復可尋，不免愴然。

細雨如織，山風吹來，仍然穿著短袖，依舊不撐傘，這才感到有點秋意了。徒步約走了兩個小時，山徑掉落新新舊舊的黃葉，一路踩過去，又濕又滑，山壁佈滿青苔，泉水叮咚作響。出山後隨即往回乘車去林語堂故居，故居也是先生的葬地。

林語堂，生於清光緒二十一年（一八九五），卒於一九七六年，福建省龍溪縣（今漳州市）人。原名和樂，後改玉堂，又改語堂。語堂先生一九二二年畢業于美國哈佛大學文

學系，獲文學碩士學位。一九二三年獲德國萊比錫大學語言學博士學位，回國後任北京大學教授、北京女子師範大學教務長和英文系主任。一九二四年後爲《語絲》主要撰稿人之一。一九二六年到廈門大學任文學院長。一九三二年創辦《論語》半月刊，提倡幽默文學，「幽默大師」從此加冕；一九三四年創辦《人間世》，一九三五年創辦《宇宙風》，提倡「以自我爲中心，以閒適爲格調」的小品文。一九三五年後，在美國用英文寫作，有《吾國與吾民》、《京華煙雲》、《風聲鶴唳》等文學著作和長篇小說。一九四五年赴新加坡籌建南洋大學，任校長。一九五二年在美國與人創辦《天風》雜誌。一九六六年定居臺灣。一九六七年受聘爲香港中文大學研究教授。一九七六年在香港逝世。

林語堂故居位於陽明山山腰，北投區仰德大道二段一四一號。這個路段，散落著各式別墅，深門高牆，大致可以推斷主人高貴的身份。林語堂故居大門敞開，門口一個小牌牌寫著：展出時間：早上九點至下午五點。備有簡單餐點。故居由臺北市文化局主辦，東吳大學承辦。因爲在東吳客座，一下就覺得很親切。我們到達時大概是正午十二點。

語堂先生故居興建于一九六六年。故居占地一畝有餘，二畝不足，由先生親手設計。別墅坐北朝南，南邊靠牆有幾株開著花的樹，幾處奇石，像是放大的盆景似的。東側正對庭院的大門，爲露天攬景雅座，幾把大大的遮陽傘，傘下有雅潔的桌椅，這一處的擺設，供參觀者小憩，雖然未必是故居之舊，但與建築也還相配。建築主體以中國四合院的架構模式，結合西班牙式的建築取向。白色的粉牆配以藍色的琉璃瓦，鑲嵌著深紫色的圓角窗櫺。從西式拱門走進，右側有一個臺子，售票小姐收你二十元，說，可以抵餐費。就是說，用餐，可以扣除二十元。她還會遞給參觀者一份印製精美的介紹和一枚典雅的小書簽。無論是介紹還是書簽，「林語堂」三個字與「故居」兩個字中間，都有一個紅色「✓」的圖案，這個「✓」的左尖，較大較圓，右端的把也比較長，形似煙斗。原來語堂先生煙斗從不離手，煙斗成了先生生活的一個組成部分，也成了先生的一個象徵，故設計者有此創意。穿過回廊，可以見到透天的中庭，南、東、北各自一字形排開的三行西班牙式螺旋的粉白色廊柱，支撐著回廊的拱式屋簷，有太陽的晨昏，陽光輕輕愛撫，粉白的柱子身影長長，定然特別的溫馨。中庭的西南角修竹輕搖，楓葉正在由黃轉紅，點綴著蒼蕨、藤蘿。翠竹與奇石是語堂先生最愛。這個角落還有一個橢圓形的魚池，池魚穿潛于奇石萍藻之間，怡怡然自得自樂；觀魚者亦泰泰然從魚之自得自樂而自得自樂。建築的庭院兼具東、西方風格，融合古典與現代的美。頗能體現語堂先生學淹中西，以及思想、精神、氣質與美學的精髓。

西廂有房三間，南邊是書房。書房往往是作家的靈魂所在，精神的寄託，語堂先生生命的最後十年，不少的日日夜夜就是在這裏寫作和讀書的。語堂先生說：「我寫作並不爲取悅某些人，相反地，還可能得罪很多人，因爲我所說的完全是出自我個人的觀點。」語堂先生又說：「沒有閱讀習慣的人，就時間、空間而言簡直就被監禁於周遭環境中。他的

生活完全公式化，他只限于和幾個朋友接觸，只看到他生活環境中發生的事情，他無法逃脫這個監獄。但當他拿起一本書，他立刻進入了另一個世界。」透過先生的藏書、透過先生的手稿，我們仿佛可以看到不久前的先生，每日咬著的煙斗，有時俯身於書桌，寫出天地，寫出人間，寫出他的思想和感受；可以看到不久前的先生，背靠皮製的沙發，拿著一本書，如入無人的世界；或者看到先生，對窗凝視著天空、綠樹，思緒情感如何飛越對面的陽明山頭、淡江水波。在書房的東側牆頭，擺放著一架老式的打字機，我們不知道，一九四七年先生在紐約發明的「明快中文打字機」，所用的是不是就是這一架？西側窗櫺下的玻璃櫃，陳列的則是一九七二年由香港中文大學出版的《林語堂當代漢英辭典》的手稿，先生生前非常珍惜這部辭書，視其爲一生寫作和學術的登峰造極之作。

中間是簡樸的臥室，一床、一桌、一椅，而且床的寬度似乎還比常人的狹小。不要以爲大學問家、大作家出言都是驚天地而泣鬼神，動輒震撼人心什麼的，語堂先生常常有一些很散淡很隨適很生活化的言語：「我需要一個很好的床墊，這麼一來，我就和任何人都完全平等了。」「我相信人生一種最大的樂趣是蜷起腿臥在床上。爲達到最高度的審美樂趣和智力水準起見，手臂的位置也須講究。我相信最佳的姿勢不是全身直躺在床上，而是用軟綿綿的大枕頭墊高，使身體與床鋪成三十度，而把一手或兩手放在頭後。在這種姿勢下，詩人寫得出不朽的詩歌，哲學家可以想出驚天動地的思想，科學家可以完成劃時代的發現。」原來，躺在床上舒適與不舒適是如此的重要，自從人類進入文明史，千百年來多少人在床上躺過，一個人的一生有多少時間在床上躺著，有誰去想過這「躺在床上的藝術」，有誰會把躺著舒服與不舒服和不朽的詩、驚天動地的思想、劃時代的發明劃一個等號？也許有，那是陶淵明，淵明先生于盛夏高臥於北窗下，盡情享受著凱風自南，完全進入了羲皇上人的境界，於是有不朽的詩篇，但是淵明先生只有實踐，並沒有理性的或者美學的思考。基於先生的思考，那麼，我們就更理解先生爲什麼偏愛陶淵明、偏愛蘇東坡、偏愛袁中郎了。語堂先生和陶先生、蘇先生、袁先生一樣的灑脫，一樣的散淡，一樣的閒適，一樣的快樂地生活，甚至有過之。

臥室的床頭、小書桌，牆壁上，還掛著、或擺放著語堂先生的夫人廖翠鳳的多幀照片，有年輕時的，也有中年和老年的。語堂先生夫婦鶼鰈情深，很有意思的是，語堂先生不但發明「明快中文打字機」，據說還親自爲夫人設計符合人體學的舒適座椅。閩南人喚人往往喚名字的尾字，故爾先生終生喚夫人曰「鳳」。國有國徽，校有校徽，唯獨家徽少有聽過，而語堂先生之家就特有一個家徽，這家徽不是別的，就是「鳳」字的篆文經過加工改造過的圖形，據說這個圖形出自語堂先生的一個皮包或錢包。男人的包包，有時也會隱藏著含義很深的、不爲人知的「圖騰」符號。不過語堂先生的圖形符號是公開而不是隱密的，經先生的加工改造，在大「鳳」字的左側還有一個小小的篆書「林」字。這一富有創意的家徽，或許會能給我們今天的生活一點什麼啓示。

西廂的北邊連著建築正中的廳堂，這就是語堂先生的客廳與餐廳。客廳及餐廳擺放著舊式的但卻是比較考究的茶几、沙發、餐桌、餐椅，還有餐具及酒杯。或許使用的頻繁加上年歲的久遠，本色已經漸漸褪去，我們從中似乎可以看出先生及夫人的好客，常常高朋滿座，杯觥交錯，看出語堂先生夫婦被客人們所熱愛著。我們仿佛可以見到談笑風生的場面，可以看到先生會心時的神情，靜靜地聽著他說道：「我們如若得到一個眞正的朋友，則其愉快實不下於讀一本書。」接著他又說：「我們只有在知己朋友相遇，肯互相傾吐肺腑時，方能眞正地談天。而談時各人也是任性坐臥，毫無拘束，一個將兩腳高高地擱在桌上，一個坐在窗檻上，一個坐在地板上，將睡椅上的墊子搬下來當褥子用。因爲我們必須在手足都安放在極舒服的地位，全部身體感受舒適時，我們的心靈方能安閒舒適，此即前人所謂：『眼前一笑皆知己，座上全無礙眼人。』」有誰見過這麼隨心所適的主客、隨心所適的朋友，見過這樣還於原人性、還原於人的本來面目的朋友間的談天？或許，只有魏晉時期的嵇、阮「竹林七賢」和其他的名士們。

餐廳的牆上，還掛著一幅語堂先生親筆所書「有不爲齋」。「有所爲，有所不爲」，兩句是相互關聯的，因爲有了後句，看起來才有點兒豁達，其實絕大多數人看得到的只是「有所爲」，而「有所不爲」無非是一種點綴而已，大數人都不願意去實踐「有所不爲」，而語堂先生則去其前者，專注於後者。有一些文人入仕了，亦仕亦文，他們有家國之憂，有兼濟蒼生的理想、抱負，或許還有相當的才幹，每一個時代都需要很多很多這樣「有所爲」的士人。但是文人就是文人，他們應該去做一些文人的事，學術、寫作，「獨善其身」。對於「獨善」各人自有各人的詮釋，身體髮膚，受之父母，隨適隨性地生活（以不妨礙他人爲前提），善待自己，難道不是一種「獨善」？語堂先生的人生處世哲學，我們只能遠觀，就是進不了他的世界。這也是語堂先生和如我輩這樣的凡夫俗夫最大的不同。

我們來故居參觀時，餐廳已闢爲優雅的茶室。這裏只有五六張深棕色的桌子，每張桌子四個座位。桌椅的顏色與地板和通向陽臺的門框都是深棕色的，室外的光線穿過陽臺的玻璃門，柔和地鋪灑在地板和桌椅。二三友人，來此慢慢品啜著濃香的咖啡，不慌不忙地談天說地，體味人生的散淡和閒適。我和劉教授各要了一份的午餐。小姐問，在室內用還是陽臺。我們連忙說在陽臺——起先並不知道陽臺也是可以用餐的。午餐中西合璧，米飯糯

香，燒豬排色味具佳，還有沙拉、濃湯，飯後是精緻的點心和咖啡。價格也很公道，在市內要一份這樣的午餐，或許還不止這個價。語堂先生生前很喜歡呆在這個地方，他說：「黃昏時候，工作完，飯罷，既吃西瓜，一人坐在陽臺獨自乘涼，口銜煙斗，若吃煙，若不吃煙。看前山慢慢沉入夜色的朦朧裏，下面天母燈光閃爍，清風徐來，若有所思，若無所思。不亦快哉！」　遠山如黛，淡水含煙，其時沒有其他遊客，我和劉教授各占一個僅可供兩個人使用餐的小圓桌，想著語堂先生當年在這兒品茶吃煙的情景。可惜等不到夜色降臨，不然，從陽臺上俯瞰萬家燈火的明明暗暗，讓初起的秋風輕吻著臉頰，又是多麼地充滿詩意！

故居的東廂是史料特藏室暨閱讀討論室，書櫃裏擺滿語堂先生的各種中外文著作，小說、傳記、散文及月刊八十餘種，其中包括在國際上影響廣泛的《生活的藝術》一書的中文版和十二種文字的譯本。二十年來，大陸出版社的林語堂先生著作的各種版本，林林總總，也應有盡有地陳列著。語堂先

生說：「一個建築、一場演講，只要能給人美感，可以引起別人的共鳴，能夠讓人的心靈昇華擴大，這就是藝術，這也是藝術所在。」無疑，先生的故居，已經成了研究林語堂先生思想和著作的一個重鎮。劉教授說，研究林語堂的學者，都應來此感受感受。吾有同感焉。循著語堂先生的思路，這個特藏室現在也成了東吳大學和社會一個研討藝文的地方，在這里還不定期地舉辦「有不為齋書院講座」，以呼應先生「生活的藝術」。這天是星期日，沒有活動，我想，文化名人的故居，由大學參與規劃和管理，似乎更能發揮其獨特的功作。

出了正門，由東向西、由南向北、由西向東、又由北向南繞別墅一周，四周都是蒼鬱的樹木。西北角有一個實木建起的觀景台，很少磨損，不知道是否先生居住時的建築？下了台是北側，那裏有語堂先生的墓園。語堂先生的別墅，是一座一層半的建築，從南邊看是一層，從北邊看是一層半，依山勢而建，北低南高，並且多出半層，這半層可附設做其他的用途。語堂先生說：「宅中有園，園中有屋，屋中有院，院有樹，樹上有天，天上有月，不亦快哉！」又說：「我要一小塊園地，不要有遍鋪綠草，只要有泥土，可讓小孩搬磚弄瓦，澆花種菜，餵幾隻家禽。我要在清晨時，聞見雄雞喔喔啼的聲音。我要房宅附近有幾棵參天的喬木。」語堂先生就長眠在這樣一個他設想的園地當中，青石的墓蓋上鐫著「林語堂先生之墓」七個字和生卒年，墓前有參觀者敬獻的鮮花，墓旁有一兩棵參天的巨松，長年和先生相依相伴。

在林語堂故居盤桓了兩個多小時之後，就要在告別故居了，這時我想起語堂先生的故鄉福建省漳州市，那里也有一座林語堂先生的紀念館。漳州我是經常去的一個城市，但是每次都是來去匆匆，一直沒有前往參觀過。一個名人故居或紀念館，似乎應該有一個突出的主題，林語堂先生故居當然也介紹先生的生平，也有展示先生的作品及其成績，如果要我說它的主題的話，我以爲，這個故居的主題主要是表現語堂先生散淡的生活場景和他的生活哲學。而漳州館呢？很想去看一看。

附記：本文的寫作，參考林語堂故居介紹，引文也多引用介紹的文字。

二〇〇七年十月二十日

橫穿中央山地到東吳

——東吳手記之五

今天，是到東吳大學第六周的星期一。已經給學生上過五周的課了，研究班的一位學生給我發來郵件說：「對於本學期選修到這門課覺得很開心，因爲爲未來的論文題目多闢了一個方向——地方性文學的研究。您從研究地方性文學的背景和方法帶我們入門，講解十分詳細，學生很有收穫。」教學工作正在按部就班地進行著。

今年三月二十一日，應銘傳大學李校長和應用語文學院陳院長之邀，我來台參加海峽兩岸第二屆校長論壇暨銘傳建校五十周年慶典活動，下榻于富都大飯店。臺北大學文獻研究所所長王國良教授來電說，東吳中文系系主任許清雲教授問我的行程，說有沒有可能安排一個時間到東吳演講一次。國良教授每週在東吳兼兩堂課，時間是週一下午。他說，如果安排在這個時間，他可以陪我前往。這樣，講演的時間就定了下來，時間是下週一，即二十六日。

去年十二月來台參加雲林科技大學古籍所的一個研討會，雲林在臺灣中部，離台中市、縣不是太遠。會後，台中市金門同鄉會黃理事長吉瑜兄、台中縣葉理事長長春兄來接我，給了我一個與鄉親敘敘情誼的機會。由於時間的緊迫，結果連台中市都來不及去。

吉瑜兄知道我再次來台，讓我一定去台中市走一走。二十五日上午，銘傳校友聚會，場面勁爆，午餐後，陳德昭院長陪客人到日月潭，計畫當天晚上在台中市過夜。我也就乘便搭上他們的車子到了台中，和他們一起下榻於「長榮桂冠」。吉瑜兄和台中的鄉親非常熱情，晚宴豐盛可口，宴後還在茶館品茶聊天，到酒吧喝酒聽音樂，走馬看臺中的夜市，感受這個中部城市的文化。回到賓館已經午夜時分了。

我和許主任約定，二十六日下午四點到達東吳愛徒樓，四點半準時講演。吉瑜兄說，如果走高速，兩個小時就可以到臺北，那倒不如我們往東走，穿過臺灣的中央山地，到宜蘭，再回臺北，你可以多觀賞一些地方。六個小時的路程，再加上半小時吃飯，四點以前到沒問題。

吉瑜兄身材談不上高大，但是幹練精神，俊帥，氣質頗佳。昨晚喝茶的大茶館，就是他的公司裝潢的；他公司的經營也有聲有

和黃吉瑜（左）合影

色。前一天晚上，洗漱畢，已經一點半鐘了，他可能比我還要晚一些。今天他駕著車，絲毫沒有流露出一點倦容，三月的天氣，他只穿一條衫衣，開車既專注又顯得輕鬆自如。我們應當往東北方向走，可是車卻偏東南方向開著。吉瑜兄說，九十年代末臺灣大地震，有些路震壞了，不得不繞道，不然，橫穿山地走東路，也不過五小時，由於繞道，得多走一小時，不要緊，來得及。

擦過日月潭，過南投，那是十年前的地震震中。震後，一段段公路坍塌了，一座座橋樑壞毀了。按照常理，震後重修、重建是第一要務。千百年來，人們面對自然災害，想盡了各種辦法，如治河，或塞或疏，好像一直沒有定論，但總是千方百計去治理它。當人們發現，有些自然災害，只能防而難於根治的時候，於是就想到減災。我覺得提減災比宣導根治可能更切合實際。如地震，你能去除掉它嗎？地熱的運行，地殼的變動，你能叫它不運行不變動嗎？又如颱風，你能叫它不刮嗎？減災如地震，就是加強預報，提高預報的精準度，把房子建得結實一點，甚至少建些大水庫之類。臺灣大地震之後，一些專家就在思考這個問題，對原生態少強加一些意志力，也許對人類更有好處。於是，某些地段坍塌的公路暫時不修，橋樑緩建。這樣一來，也引起一些抗議的聲音，路上偶爾還可以看到這類的橫幅。

憑著吉瑜兄駕車的本領和他的靈活，車子速度不算慢。我們經過的第一個集鎮是南投縣的埔里鎮。出鎮的大路邊，幾棵藤葛交錯的大樹下豎著巨石，刻著「臺灣地理中心」數字。

如果我沒有理解錯，這裏應該是臺灣島的中心點了。巨石背後，青山如洗，林木翠綠，山坡上有一碑，碑上方書寫著「山清水秀」，下方有一九七九年時任縣長的《山清水秀記》，經由這篇《記》文，我們得以知道，「山清水秀」四字，乃是當年四月經國先生巡視時所題。我們且不說那幾個字題得如何，我興趣的倒是這位縣長《山清水秀記》的前半部分：

> 南投縣是本省唯一不濱海的縣份，位居寶島的中心點，觀光資源得天獨厚，高山多，雄踞於東南亞的玉山在本縣境內；河流長，本省最大的濁水溪貫穿本縣腹地，並匯成聞名中外的日月潭與碧湖。有溫泉也有瀑布，處處青山碧水，美不勝收。

二十年間，當日風光一時的碑園，似乎已經失修多時，開始顯露出破敗的跡痕，時間

台灣地理中心

老人無論對誰都是那麼的不講情面。

過了埔里鎮，汽車沿著濁水溪緩緩地爬著山路，坡越高，下視溪谷也就越深。一路上，間斷地可以見到一些民間供遊客度假的小客舍小賓館，從外觀看，有的很簡樸，可能屬於農家休閒的那一類；有的是別墅，有歐式也有美式或日式的，歐式的似還可以區分爲北歐或西歐，甚至是哪一個國家的，建築各異，風格各異，情調各異，以滿足不同人群的需要。不論是中式或西式日式的，大多室外都有一大片的綠草，有的草地還連綿整個小山坡，沿著坡地，精心修葺著彎彎的小徑，爲了遊客的安全，小徑低斜的一側還立著漆得雪白的木柵欄。在休憩的日子裏，小倆口或老倆口，一個小家庭或祖孫三代同堂的大家庭，都可以來此地享受空氣和陽光，可能是田園式的，也可能是牧歌式的，也可能是奢華式的（有的大別墅還有游泳池，池邊有遮陽傘），就看各人的愛好了。在一個大轉彎處，闢出一塊稍平坦之地，建了一座「清境國民賓館」，停車場的面積也比較大，估計這個賓館可以容納兩三百人。停車場兼有觀光台的功能，依欄而望，可眺繚繞雲彩的遠山、青綠青綠的梯級茶園；可俯瞰公路上蜿蜒盤旋的汽車，慢慢地在那兒移步；也可觀賞波光粼粼的湖泊。山風把我的頭髮吹得碎亂碎亂，我像六、七歲頑皮的小男童似的，唱著，來來回回、上上下下地跳躍著。

吉瑜兄看著腕上的表說，已經十一點了，時間緊迫，上車吧！下面的路不好走，不能

再下車休息了。往前走十幾分鐘，見到一座雕欄畫棟古典味很濃的賓館，吉瑜兄說，這便是當年中正先生的「行宮」梨山賓館了。仔細一看，果然不同凡響，這座宮殿式的建築，正中有二十幾級的石階，階面很寬，石料考究，兩旁蹲著一對高大的石獅，石獅背後有三層漢白玉欄杆；屋頂是圓筒形的琉璃瓦，屋簷下七根大立柱漆得猩紅，從立柱到廳堂的雨廊很寬，賓館仍然維護得很好。賓館正前方，公路旁邊有一座中正先生的立像。歲月的滄桑，在立像上留下斑斑點點。近年來，許多中正雕像從全台各地集中移往一地，有數十軀之多。去年十月三十一日下午，乘坐鄉親洪朱生的新車子游石門水庫，傍晚，偶過一處溪山清靜的地方，但見夕陽斜斜地照著秋天的蓑草，諸多的雕像或立或坐，或騎於馬上；或挎佩劍或杖木杖，或徒手，黯黯然，戚戚然。比起那些雕像，梨山這一軀，或許已經幸運多多了。

過了梨山賓館，一路的上坡，路越來越窄，彎道也越來越多、越來也急。有些路段，只有一個車道，兩車交會，一車必得先停靠在避讓的位置，另一輛才能小心翼翼地從它旁邊擦過。樹很高，林很密，不見天日，幽暗陰晦，加上霧氣彌漫，強光燈始終打著，有如行走在夜路一般，不，比夜路更難，能見度實在太低了，可能只有十幾米有光景。我盡力屏著呼吸，不去干擾吉瑜兄，不過，吉瑜兄好像不怎麼當回事似的，不慌不忙握著方向盤。車速很慢，最艱難的一段，一小時只能走十多公里。還好，公路雖然窄小，道路雖然彎曲，但路面平整，路旁警示分明，護欄看去也比較牢固，司駕者相互禮讓，一路絕無車禍痕跡。

坐在車內涼颼颼的，到了高山，氣溫明顯下降了。大約午後一時，汽車終於爬上武嶺。吉瑜兄說，這個地方是臺灣公路的最高點，在車裏憋了兩個小時，可以出來透透氣，觀賞觀賞「最高點」的奇特風光了。打開車門，山風四起，寒氣逼人，霧水濕身，十步之外不辨馬牛。平日裏，我對氣溫的變化有點遲鈍，這時突然感到寒冷，連忙把西服套上、裹緊。拍了照，霧裏看人，朦朦朧朧，虛虛實實，也是生平一大奇趣。武嶺系合歡群峰之一，武嶺上立了一個牌子介紹「銀色合歡」，霧氣中勉強辨認出以下的描寫：

合歡群峰共有七座山峰，是主要河流大甲溪、濁水溪與立霧溪的分水嶺，當冬天來臨時，冬北季風總會順著蘭陽溪河谷，毫無阻攔地一路往上，而另一邊來自太平洋的氣流則順著立霧溪而上，最後交會的地方就是合歡山。因此聚集著豐富的水氣，每當寒流來襲，氣溫下降，就會造成合歡山上瑞雪紛飛，成為遍地晶瑩剔透的白色世界，每每成為遊人爭相賞雪之處，有雪鄉的美譽。

皚皚白雪不僅在視覺上構成簡潔單純的美，大量的雪在融化之後，亦成為生命泉源，涓滴不絕地提供溪流源頭的水量；高山的強風和降雪也影響了此地植被的生長，滿山可見的玉山箭竹，僅能長成矮蒿的高度，以適應此地的氣候環境。

霧社

霧汽濛濛的武嶺

合歡山小風口

可惜來得不是其時，賞不到銀色合歡，水霧又濃，一片模糊，植被也看不清楚。太冷太濕，匆匆拍照，匆匆躲進汽車。汽車吐著濃濃的尾氣，與武嶺道別。

汽車開始下坡，沒轉幾個彎，看到一個很醒目的標牌：合歡山森林遊樂區。標牌設計很獨特，一字排開著九根截斷的圓形巨木（造型），中間三根高，兩旁三根依次遞減低，巨木上釘上一塊巨木牌，大字書寫著上面那幾個字。此地仍有不小的霧，但比武嶺稍薄。一對情侶，在迷茫的霧中手牽著手，不太看得清他們的臉，輕輕的笑語聲透過霧氣傳來，有如在仙境一般。當我這次重來東吳，並且有機會在台多住些時日，時值金秋，電視報導有若干對新人就是在這個地方演繹了新婚的儀式。情侶相擁往遊此地，已經夠有詩意了，況且是舉辦婚禮，「遺我一端綺，裁爲合歡被」（古詩），合歡山上對對新人演合歡，啊哈，合歡的山名和合歡的好事都被他們一起占了！

過了小風口，天色漸開，路也漸寬了。隨著霧氣的散去，可以看到高山的植被。海拔很高的地方，是見不到參天大樹的，樹木大多瘦弱矮小，它們要經受的實在太多，天風、濃霧、冰雪，也許只有結實和幹練才能承受住這大自然的考驗。大恐龍滅絕了，小蜥蜴還在連綿著自己的種族，物競天擇，在自然的進化過程中，不是所有大而壯的物種才是最好最優秀的。在高山的草甸上，隨處可見顏色特別鮮豔的小花，一朵朵，一簇簇。原來，高山特別寒冷，花期短，爲了吸引昆蟲來替它們轉播花粉，它們都長得特別的豔麗，以此延續著自己物種。高山，紫外線較強，植物有較多的色素吸收過多的紫外線，這也是高山小花特別豔麗的一個原因。為了避免水分的流失，高山的花朵都較小，但就一棵植物的整體而言，小小的花朵也占了相當的比例了。

東吳的講演是四點半開始，而且約定四點到的，可能來不及了。吉瑜兄說，不能從容吃飯了，到一小鎮買了麵包、水，就在車上將就了。我不開車，當然沒問題，可吉瑜兄開車，為了趕路，連麵包也吃不上，水也不喝一口。一路上，我不住看地圖，吉瑜兄專注開車，而且盡可能快。儘是下坡，綠樹越來越多，溪流的水量越來越大，路還算比較好走，已經沒有上山那種險峻了。我們趕到東部城市宜蘭，已經三點半。吉瑜兄稍稍緩了一口氣，說，下車踏踏宜蘭的土地，也算是到過宜蘭了。

總算可以上高速了，據說到臺北只要一個小時。過雪山隧道，這是北宜高速的一個重要關口，由臺北往東部的城市宜蘭、花蓮等，都得經過這個隧道。隧道長十餘公里，高速限七〇公里，低速五〇公里，不准超車。隧道內燈光雪亮，大車小車秩序井然，所有的車都顯得不慌不忙。過了隧道，臺北已近在咫尺矣。到中文系，差一兩分鐘就四點半了，我對許主任連聲說抱歉。主客寒暄幾句，演講由文學院黃院長主持，我開始了來台的最後一個講演（前兩場分別在銘傳和臺北大學）。吉瑜兄坐在一旁，臉上帶著濃濃倦意，但是可以看出他此時的心情是很輕鬆的，為了朋友的履約，今天開車橫貫中央山地，地形險惡，氣候條件又不好，難爲你了，我的好兄弟！許主任也請吉瑜留下來吃飯，他說，不了，還要趕回台中。我只好目送他的離去。那以後，我又多次與吉瑜兄見過面，每提及此事，他總是淡淡地說，沒什麼沒什麼。

六時，演講畢，合影留念。院裏請客，氣氛融融。

是晚，住君悅飯店。十時，臺北市同鄉會總幹事黃德全代表王理事長來看我；十時半，博士生林勝勤來道別；十一時，作家楊樹清與畫家李錫奇來敘談，喝茶喝咖啡到十二時許。奔波一天，又整理一下行李，很累，畢竟連續趕路，加上講演應酬，整整十四個小時。

二〇〇七年十月二十二日

王國良教授福州訪書始末

——東吳手記之六

王國良教授，是東吳大學中文系我所認識的第一位教授——儘管現在王教授已經離開東吳，去了臺北大學任教，但他仍然是東吳的兼任教授，每週一都來上研究所的課。

認識王教授，當回溯到一九九七年秋天。這年秋天，在東海大學召開魏晉南北朝文學國際研討會，這是我平生第一次來臺灣（此前一年，成功大學也邀請參加該校主辦的研討會，論文寄達了，討論的場次、評論人都安排了，後因故未能成行）。王國良也是與會教授之一。王教授主攻漢魏六朝小說，成績卓著，在海內外學界有相當的知名度。會後，大家由台中回到臺北，大陸學者則入住臺灣師範大學的招待所，在臺北活動了兩天，最想看的自然是故宮博物院。記得從博物院出來，王教授邀請大家便道到東吳大學看看。從博物院到東吳，步行只要十五分鐘。東吳校門口的路旁停著一長溜的摩托車，擠擠挨挨。王教授時爲東吳的中文系主任，我們在愛徒樓參觀了中文系狹小的辦公室，他又領著大家去看圖書館。圖書館整潔乾淨，安寧舒適，圖書存藏有序，給參觀者留下良好的印象。

第二年，也就是一九九八年的十二月，我再次東來參加魏晉南北朝學術研討會，這個研討會的主辦單位是中國文化大學文學院。文史哲出版社老闆彭正雄本身就是一位學者，也與會，彭先生邀我們幾個人到他的書店看看，並說，出版社和書店是自己開的，你們要什麼書，儘管挑走好了，不要客氣。我們兩三個人還是不太好意思，我挑了幾本，其中就有王教授的漢代小說研究的著作。

記得十六七歲的時候，讀過俄國詩人普希金的一首詩，大意是說，每個人都坐在各自的生命驛車上，年輕的時候，希望車夫把車趕得快一些，恨不得往前直沖；中年的時候，坐在車上昏昏欲睡，似乎沒有太多的感覺；等到稍稍清醒，無意間發現車夫原來是這麼莽撞，無論怎麼喊叫，車子的速度還是飛快。和王教授別後，忙忙碌碌，無所事事，莽撞而且飛快地過了七八年。大前年夏天，一位同事參加一個古小說的學術會議，給我捎來王教授所托的小紙條。王教授知道我這幾年分心從事地方文獻的整理和研究的工作，希望協助他查找近代閩籍藏書家龔易圖的大通樓藏書目和龔氏著作。我這才知道，他已經離開東吳，去了臺北大學，主持該校文獻學研究所的工作。大約過了半年多，有個晚上，陳慶浩教授從法國巴黎來電，陳教授和我和名字一字之差，他說是同宗同族，確定無疑，由於研究的領域有些接近，在某些場合按姓氏排名之時，也是一前一後，特別親切。使我感到意外地是，

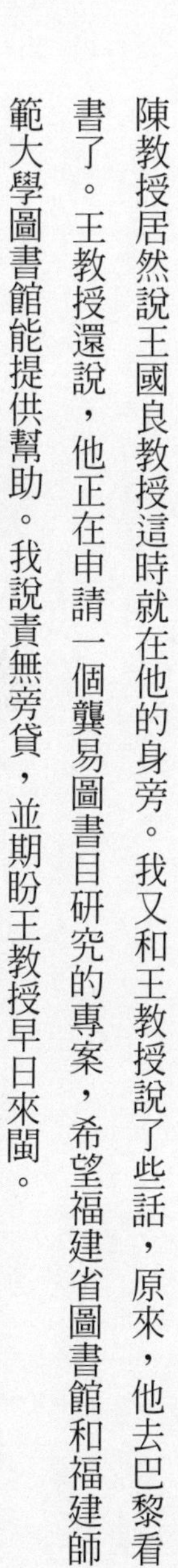

陳教授居然說王國良教授這時就在他的身旁。我又和王教授說了些話，原來，他去巴黎看書了。王教授還說，他正在申請一個龔易圖書目研究的專案，希望福建省圖書館和福建師範大學圖書館能提供幫助。我說責無旁貸，並期盼王教授早日來閩。

今年元月初，和王教授來往了多通的郵件，都是來閩看書的事。二十八日下午，王教授由臺北轉機香港，到了福州，開始了爲期十天的訪學讀書活動。常常有人問我，王教授此行做什麼課題，我說做的是龔易圖大通樓藏書目。我看他們瞪大眼睛的表情，就知道龔易圖是何許人，他們並不知道。我說，龔氏的藏書樓原址在西湖賓館東門濱湖處，他們才找到話題說，原來在這麼好的地方。其實，對很多人來說，龔易圖和龔氏藏書，是絕無干係的，但對居住在省城的文化人來說，似乎不當忘記這位近代擁有數萬卷珍貴圖書的藏書家。清朝乾嘉間樸學家閩縣陳壽祺說「閩人不善爲名」，這話當然是在特地場合上說的，但是，像龔易圖這樣的藏書家，葉昌熾《藏書紀事詩》竟然將其遺落，我和王教授都覺得有欠公允。王教授以爲，福建明清兩代出現了許多文學家和藏書家，由於各種原因，很多人不瞭解、不知道，我們所做的研究，就是推動，就是讓更多的人能逐漸瞭解。王教授對我說，你近年來做的一些文獻的書，如《賭棋山莊稿本》、《魏秀仁雜著》，還有《徐熥集》，我在臺灣都看到了，而且買了。我說這麼快呀？《徐熥集》才剛剛出版。他說，臺灣有不少學者很關注文獻。經他一說，我也記起了一件事，不久前東吳大學有一位研究所的同學，說他的論文做的是謝章鋌，寄信讓我替他代購一套《賭棋山莊稿本》。我對王教授說，你現在兼做圖書文獻了？他說，你不也是兼做了嗎？彼此會心一笑。

從第二天開始，我陪王教授出入福建省圖書館、福建師範大學圖書館兩館的特藏部，得到省館謝館長、林主任，師大館方館長、鄭主任的幫助。從住所到省圖交通不是很便捷，師大文學院的王漢民教授有時還開車相送，張家壯老師也協助做了不少事。在看書期間，不期在省館見到我的學生林虹、蔡瑩涓、劉建萍，他們也來查閱資料，頗為欣慰。王教授祖籍閩南，二月一日（週四），我陪他去了廈門，次日我先回榕，週六、週日圖書館閉館，他又獨自去了漳州和泉州。王教授的日程安排周密，他計畫去廈、漳、泉，臺北大學三位研究所的同學從臺灣趕來和他會合。研究所的同學有一位做磚雕的研究的，一位做道教宗教信仰研究的，我們到廈門市同安區，得到區金門同胞聯誼會和文化館的幫助，他們為研究所的同學實地考察提供了不少的方便。王教授和他的學生到漳州、泉州，也分別得到漳州師範學院、泉州師範學院同仁的熱情款待。

二月八日上午，王教授在省圖又看了半天書。查書的工作基本上告一段落。午後，我開車帶王教授看了三個地方。龔易圖大通樓遺址是不能不看的。遺址到底還「遺」了些什麼，因為沒有見過原址，不好評論，參考龔氏後裔編寫的一本小冊子，大概可以推斷，池塘還在，一些奇石還在，也可能還有一些樹木之類。不過，從大體的方位，的確可以想見當年大通樓之盛及龔氏藏書樓之大概。王教授此行，或許多多少少增加了一點感性認識，他還拍了些照，以做資料之用。

第二處看的是福州城南螺洲的陳寶琛藏書五樓。藏書樓的重修工作已經基本結束，但尚未開館，差一點吃閉門羹。五座樓的樣子都出來了，只是空蕩蕩的，樓可羅雀。日後，人們來到藏書樓，能看些什麼呢？看重新修繕的樓房？還是圖片、複製過的照片？前年六月下旬，我帶學生來此，當時還是一片荒蕪，雜草叢生，大門緊鎖。當時沒有辦法呀，只好翻牆，身子剛剛上牆，不好，來人了！心想這一下狼狽了。沒想到那人過來是告訴我們，那裏有一張木梯可以用，你們徒手翻牆好危險。從來沒見過這樣的看門人（他也沒有鑰匙），如此地「爲虎作倀」。他說，他是當地人，有人來參觀陳寶琛的藏書樓，他都很高興，就是來看的人太少了。藏書樓只有滄趣樓靈光獨存，其餘四座或餘殘垣，或剩斷壁，即使滄趣也已成危樓，踏在木板上，嘎吱嘎吱響，木梯搖搖晃晃，到處是塵埃灰土。這次與王教授一道來參觀，與上次的體味全然不同。我心裏想，既然陳寶琛現在被尊爲福建師範大學首任校長，何不讓陳氏五樓交由師範大學管理（或共管），把陳寶琛從前捐給協和大學的書搬些過來，在此重建一個陳寶琛圖書室，不就多少有點名符其實了？有賓客來訪，帶他們到此一遊，不也更可以看出一個學府的傳統和積澱？書生之見，百慮或許尚有一得，可說不定呢。

「螺女江空一派秋，白沙如雪合江流。旗山更在沙痕外，一葉漁舟幾點鷗。」這是清朝乾隆間許遇《家山雜憶》組詩中的一首。我們到螺洲已近殘臘，但與當年許氏所詠秋景亦相去不遠。螺女江，又簡稱螺江，是閩江的一段，此地因晉朝有一個美麗動人的「螺女」傳說而名螺洲，爲此這段江流也稱相應螺女江或螺江。螺女江水量豐沛，急速地從藏書五樓前向東流去。螺洲、螺女江之外，還有螺女廟。問了不下五六位當地居民和學生，都是搖頭說不知，或沒聽說過。後來經一長者指點，我們才小心地把車子開進沿江深巷，深巷逼仄，僅容一車。最後連一車也不能通行，只好棄車徒步。大概是離廟已經不遠，村民大都知道其址。一直走到巷道的盡頭，其地只有一些老舊的房子，駁雜的樹木，不過，左顧右盼，仍然見不到廟宇的眞容。片刻間，從堤岸外走過來一位婦女，手上還提了一個籃子，

福州螺女廟（王國良教授攝）

福州螺女廟壁畫（王國良教授攝）

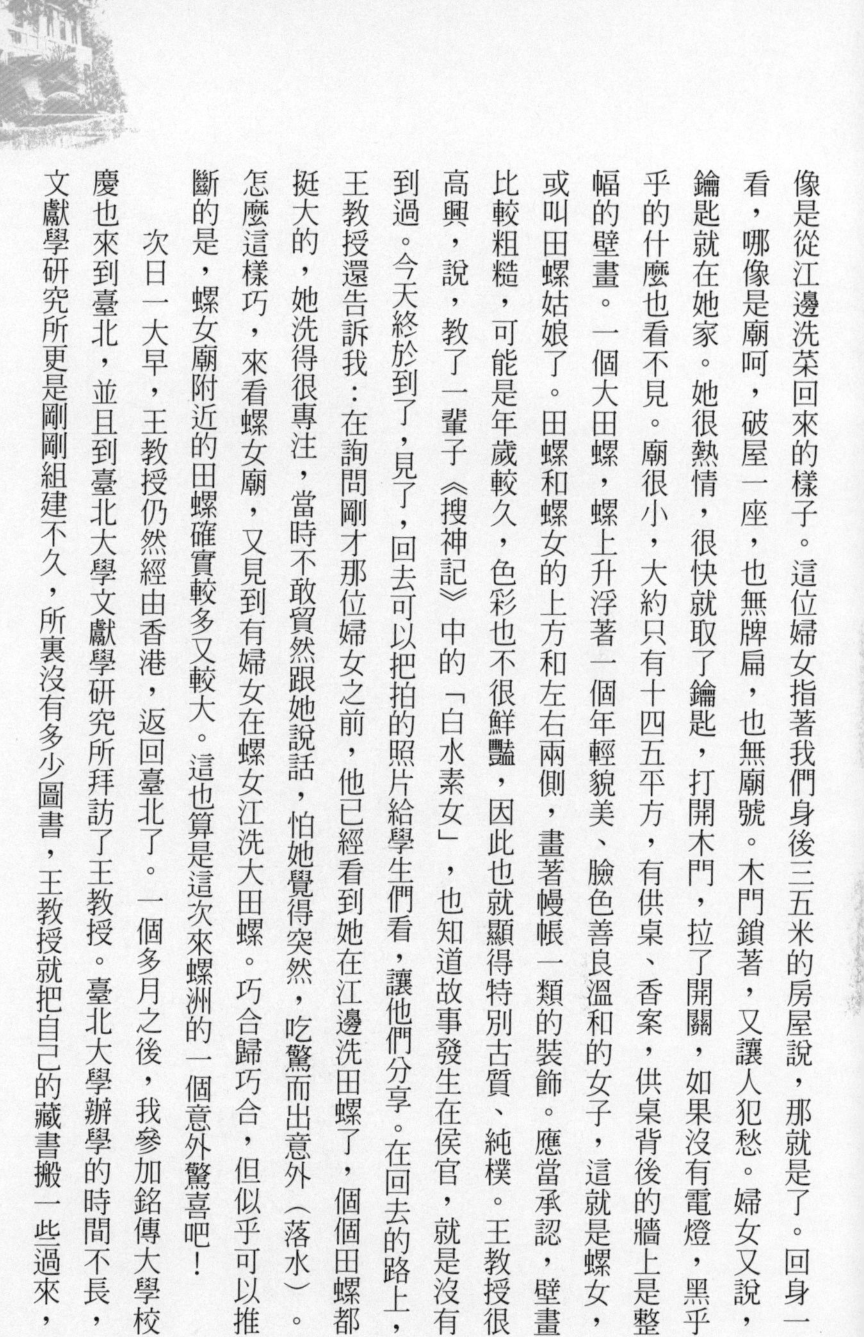

像是從江邊洗菜回來的樣子。這位婦女指著我們身後三五米的房屋說，那就是了。回身一看，哪像是廟呵，破屋一座，也無牌扁，也無廟號。木門鎖著，又讓人犯愁。婦女又說，鑰匙就在她家。她很熱情，很快就取了鑰匙，打開木門，拉了開關，如果沒有電燈，黑乎乎的什麼也看不見。廟很小，大約只有十四五平方，有供桌、香案，供桌背後的牆上是整幅的壁畫。一個大田螺，螺上升浮著一個年輕貌美、臉色善良溫和的女子，這就是螺女，或叫田螺姑娘了。田螺和螺女的上方和左右兩側，畫著幔帳一類的裝飾。應當承認，壁畫比較粗糙，可能是年歲較久，色彩也不很鮮豔，因此也就顯得特別古質、純樸。王教授很高興，說，教了一輩子《搜神記》中的「白水素女」，也知道故事發生在侯官，就是沒有到過。今天終於到了，見了，回去可以把拍的照片給學生們看，讓他們分享。在回去的路上，王教授還告訴我：在詢問剛才那位婦女之前，他已經看到她在江邊洗田螺了，個個田螺都挺大的，她洗得很專注，當時不敢貿然跟她說話，怕她覺得突然，吃驚而出意外（落水）。怎麼這樣巧，來看螺女廟，又見到有婦女在螺女江洗大田螺。巧合歸巧合，但似乎可以推斷的是，螺女廟附近的田螺確實較多又較大。這也算是這次來螺洲的一個意外驚喜吧！

次日一大早，王教授仍然經由香港，返回臺北了。一個多月之後，我參加銘傳大學校慶也來到臺北，並且到臺北大學文獻學研究所拜訪了王教授。臺北大學辦學的時間不長，文獻學研究所更是剛剛組建不久，所裏沒有多少圖書，王教授就把自己的藏書搬一些過來，他說，家裏書太多，堆不下了，可能有兩萬多冊吧，搬一部分到學校，別人可以用，我自己也可以用。話題又回到龔易圖的藏書和藏書目錄來，他說，論文還沒寫好。他還說，正在準備材料，金門技術學院下周請他過去講一次金門文獻。

九月中旬，我重到臺北，在東吳剛剛教了幾堂課，王教授就來電說，要過中秋了，一起吃吃飯，到時來接你。中秋前一晚，王教授果然把我接到永康街吃了中秋飯，同時還送了月餅。王教授說，論文寫得差不多了。過了幾天，他在電話中談了這篇論文的一個重要論點：烏石山房藏書與大通樓藏書雖然都是龔氏的藏書之處，但卻是不相混同的兩處藏書，說烏石山房藏書就是大通樓藏書，或說大通樓藏書就是烏石山房藏書，是不對的；烏石山房藏書目與大通樓藏書目，當然也是兩個不同系統的藏書目錄，也各不相混。我說，請把文稿發過來，讓我先睹爲快。王教授發來論文，題目叫《晚清龔易圖藏書探析—以〈烏石山房簡明書目〉〈大通樓藏書目錄簿〉爲主的考察》，仔細閱讀一過，覺得論文材料詳實，材料豐富，論證充分，解決了多年來學界一直沒有解決的問題。論文還對鄭振鐸先生的手抄本《大通樓藏書目錄簿》作了研究，王教授在福州查書，非常認眞地將鄭氏抄本與福建省圖書館藏原本作了比勘，不僅發現鄭氏抄本的數處錯簡，而且對鄭氏本的奪、倒、衍、訛一一作了訂正。關於烏石山房圖書流傳到臺灣的問題，王教授在論文中也作了交代，雖然這一部分不一定是王教授的發明，王教授所作的工作還是比前人更推進一步。龔氏「烏石山房」藏書精品三萬四千餘冊，已於一九二九年讓售當時的臺北帝國大學（今臺灣大學），這些圖書至今仍舊安然無恙，成爲臺灣大學圖書館庋藏古籍中最重要的一部份。當時經手這些圖書的是這所大學文學部的日本學人神田喜一郎（一八九七－一九八四）和他的助手前嶋信次（一九〇三－一九八三），書款是一萬六千四百美金。關於這批圖書流如何流入臺灣，龔氏後裔編的《憶福州三山舊館》（二〇〇〇年春印）記載可能有所出入。

筆者這篇箚記，無意詳細推介這篇論文。我只想說說自己的兩點感想。其一，王教授撰寫這篇論文可謂勤矣，從醞釀到大體成篇（王教授稱爲初稿），花了兩年多的時間，他還特地從臺灣飛往福州查了十來天的書，實地考察大通樓的遺址。至於臺灣大學圖書館、東吳大學圖書館，特別是東吳，他不知跑了多少趟。王教授是老東吳了，他還告訴我，東吳圖書館一週七天，只有星期天上午休息，其他時間都是開放的。他就是常常利用星期六、星期天來查書的，就在我寫這篇短文的上個星期六，他還來過，而且有所收穫。可見嚴謹的科學研究多麼不易，寫一篇好一點的文章，也不是一朝一夕的事。其二，龔易圖過世於一八九三年，至今一百一十多年，人事滄桑，龔氏的十萬卷珍藏的圖書不絕如縷，值得慶幸的是，他的圖書一大部分被保存下來了，更值得慶幸的是這些圖書已化私爲公，分藏於福建省圖書館和臺灣大學圖書館，對于學者們來說，都是一種福分。王國良教授說：「也許世人除了關心龔易圖藏書的來龍去脈之外，更應把精神用在兩家圖書館所庋藏龔氏原有珍善典籍上，開發其精彩內容，進行更多深入的探索，方是學術界之福。」我本人非常讚賞王教授的這一結論。

我期待著王教授有機會再到福建，再次利用福建的圖書資源，寫出更多更精彩的文獻學論著。當然，我這次來東吳，也會珍惜機會，多多利用臺灣的館藏典籍，相信對自己的文獻學的研究也會有幫助的。

二〇〇七年十月二十七日

金門的鄉人與鄉情

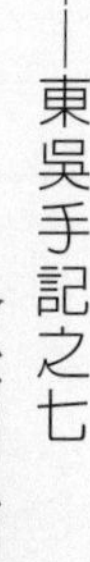

——東吳手記之七

此次來東吳，長達四個多月之久。到我動手寫這篇文章時，第七周的生活已經開始了，也就是說時間已經過去三分之一。說四十多天的時間，我一直置身於東吳生活的氛圍中，這肯定是沒有錯的，但仔細想想，僅僅這樣說又不完全準確。雖然我人是住在臨溪路，在東吳的半山坡上，但和外界還有不少的聯絡，可以說，我又置身於鄉人鄉情和臺灣古典文學研究界的兩個氛圍中。和古典文學界學人們的交往，擬另文敘述。單就鄉人鄉情這方面來說，我感到不時地籠罩在這種溫暖之中。九月十七日下午五點左右我到達東吳寓所，不到六點多，楊樹清兄就打電話來，說他們幾個鄉親聚首，在復興路，快快過來。當時下著雨，預報說「韋帕」颱風正在襲擊臺灣北部，加上旅途勞頓，新來乍到，交通不便，就沒能和鄉親一起用餐了。此後，還有各種活動，與鄉親的很多交往，除了專文（如寫楊樹清兄等）之外，這裏摘其要者，略述一二。

陳德昭教授夜訪

剛剛到東吳兩三天，陳德昭教授就來電，說要來看我。我說不敢當，可是德昭教授堅持非來不可。我只好告訴他我的地址與房號。

德昭教授我認識很早，五年前我首次回金門見到過。銘傳大學在金門辦碩士班，他是銘傳金門分部的主任，常年來往於臺北、金門之間，雖然往返乘的是飛機，也是夠辛苦的。去年七月三十日，德昭教授一行五人（包括：銘傳大學藝術中心主任兼經濟學系主任、所長黃建森教授，陳鴻基教授，以及已經落籍于金門的林水勇博士等）訪問了福建師範大學文學院，原來德昭教授還是銘傳大學應用語文學院的院長，當時我還在福建師範大學文學院任職。兩個學院進行學術交流，有很多的心得。陳德昭主任說，明年是銘傳大學成立五〇周年，他代表校長邀請福建師範大學同仁前往臺灣參加校慶。

今年三月二十一日，我如期到達臺北參加銘傳的慶典活動，剛剛走出航空港，德昭教授和他的助手已經在大廳迎候，他交代助手，先把我送到桃園校區到處看看，他還要接另一批客人。三月的臺北，氣候宜人，而德昭教授的腦門上卻沁著汗珠，看來，那幾天裏裏外外，是夠他忙的。我對他說，你事多，接機迎候的事，交給助手辦就可以了，不必事事恭親。在他說，你老兄來，我能不來機場接你嗎？現在不能陪你去桃園，失禮失禮，晚上再見。

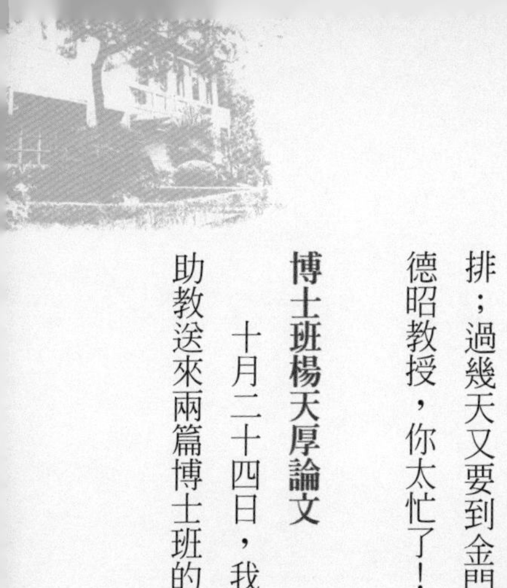

銘傳的四五天時間，參加校慶的各種活動，安排參觀及探訪友朋，多虧了德昭教授的安排，使得這一次的旅行很順利，也有不少的收穫。

當我在回憶這些往事的時候，德昭教授來敲門了。天已經盡黑，颱風過後不久，東吳的半山坡上，路不怎麼好走，德昭教授又比我年長，我眞的過意不去。德昭教授很客氣，還給我帶來高山茶及果品。德昭教授說，他到金門上課，沒能及早來東吳，抱歉得很。我說，你也太客氣了。德昭教授回去之後，我打開手提袋一看，裏面還有一把削水果皮的刨刀。德昭教授大概想，我剛來臺北沒幾天，既然送了水果，沒有刨刀怎麼削皮？眞是心細如髮呀！一把小小的刨刀不一定值幾個錢，但是在我的心中卻流淌著暖暖的情意。德昭教授說，我們同姓，年紀又比較相近，如同兄弟一般。

最近，德昭教授還不時來電問候，他說，最近有一批武漢大學的學生來交流，他要安排；過幾天又要到金門上課。我的眼前老是浮現德昭教授忙碌的身影、腦門沁出的汗珠。德昭教授，你太忙了！

博士班楊天厚論文

十月二十四日，我給研究班同學上課，助教通知我說，有兩篇論文要我審查。下課後，助教送來兩篇博士班的論文，作者叫楊天厚，是東吳中文系博士班的同學，兼任金門技術學院的講師。論文一篇是《金門瓊林蔡氏宗祠祭典儀式探究》，發表在《二〇〇六民俗暨民間文學學術研討會論文集》，文津出版社印行。這篇論文是在花蓮教育大學民間文學研究所主辦的一次學術會議上宣讀的；另一篇是《「揀桌」在民間祀典中的角色分析》，即將刊于《金門技術學院學報》上。一看題目，就知道兩篇論文都研究的都是金門文化，大概東吳中文系的同仁大多知道我是金門人，對金門文化會有較多瞭解，所以把這兩篇論文送給我審查。助教告訴我，楊天厚也是金門人。我問她，現在他可在東吳？能不能會會他。助教說，不在。學分修完，在金門寫博士論文了。

這兩篇論文是因博士學位候選人必須有一個資格考核因而送來審查的。從論文看，楊君對中國古代典籍制度，尤其是祭祀的典籍制度有比較深入的瞭解，加上從小住在金門，受到金門文化的薰陶感染，爲了撰寫論文又做了大量的田野調查，論文寫得很豐富，材料詳實，既客觀又富有情感，結論令人信服，我個人認爲是好文章，故加以推薦。

許多金門學人說：金門是傳統文化保留最好的一個地方，其理由有二，一是金門不像臺灣本島，有五十年的殖民統治，沒有受到殖民文化的影響；二是金門沒有像大陸那樣經歷上世紀六七十年代長達十年之久的「運動」，宗廟祠堂保留完好不說，民間傳統的典章禮儀亦綿延不絕，從來沒有間斷。我覺得是有道理的。金門的文化是很典型的閩南文化，是中原文化的一個分支，通過對金門文化的研究和描述，可以進一步加深對閩南文化、以至

中原文化的瞭解。據我所知，以金門文化爲課題的碩士論文已經有多種，例如對呂世宜的研究、蔡廷蘭的研究，以及「解嚴」以後金門文學的研究等，但我不知道是否也有博士班的論文以金門文化爲研究課題？楊君的論文是不是？我目前不知道，至少楊君很關注金門文化。我以爲，金門文化還有相當的研究空間，需要我們去關注，去研究。加大對金門文化研究的力度和深度，撩開金門神秘的面紗，金門才能爲世人所認知，金門才能走向世界。論文充滿了楊君對金門濃濃的鄉情，從中似乎還可以看出楊君的一種焦慮，那就是金門傳統文化有漸趨消歇的危險，他的寫作旨在喚起人們對它的關注和重視。楊君，還有我們所有的鄉人，大家共同努力，大家都來用心保護家鄉的文化吧！

鼎富樓宴集

唐朝泉州籍進士歐陽詹，在京城與鄉人宴集，寫下《玩月》一詩，其《序》云：「貞元十二年，甌閩君子陳可封游在秦，寓於永崇里華陽觀。予與鄉人安陽邵長楚、濟南林蘊、穎川陳詡，亦旅長安。秋八月十五夜，詣陳之居，修厥玩事。」歐陽詹與友人宴集，自然比不上魏文帝曹丕爲太子之時清夜遊西園之盛，其《玩月序》更比不上王羲之《蘭亭序》的著名，十數年來，我讀他的詩、他的序，是因爲他寫的是鄉人之情，是在異鄉爲異客時的鄉人之情，所以覺得可貴、可感、可念。

數年來，與金門鄉人宴集多矣。二〇〇五年元旦，在原鄉，首屆世界金門人日；二〇〇六年十二月，在吉隆玻，第二屆世界金門人日，在異國。兩次宴集，氣勢恢宏，千百人人頭攢動，著實令人難忘。此外，在福州、在泉州、在廈門，在漳州，抑或在臺北、在挑園、在台中、在台南、在高雄，多次鄉親聚會，大多是由聯誼會或者同鄉會來組織，其樂也融融。說實在，我很珍惜一次又一次的與鄉人宴集，在金門，與主官李炷烽先生同在主桌，作為鄉人，榮莫大焉；在大馬，與來自世界各地的鄉親在一起，亦為難得。即便是在福州等地、臺北等地的宴集，或是德高望重的長者，或是翩翩少年才俊，或男或女，一張張笑臉，一句句鄉音，常常給我留下許許多多的美好記憶。

這次來台，方才一月有餘，已經參加了兩場的鄉人宴集。一次是大鄉長楊水應先生的鑽石婚紀念，一次是金門縣議會的與大臺北各同鄉會的聯誼，非常難得。楊鄉長鑽石婚紀念後數日，東吳中文系辦公室的助教打電話給我，說實踐大學的張火木教授正在聯絡我。張教授後來來了電，說在楊大鄉長紀念慶典上見到我，因人太多，來不及敘談，打算約個時間聚聚。

張教授起初約定十月二十六日，因星期五晚上我有課，遂改為二十九日。傍晚，張教授開車來接，我邀了本學期同來東吳客座的蘇州大學劉祥安教授同往；劉教授參加朋友的活動，也常邀我一道。張教授執教于明道歷史系，也是東吳的校友，一見如故。

宴集的地點是鼎富樓。路上有點小塞車，我們到得晚了點，一桌人差不多都來齊了。參加宴集者，除了我們車上的三個人，還有鄉賢許丕華，作家楊樹清，具有碩士學位的退伍軍人施志勝、攝影家鍾永和、書刊封面設計家翁翁、從加拿大回來的續均佑、作家兼畫家陳能梨、廣告家王學敏小姐、金門日報副刊翁主編，還有一位以前見過面的洪先生。

我雖然獨在異鄉，卻不是孤獨的異客，也沒有異客的孤單之感，這大概與常常有鄉人來電或來郵件有關，旅居臺灣的鄉人，原鄉的鄉人，常常有電話噓長問短。鼎富樓的宴集，又認識了好幾位原鄉鄉親。樹清兄突然發現什麼，張大嗓門嚷嚷：看看，看看，在座的都是《金門日報》副刊的作者。經他一說，你看我，我看你。是不是作者，翁主編大概最有發言權了。由於種種原因，我已經多年不再寫學術以外的作品。前年突然心血來潮，還老返童，寫了一組隨筆，名曰《師友贈書錄》，由於開初幾篇都與金門的人與事相關，不小心便成了家鄉日報的作者。現在許多日報或者晚報，都不再有副刊了，而《金門日報》的副刊依然堅持辦下去，而且還闢了若干專欄，形成特色，實屬不易。

酒酣耳熱，不知從什麼地方又竄出兩位鄉人。一位是金門金瑞飯店的彭老闆，一位是

與許丕華先生（左）合影

在捷運供職的許奮鬥小老弟。原來他們兩位也在這個餐館用餐，聽說我們在這兒小聚，也來「敬酒」、湊熱鬧。

今天的宴集，收穫多多。身在異鄉而見到這麼多的金門名人，有些興奮。許丕華先生是今晚的「白眉」，資格最老，席間，許先生贈送每位鄉人新著《浯鄉俗諺風華錄》，洋洋灑灑數十萬言，專門研究和介紹金門的諺語和俗語。誠如作者在《自序》中所說：「沒有近距離的溶入鄉諺俗語，很容易忽略它『俗中帶雅，樸中帶美，粗中有致，淺中有物』的特質。」作者如果不是根植於鄉土，不是對故鄉的人情世故、一山一水有著深情，任憑你學富五車，才高八斗，也寫不出這樣的作品來的。席間贈書的還有陳能梨，她說今天只帶了兩本書。一本自然是回贈給許先生了，另一本她有些犯難，幸虧我坐在她的右側，又從比較遠的地方來，她好像不太好意思不送我。陳能梨是作畫的時候署本名，寫文章寫書卻署陳亞馨。她的《雲之鄉》收入《金門文學叢刊》第一輯，此叢刊我早已有藏。能梨小姐得知我已經藏有此書之後，似乎有些小小的惋惜，似乎還有點「上當受騙」的感覺吧？本來書可以另送給他人的，卻為我所得。我告訴她，我就是想要她親手簽名的本子，因而故意作沉默狀。作者簽名與不簽名的本子是大不一樣

台灣北部的金門鄉親

的；另一本我可以送給喜歡這書的其他人，比如我女兒陳茗，她對金門文學也是情有獨鍾。能梨小姐，請原諒我的貪婪吧！最後贈書的是張火木教授，在歸途的路上，張教授早早把書堆放在車座上，他說，你想要哪一本，儘管拿去，其中他自己著的有《金門鄉情語錄》，還有他整理的張邦育《烽火鄉情》等書。這些，都是今晚鼎富樓宴集的意外收穫。

席間，不知誰還說了一句，王學敏小姐家藏書頗豐，特別是臺灣的文獻。於是大家遂有前去探書的願望。王小姐一再說，家太小了、太小了，房子本來是要買兩套，然後打通的，誰知道，商家卻把另一套賣給他人。聽她的口氣，對藏書似乎沒有否認的意思。我們說，我們去看書，不是看房。王小姐表示歡迎。這是宴集留下的第一個懸念。

張教授的車把我們送到東吳的側門，我突然想起來，席間竄出來「敬酒」的許奮鬥鄉人，他是銘傳大學陳德昭的碩士，如果沒有記錯的話，他說改天由他來安排，請我和劉教授「賞光」，說這話時他已半入「境界」，該不會是一時之興到之言吧？這是第二個懸念。

二〇〇七年十一月一日

（附記：奮鬥小老弟已于十一月四日另請了我和劉教授，附此致謝。）

——東吳手記之八

外雙溪錢穆故居

我到東吳，住在外雙溪的一個半山坡上。門廊外，一片小樹林，密密匝匝，上下的石階也被枝葉遮蓋著，要是夏天，肯定的很清涼的。我的到來已經仲秋，照理是到了天朗氣爽的時節，而臺北卻是「雨季」。不過，只要不是颱風，雨卻也不大，秋風中，雨點打在枝葉上，沙沙作響，我還特地打開門窗，聽風聽雨，似乎也是一種小小的享受。

錢穆故居，去年十月間我來台參加雲林科技大學的一個學術會議，返回臺北時，東吳大學中文系主任許清雲教授領著我參觀過一次，留下很深的印象，記得錢氏故居的門牌是臨溪路七十二號，在東吳大學的校內。我現在居住的房號竟是七十號五十六室，門牌與錢穆故居僅有兩號之差，單雙分列，那麼，我的寓所可以說與大師毗鄰了。從我的住所，下了石階，過了車路，再往下走上一段彎曲的、苔痕斑斑點點的小石徑，就到了錢穆故居。不過，若從正門走到故居，還要下若干石砌的臺階，石臺階左側是教堂，右側是故居的圍牆。如果

算直線距離的話，可能也就是七八十米的光景。由於小樹林遮擋住視線，從住所的門廊是看不到錢穆故居的。十月六日，颱風蘿莎折樹發木，門前的大樹小樹各倒了一棵，樹枝折斷無數；往故居的路上，也躺下一棵老樹和若干小樹，經過工人的整理，視線寬遠得多了，站在門廊，居然可以看到故居紅紅的一片屋頂，一下子覺得與大師的距離縮短了許多。

錢穆先生原名恩，字賓四，後改名穆，生於清光緒二十一年（一八九五）六月初九日（陽曆七月三十日）。錢家世居江蘇省無錫縣南延祥鄉嘯傲涇七房橋村，七房橋以錢家先世七房受名。先生自幼天資聰穎，刻學苦讀，十八歲當鄉村小學教師，一九一八年，還在擔任著小學教師的錢先生所著《論語新解》，由上海商務印書館出版，這是錢先生的第一部著作。此後，錢穆先生擔任多年的中學教師，在中學任教期間，先後又出版了《四書大義》、《論語要略》、《孟子要略》等著作。一九三〇年秋，發表《劉向歆父子年譜》，辯駁康有爲《新學僞經考》之誤，震驚了當時北京的學術界；同年任燕京大學講師。一九三七年轉任北京大學歷史系教師。抗戰前七年在北平，先生任教于北大，又兼清華、燕大、師大等學校的課，一九三五年、一九三七年商務印書館又分別出版了先生的《先秦諸子繫年》、《中國近三百年學術史》。抗戰爆發後，北大文學院南遷，錢穆先生輾轉南嶽、桂林、南寧、昆明、蒙自等地；後又任教于齊魯、華西、川大等校。一九四〇年《國史大綱》由香港商務印書館出版，一九四八年出任無錫江南大學文學院院長，一九四九年赴香港創辦新亞書院。

一九五五年應美國耶魯大學東方學系之邀，在該校講學半年，並獲耶魯大學名譽博士學位。一九六七年秋，錢先生與夫人定居于臺北外雙溪之素書樓今址，並在中國文化大學授課；先生花了七年的時間完成了巨著《朱子新學案》。一九八六年，九十二歲生辰，錢先生在素書樓講了最後一課，對學生贈言曰：「你是中國人，不要忘記了中國！」一九九〇年初，錢先生遷出素書樓，八月卒于臺北市杭州南路自宅，享年九十六歲。一九九二年錢夫人遵照錢穆先生遺願，將其骨灰運回江蘇故鄉，安葬于蘇州太湖中的西山四龍山。一九九四－一九九七年臺北聯經出版公司把錢先生的著作總匯爲《錢賓四先生全集》三編（甲編：思想學術，乙編：文史學術，丙編：文化論述）出版，煌煌五十四巨冊。

錢穆故居，坐南朝北。南邊是坡勢不太陡的山坡，上世紀六十年代錢氏居所興建之時，我現在的住處，以及左鄰右舍的幾座住宅尚未興建，看看我現在住的尚未開發的後南坡，

錢穆故居素書樓

就可以想見當年林木的蒼鬱；東坡也是密密的山林。故居大門外就是濺濺由東向西流去的外雙溪，地勢開闊，可以遠遠地看得見故宮博物院淺青色的琉璃瓦。西側則是一座紅磚外牆的教堂。這處居所，是錢先生和夫人生前同共選定的。錢穆先生過世之後，故居閒置年餘，臺北市圖書館於一九九二年元月正式將故居闢爲紀念館。二〇〇一年十二月委託東吳大學經營，二〇〇二年三月重新開館，五年來慕名前來參觀者絡繹不絕，在離紀念館兩三公里的地方，就開始設有路標，指示著參觀者參觀的路徑。

錢穆先生生前居所名「素書樓」。「素書樓」是錢穆爲了紀念母親的撫育和呵護而命名的。錢先生故鄉無錫七房橋五世同堂之老宅，第二大廳叫「素書堂」。錢穆先生十七歲時得了一場重病，要不是母親在「素書堂」對他悉心照料，先生可能就活不下來了。錢先生在九十二歲高齡時撰寫的《懷念我的母親》一文寫道：

我母親的一輩子，可用《論語》上「貧而樂」三字來作形容。但使我最難忘懷的，是辛亥年那一年的夏季，我十七歲，得了傷寒病，誤用了藥，幾乎不救。我母親朝夕不離我身旁，晚上在我床上和衣陪眠，前後七個星期，幸而我終於痊癒了。我之再得重生，這是我一生中對母親養護之恩最難忘懷的一件事。現在我的外雙溪住宅，取名素書樓，就是紀念當年七房橋五世同堂第二大廳我母親養護我病的那番恩情。

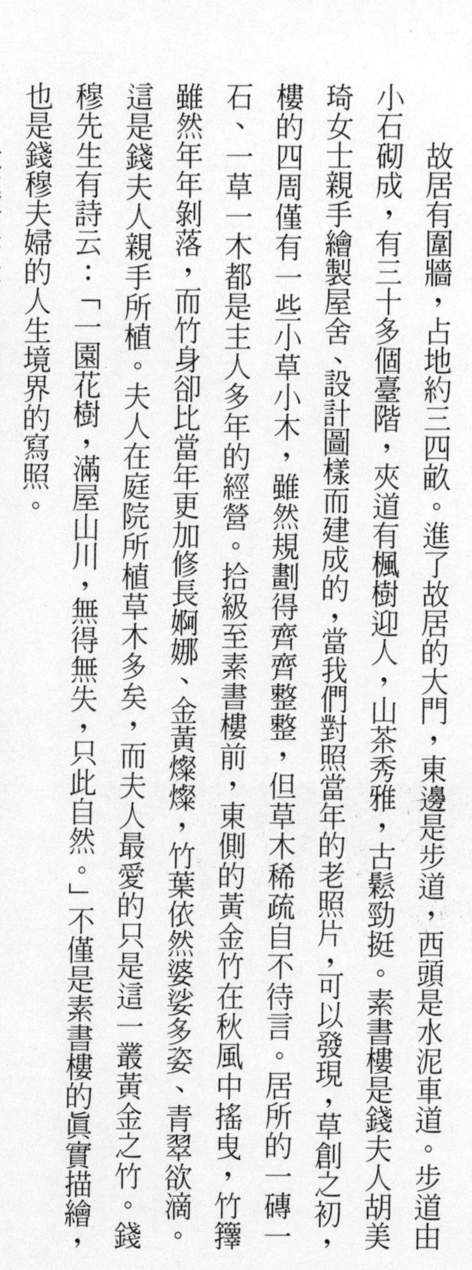

故居有圍牆，占地約三四畝。進了故居的大門，東邊是步道，西頭是水泥車道。步道由小石砌成，有三十多個臺階，夾道有楓樹迎人，山茶秀雅，古鬆勁挺。素書樓是錢夫人胡美琦女士親手繪製屋舍、設計圖樣而建成的，當我們對照當年的老照片，可以發現，草創之初，樓的四周僅有一些小草小木，雖然規劃得齊齊整整，但草木稀疏自不待言。居所的一磚一石、一草一木都是主人多年的經營。拾級至素書樓前，東側的黃金竹在秋風中搖曳，竹籜雖然年年剝落，而竹身卻比當年更加修長婀娜、金黃燦燦，竹葉依然婆娑多姿、青翠欲滴。這是錢夫人親手所植。夫人在庭院所植草木多矣，而夫人最愛的只是這一叢黃金之竹。錢穆先生有詩云：「一園花樹，滿屋山川，無得無失，只此自然。」不僅是素書樓的眞實描繪，也是錢穆夫婦的人生境界的寫照。

走進素書樓，東頭是客廳。客廳裏立著朱子像，懸掛著朱子手書「立修齊志」、「讀聖賢書」及「靜神養氣」等字軸。由此，我們知道主人所著《朱子新學案》，除了學術研究的因素之外，還緣于對朱熹的熱愛和崇敬。說是客廳，這裏其實還是講學的廳堂。我們仿佛還可以看到錢穆先生人坐在桌前，他的學生們環圍於四周，人數眾多，有的只能站著。先生神采飛揚，出神入化。廳堂的空間雖然狹小，但是有的學生一聽就是二十年，就是到他已經當了教授了，還是經常來這裏受益，甚至把自己學生也帶來一起薰陶，薪火相傳。

二樓東側是書房兼工作室，中間一個房間是藏書室。據介紹，錢穆先生的藏書非常豐富，他的書架頂天立地，從地板到天花板，每層書架都有裏外兩層，錢先絕大多數藏書都捐贈給中國文化大學或贈送給友人了，今天我們前來參觀，看到的只是先生各個時期的著作展品，即便如此，琳琳琅琅，已讓我們應接不暇。我站立於五十四巨冊的《錢賓四先生全集》之前，沉思良久。從一九一八年先生二十三四歲出版第一部著作《論語新解》，到一九八七年盲瞽口述的《晚學盲言》問世，長達七十年之久，總字數多達數千萬字，涉及史學的各個領域：斷代史、通史、思想史、政治制度史、學術史、文化史等等，數量之多、博大精深，這些論著到底是怎樣寫出來的？我覺得這是一個很值得我們今天思考的問題，先生早慧、刻苦用功、廢寢忘食，以至於高壽，這些確實是沒問題的，但是這幾句話似乎還不能完全概括錢穆先生對學術執著的追求。但是仔細想來，也並不複雜，錢穆先生在最

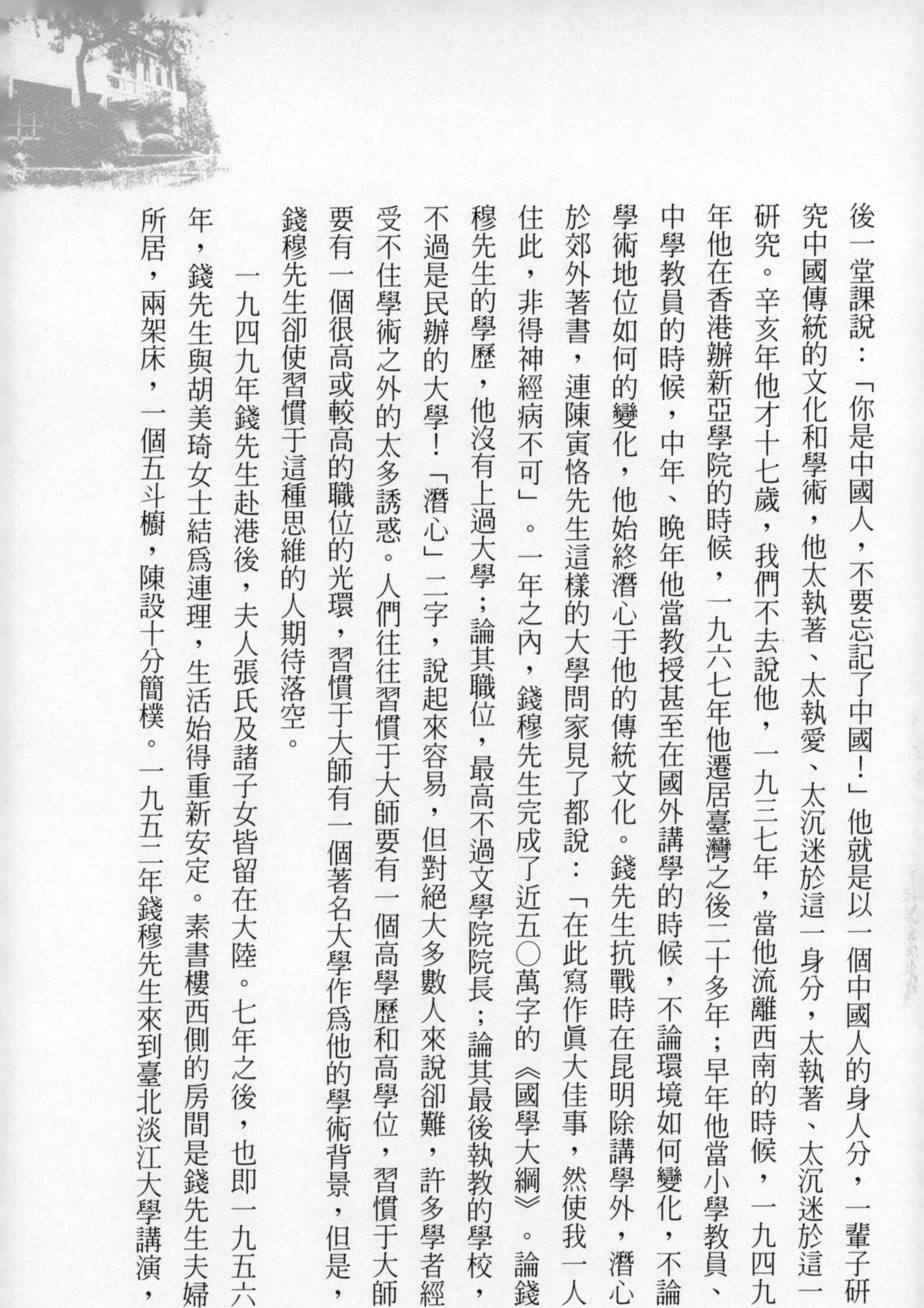

後一堂課說：「你是中國人，不要忘記了中國！」他就是以一個中國人的身人分，一輩子研究中國傳統的文化和學術，他太執著、太執愛、太沉迷於這一身分，太執著、太沉迷於這一研究。辛亥年他才十七歲，我們不去說他，一九三七年，當他流離西南的時候，一九四九年他在香港辦新亞學院的時候，一九六七年他遷居臺灣之後二十多年；早年他當小學教員、中學教員的時候，中年、晚年他當教授甚至在國外講學的時候，不論環境如何變化，不論學術地位如何的變化，他始終潛心于他的傳統文化。錢先生抗戰時在昆明除講學外，潛心於郊外著書，連陳寅恪先生這樣的大學問家見了都說：「在此寫作眞大佳事，然使我一人住此，非得神經病不可」。一年之內，錢穆先生完成了近五〇萬字的《國學大綱》。論錢穆先生的學歷，他沒有上過大學；論其職位，最高不過文學院院長；論其最後執教的學校，不過是民辦的大學！「潛心」二字，說起來容易，但對絕大多數人來說卻難，許多學者經受不住學術之外的太多誘惑。人們往往習慣于大師要有一個高學歷和高學位，習慣于大師要有一個很高或較高的職位的光環，習慣于大師有一個著名大學作爲他的學術背景，但是，錢穆先生卻使習慣于這種思維的人期待落空。

一九四九年錢先生赴港後，夫人張氏及諸子女皆留在大陸。七年之後，也即一九五六年，錢先生與胡美琦女士結爲連理，生活始得重新安定。素書樓西側的房間是錢先生夫婦所居，兩架床，一個五斗櫥，陳設十分簡樸。一九五二年錢穆先生來到臺北淡江大學講演，新建的禮堂屋頂水泥掉落，先生被砸昏迷，經搶救脫險。錢先生在台中養病期期間，多虧胡氏的照顧。胡氏江西南昌人，先後就讀于廈門大學和香港新亞學院，後來畢業於臺灣師範大學。上了素書樓的二層，從東側的書房通向西頭的臥室，有一條長長的樓廊。樓廊寬約兩米，外邊是一排落地的玻璃窗。錢穆先生的生活很有規律，每天清晨起床之後，他都會在樓廊小坐片刻，然後踱到書房開始寫作。樓廊就是樓廊，沒有什麼陳設，只有西頭擺著的一對竹沙發和竹茶几而已。西頭還有玻璃門，可以通向外面的陽臺，素書樓的主人稱之爲觀月臺。透過樓廊的窗，可以俯視樓外的主人精心培植和經營的花園，春有杜鵑，秋有紅楓，還有四季常綠的青松和翠竹。素書樓是根據錢夫人所繪房舍圖而建的，這個樓廊也是她精心的設計，原來，錢穆夫婦在香港的居所也有樓廊，夫人曾經回憶道：「遠在我結婚以前，我和外子賓四在一起，就常喜歡閒聊人生。成婚後，我們最初住在九龍鑽石山難民區一小樓上。樓有一廊，可以望月，可以遠眺一線的海景……以後我們遷居九龍郊外沙田半山一小樓……樓居的廊，長四丈餘，寬六尺。前面有一排長四丈，高逾八尺的玻璃長窗，面前寬大的海灣。海灣後有一排如屏風般的遠山。樓廊遠望，海山宛然，眞是令人心曠神怡。我們在此居住八年，每得閒暇常在此廊上閒話。」關於素書樓的門廊，錢夫人又寫道：「（一九六七年）我們由港遷台定居，第一年先住市區，第二年遷來外雙溪素書樓。溪山外長山一列，樓前亦有一長廊，面前溪山，依稀往年沙田景象。又成我們日常閒話的好地方。」據錢夫人的

敘述，錢先生常常透過日常社會種種現象，種種人和事，借題發揮，引經據典，談論人生，精深而有啓迪。錢夫人的《樓廊閒話》，文筆悠雅生動，不經意間記載了他們夫婦間的看似閑淡卻很耐人尋味的生活。

錢穆先生辭世已經十幾年了，大師似乎已經走遠。有兩件事，一個多月來，我一直揮之不去，不時覺得鬱悶。一是錢先生被迫遷出素書樓，說那地是公產。沒過幾個月，先生就過世了，老東吳的人說，錢先生遷出後可能心情不好，不然也許沒那麼快離去。二是錢穆先生在一九四九年被冠于「民主個人主義者」的「頭銜」，以至於此後很長的時間，錢穆先生的著作在大陸幾乎銷聲匿跡，新一代的學人對錢穆先生的學術幾乎一無所知。說來慚愧，直至一九八七年春，我給助教進修班開《先秦諸子》課，始得接觸先生的《先秦諸子繫年》，此後才知道先生還有《國史大綱》、有《中國文化導論》，還有《朱子新學案》等等。現在與大師的故居爲鄰，與大師爲鄰，生活在大師生活過的氛圍周邊，是一種緣分，一種幸運。每天下午，我讀書寫作累了，就跑到素書樓的花園散散漫漫地走上幾個來回，有時還在故居的茶室慢悠悠地喝上一杯濃濃的咖啡；夜晚，當我上完課，身子有點疲憊，還是繞道從素書樓與教堂的小道小心地登著石級而上，若干年前，錢先生與夫人就在我仰頭就可以得見的樓廊閒聊著人生，在觀月臺上賞月……

二〇〇七年十一月四日

在中正大學講金門文學

——東吳手記之九

十一月，是我到東吳客座最爲繁忙的一個月。在這三十天的期間內，每週需要上十堂課（包括大學部和博碩班），對博士和碩士候選人的資格進行審查，這是日常的工作。十一月間，有兩個學術會議要去參加，一個是明道大學的《唐宋詩詞國際學術研討會》，一個是《二〇〇七文學「南臺灣」學術研討會》，此外就是一些大學邀請的講演。臺灣的大學教育，非常注意課堂教學，教師不論公私事，很少請假。東吳大學中文系主任許清雲教授，也參加了明道的學術研討，會議是十六、十七日兩天。會議臨近之時，許主任曾我商討過一起南下，可是十六日這天是星期五，晚上他有課。許主任說，只能上完課之後，再乘「高鐵」（高速列車）趕到台中，參加十七日一天的會。他說，我是主任，要帶頭不請假，不然怎麼要求其他老師？同樣，我參加學術會議或講演，也是一堂課也沒塌過。

十一日上午八時二十分，我乘校車到劍潭捷運站，先到臺北車站，然後轉九點三十分開往高雄方向的「高鐵」到嘉義。一出捷運臺北站的閘口，就是臺北高鐵站和臺北（火）車站（俗稱「台鐵」），非常方便，同時也節省很多的時間。例如出了捷運閘口，要往「高鐵」或「台鐵」，假定票是事先購買的，只要有三五分鐘的寬餘時間，你就可以如願以償地登上你的車次；即使沒有事先購票，有那麼十到二十分鐘的時間，也可以順順利利上車。我乘座的這趟車，停的站點多一些，到嘉義需要一小時又二十四分鐘；如果停的站點特別少，從臺北到高雄只要一個半小時就夠了，比搭乘飛機還方便。

下了嘉義站的電梯，毛文芳教授的兩位碩士陳雅琳和蔡孟宸就在梯口迎候了。中正大學中文系的毛文芳教授，是今年八月在武夷山召開的明代文學學術研討會上認識的，雅琳同學當時也隨毛教授到武夷山，所以她認得我。這一次到中正大學來，日程是由毛教授安排的。下午，在中文系、所講演一次，晚上在臺灣文學研究所講演一次，兩個講演的內容不一樣。先前臺灣文學所徵集我的題目，我報了《「解嚴」之後的金門文學》和《明清閩台文學交流》兩個題目。最初回復給我的是後一個題目，由於要講這個題目，我還特地到圖書館借了《全台詩》和《全台賦》兩部書，客座在台，我的資料大多沒有攜帶過來。可是，到了講演的前一週，臺灣文學所突然又通過電郵讓我講金門文學。

下午的講演有點興奮，多講了半個小時。五點四十分，臺灣文學研究所的江所長開車接接我去用餐。江所長自我介紹說，她叫江寶釵，薛寶釵的寶釵。她說多次到過大陸，和廈門大學臺灣研究院有學術交往，也到過福建師範大學，並參觀過圖書館，印象非常好，特別是那些線裝書，數量多，收藏又良好，她一直贊口不絕。

晚上七點鐘開講，江所長親自主持，並且始終認眞聽著。兩年來，我在大陸講金門文學已經多場，除了福建本省，今年五月還在安徽師範大學文學院講過。許多人，尤其是年輕人對金門很不瞭解，甚至一無所知。不說遠的，我的一個北方考來的碩士生，聽說我到過金門，問我：從廈門乘飛機到金門有多遠。讓我哭笑不得。當然，不能怪他們，作爲金門人，我們介紹得太少了。在臺灣講金門文學，這是第一場。在臺灣呆了兩個月了，我才知道，原來住在臺灣本島的人到過金門的也不是很多，我的學生中，十個當中恐怕還不一定有一個。在大陸，我一說是金門人，常常有人帶著驚疑的眼光看我：臺灣金門的那個金門？在臺灣常常也有人疑惑地問我，那你怎麼會在大陸？我眞不知道該怎麼說才好。我講演時講到這樣的事，下面的博、碩士生也都笑了。

金門這個地方眞是很特別。江所長說，她準備寫一部新的臺灣文學史，我問她，金門文學你怎麼處理，她說，文學史表現的是主流文學；金門文學還進入不了主流文學，所以沒有考慮。作爲一個文學史家，江所長的考慮是無可非議的，大陸研究當代臺灣文學的專家也是置金門文學而不顧的。除了主流與非主流之外，我覺得還有一個很重要的問題，就像我的籍貫一樣。金門的地理位置，就在福建省的區域之內，而且與廈門、泉州只有淺淺的一水相隔，不用說靠小舟小船可航可渡，水性稍好一點的人，鳧水而過也不是什麼了不起的大事。而金門與大陸福建隔絕，到二〇〇一年開放「小三通」，長達五十二年之久，一般的民眾進出金門島，長期靠的是海船。上世紀八十年代後期，金門到臺灣有了航班，兩岸也開始有限制的來往，金門島上的居民前去大陸，必須先到臺灣本島，再到香港轉機。金門「解嚴」之後、「小三通」之後，深閨初出，神秘的面紗剛剛撩開一角，但是至今還未被兩岸民眾所深刻瞭解。金門的文化和文學也一樣，知之的人不多，深入瞭解的更少。

我問道：金門古代的文學家，僅以明代來爲例，許獬的文集被收入《四庫全書》，大家知道不知道？朱彝尊的《靜志居詩話》評論金門的詩人有三位，大家知道不知道？我還說，有一本很權威的《靜志居詩話》的標點本，竟然把「蔡復一字敬夫」的「蔡復一」從中點斷，點爲「蔡復，一字敬夫」，大家可能更不知道。

如果說，許獬這些文學家是古代的文學家，可以暫且不論，那麼當代的文學呢？金門當代的文學又該怎麼定位？如果從文化的角度來審視，金門文化當然是閩南文化的一個組成部分；如果從行政轄區和意識型態來考量，金門文學應當是當今臺灣文學的一個分支，無論是大陸的學者還是臺灣的學者，我想，對這個問題肯定不會有分歧。現在，我以兼有大陸學者和臺灣東吳大學客座教授的雙重身分，來看這個問題，我覺得也許更爲客觀。我覺得，在研究臺灣文學時，不應當遺落金門。

因此，我不能不談到新編的《全台詩》和《全台賦》。臺灣不少學者很看重這兩部書，不管當初編這兩部書的動機如何，就文獻而言，這兩部書搜集得不錯。當然，也有不足，例如當收而不收、不當收而收的問題，將來擬另文評述。我想說的，還是上面提到的那個問題，金門詩、金門賦怎麼處理？如果《全台詩》、《全台賦》僅限於臺灣本島，那麼，爲什麼有澎湖？如果《全台詩》、《全台賦》是指一八八五年臺灣建省時的區劃，那麼，至少在前言或凡例中應有個說明或交代。編者的本意，或按照一般讀者的推想，「全」，應當是指目前臺灣所有的轄區，金門、馬祖，都應當在「全台」的範圍之內。

我講演完，江所長做小結，她說，《全台詩》、《全台賦》的問題她不好評說；不過，她認爲，金門文學屬於臺灣文學，這肯定是沒有問題的。作爲所長，她建議博、碩士班的同學，能從我今天的講演得到一點啓發。大家不是經常說，選題很難嗎？金門文學爲什麼不可以選呢？她還說，她也許會考慮，將來在撰寫《臺灣文學史》時，或許會加上一章《離島文學》，把金門文學也寫上。

這一天的講演，講金門文學當然還是離不開小說：陳長慶；散文：楊樹清、黃振良；詩歌：張國治、歐陽柏燕。海外作家：黃東平。等等。陳長慶的小說講得多一些，一則陳氏創作量大，二則他的小說有特色，當然還與小說有故事情節，比較好發揮有關。至於刊物方面，則介紹《金門文藝》、《金門日報副刊》；叢書方面，介紹已經出版的《金門文學

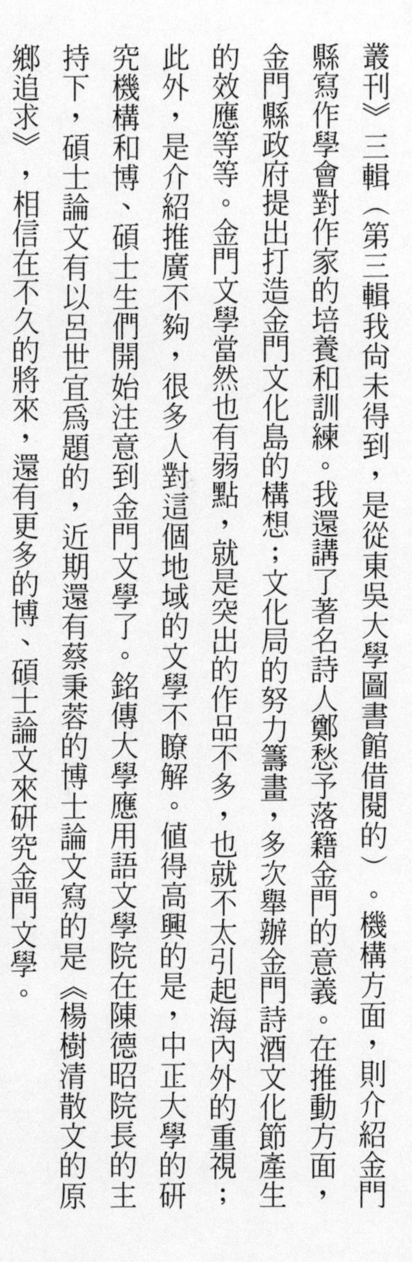

叢刊》三輯（第三輯我尚未得到，是從東吳大學圖書館借閱的）。機構方面，則介紹金門縣寫作學會對作家的培養和訓練。我還講了著名詩人鄭愁予落籍金門的意義。在推動方面，金門縣政府提出打造金門文化島的構想；文化局的努力籌畫，多次舉辦金門詩酒文化節產生的效應等等。金門文學當然也有弱點，就是突出的作品不多，也就不太引起海內外的重視；此外，是介紹推廣不夠，很多人對這個地域的文學不瞭解。值得高興的是，中正大學的研究機構和博、碩士生們開始注意到金門文學了。銘傳大學應用語文學院在陳德昭院長的主持下，碩士論文有以呂世宜爲題的，近期還有蔡秉蓉的博士論文寫的是《楊樹清散文的原鄉追求》，相信在不久的將來，還有更多的博、碩士論文來研究金門文學。

講演後，江所長讓我和大家合影，背景是我講演的海報。感謝製作海報的同學，海報上有一尊大而威猛的風獅爺，使我的金門鄉心得到很大的滿足。同學們很細心，還特意製作了一張小海報送給我做紀念。臨別，江寶釵所長說，二十四日，也就是大約兩周之後，臺灣文學研究所還將舉辦《二〇〇七文學「南臺灣」學術研討會》，讓我也來參加。

二十四日再南下參加研討會，說實在，我有些爲難，因爲十六、十七日明道大學有《唐宋詩詞國際學術研討會》，十九日我在成功大學有一場六朝文學的講演，行程過於密集。我從成功大學回臺北之後，中正大學臺灣文學所的助理和江所長又先後來電相邀。二十四日，我終於還是再次南下嘉義。

中正大學是一所很漂亮的大學，青春偶像劇《流星花園》就在這裏拍的，上次專題講演，來去匆忙，晚上入住致遠樓，一早嘉義大學的朱教授就把我接到他們學校去了。兩周後重來，剛好可以把校園走個夠。來接我的博士班李之灝同學說，一到雙休日，校外許多人會開車來中正休假。如果叫我說，中正更像是一座花園，或者說是花園式的大學。雖然是十一月了，不要說北國已經飄雪，即便是臺北，在我早上出門的時候冬雨正在滴滴噠噠下個不停，弄得我非撐一把雨傘不可。可是一到嘉義，晴空萬里，陽光燦燦，走進中正的校園，雨傘也就很快被我給弄丟了。眼前花團錦簇，綠樹成蔭，青草柔嫩有如碧絲，連一點秋色都看不到。在臺北生活了兩個多月，陰雨天似乎太多了，居舍又在山中，清幽是清幽，不免有時覺得壓鬱。一個月之中，到了三次到中南部，天氣都是那麼晴朗，天藍藍高高，很開心，很興奮。劉勰說：「情以物遷，辭以情發。一葉且或迎意，蟲聲有足引心。況清風與明月同夜，白日與春林共朝哉！」難怪，我在東吳的山居中，很想寫一篇《山中讀〈山鬼〉》，來到嘉義，我卻禁不住要讚美南臺灣的冬天！剛進中正大門不遠，就是「寧靜湖」，一泓清清的湖水，中間有一座弧度很大的拱橋，四周有熱帶的闊葉樹，左一群右一群俊少年俏少女在寫生，三三兩兩，或蹲、或立、或坐、或依，眞是畫中有畫。中正大道的正中，有一台，臺上有很大的噴水池。這座噴水池的奇特，在於池的東西兩側各立著十根大石柱，柱中有矩型燈箱，石柱上端是方型的石「帽」，石柱旁有小葉的綠樹，在陽光照射下，水

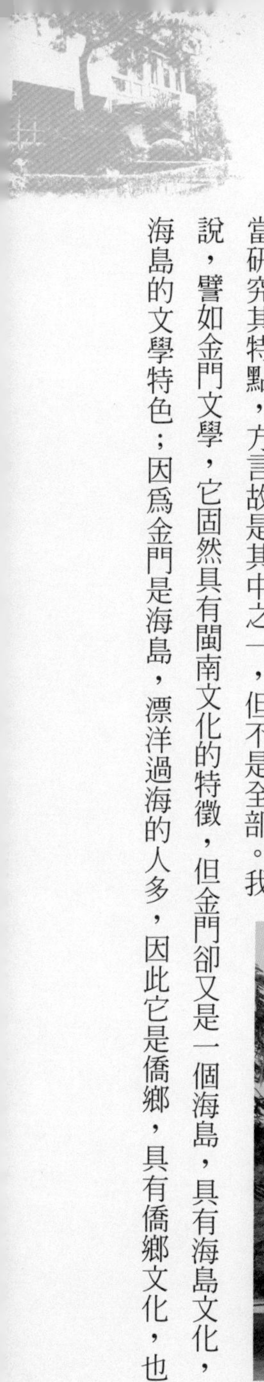

霧四散，形成一道小小的彩虹。一個可愛的小男孩在水霧中穿梭著，年輕的爸爸媽媽坐在石柱的背陰，看著他，任由他嘻鬧，笑著。中正大道的盡頭是占地面積很大的森林，森林建有供師生休閒的步道，繞行小半圈，大約半小時的時間。步道是水泥小路，坡度大點的鋪有石階。兩旁的林木修葺得修長齊整，鳥叫蟲鳴，平添幾分的清幽。半個小時的步行，只碰見過一對老人，相依著，陽光透過林葉，溫暖地落在他們的臉上。

我的發言是在下午五點到六點半，是一場對話，主持人是中正大學臺灣人文中心戴主任，對話的是臺灣文學館的鄭館長、成功大學文學院的陳院長、江所長和我。我的發言的要點是：南臺灣文學的研究，應當研究其特點，方言故是其中之一，但不是全部。我說，譬如金門文學，它固然具有閩南文化的特徵，但金門卻又是一個海島，具有海島文化，海島的文學特色；因爲金門是海島，漂洋過海的人多，因此它是僑鄉，具有僑鄉文化，也

就有僑鄉的文學；不必諱言，金門還曾經是戰地，產生過戰地文化和文學；金門與廈門、泉州相隔一水，跂予可望，兩岸往來密切，金門文學描寫比較多與大陸相關的人、事和光景，也是很自然的。至於方言方面，也只是它的特色之一，當然，沒有金門的方言（閩南方言的一個分支），可能也就沒有金門特色的文化。每一個父母，都希望他們的子女能講自己的方言，只要不是在很特別的情況下，一個地區的方言，它可能還會世世代代承傳下去；另一方面，當上一代或上兩三代移民到一個新的方言區，下一代或兩三代的子孫，當他們完全融入這個地區的生活之後，他們也可能放棄祖輩所講的方言而講本地的方言，這也不足爲怪。方言可以增加文學作品的生動性，但是文學作品過多或不恰當地運用方言，也可能妨礙作品的流播。因此研究臺灣的文學，既要注意研究南臺灣文學與北臺灣「同」的一面，也要研究與北臺灣歷史與文化差異的一面，看看南臺灣文學在文化與文學方面有哪些特色。這次研討會，既可以用普通話（或稱國語）發言，也可以用英文或方言。對話時大家用的是方言，當然我也可以講方言。本來，臺灣方言和金門方言都是閩南語的一個分支，大家並沒有什麼語言障礙和隔閡。

用過晚餐，李之灝君把我送到下榻的皇爵飯店，已經九點過了。乘著夜色，逛了嘉義車站，原來開往玉山的小火車就在這個車站發車。

二〇〇七年十二月一日

淡水紀遊

——東吳手記之十

十二月二日，天氣特別好，東吳大學興建新教學大樓，從早上八點到下午五點停電。住在外雙溪半山，門前窗後都是樹，白天不點燈，不能做事；加上周日餐廳休歇，午餐也成問題。本來規劃要到淡水走一趟，那就是今天了。備了一瓶水，帶件外套，錢包鼓足，蹬上旅遊鞋，輕輕鬆松出發了。

平常乘捷運都是從士林站上的車，今天準備改換爲芝山站，芝山站在士林北，從東吳步行，比往士林遠一點，但可多看些先前沒有看過的地方。出東吳校門，跨過至善路，過別墅區，很快就到了芝山公園。芝山是一座山，有一百二十坎，海拔約五十三公尺，可以俯瞰士林區，這裏還有臺灣最早發現的史前文化遺址，似乎不能不看。如果爲了保存體力，最好是不上山；但既然路過，特地再來也不易，重要的是對自己要有信心。從山上下來，步行十多分鐘就到了芝山車站。

捷運芝山站到淡水鎭還有好遠的路，票價單程四〇元。淡水鎭在淡水河的東側，也是淡水河入海口，是清廷早期在臺灣設立海關的一個海港口岸。淡水河緩緩由南向北流去，波光粼粼。沿著河岸左顧右盼，悠悠然走過，有各種小吃小玩，偶然也有裝飾考究、格調清雅的小飯館。年輕的母親，帶著她的小朋友，攤開一大盒的畫筆，五顏六色，讓小朋友面河塗鴉。穿T恤或短袖者，或許百僅存一，而我卻有幸成爲其「一」，你想，寶島臺灣冬天的陽光是那麼的溫暖，那麼的柔和，爲什麼非要把自己包裹得嚴嚴實實不可？還有那從海面吹來的輕風，甜絲絲的吹拂過來，爲什麼要謝絕它的愛撫？劉教授是我的鄰居，很努力，沒有過午夜他是不睡覺的，不像我，還不到午夜就犯睏。不過，我可以早起，通常他卻不能，所以一早出門就不好邀他了。一個人的旅行，可能有點寂寥，有個人爲伴，也不是壞事，出門可以相互照應。但是獨個兒，也很自由，自在，行雲流水，要走就走，要停就停，走到哪兒算哪兒，不用商量，不必協調，儘管走去，也有自得其樂之樂趣。

走出河岸，進入老街，有路標指示，上數十臺階，便是前清淡水關稅務司官邸。淡水的旅遊路標很特別，高約兩米，白桿黑字，標示著東西南北各個方向的風景點，一兩百米就有一處，遊客絕不會迷路。一八八二年，清廷正式將淡水開放爲通商口岸，一八八六年興建稅務司官邸。官邸坐落于美麗的炮臺埔前緣，具有西班牙白堊回廊式風格。官邸只有一層，而基礎卻抬高三尺，有通風氣孔，白灰外牆配上金紅瓦，弧形拱圈回廊和涼臺，加上壁爐、

煙囪，當地人稱之爲「小白宮」。主體建築前後有大片草地，在前草地可以近觀淡水河，遠眺左岸觀音山。如果從左岸隔河觀賞，綠草碧樹、白牆體、金紅瓦，肯定也是一道美麗的風景。

從「小白宮」後邊的圍牆向北走數十步，就到了私立淡江中學。學校北邊的建築十分古樸，一八八三年，傳道士馬偕辦淡水女學校於此，紅磚校舍和女子體育館依然掩映在綠樹叢中。南邊有一座有些規模的教堂。學校中心有一口十九世紀九十年代的鑄鐘，立了一個塔亭，鐘懸在上端，題爲「埔頂鐘聲」。塔亭前有流水、水池，假山，兩三米長的小小橋，是爲「淡中園」。園的側有古典式小門牆的體育館。校園東南端是外僑墓地和馬偕墳。墓地葬的大約都是二十世紀中期之前去世于淡水的僑民，也

淡水清稅務司官邸

成了淡水之一景。此外，還有臺灣橄欖球開球紀念石雕像，埔頂二二八紀念石碑等。沒有想到一所中學歷史這麼長，故事又這麼多，可以紀念和值得記憶的東西眞不少。學校的建築大多比較古老，加上樹木茂密和墓地什麼的，陰涼似乎稍過，好在一座嶄新而明亮的現代教學樓已經落成，給百年老校增添了陽剛的生氣。學校是免費供遊人參觀的，剛才走到校門口，我還以爲「學校重地，閒人免進」呢，差點失之交臂，那才叫遺憾呢。

從淡江中學往北步行約二百米，有一座西方建築式的大門，走近一看，叫眞理大學。孤陋寡聞，臺灣的大學有一百七八十所，對這所大學我卻沒有太多的印象。走入大門，馬上覺得不能小看。一八八二年，馬偕自加拿大述職回台，利用家鄉牛津郡捐款在此建立了「理學大書院」，因是鄉人捐款所建，又稱「牛津學堂」。大書院仿臺灣四合院大厝設計，聘本地工匠而建，建材運自廈門。屋頂是閩南的紅瓦，頂上有寶塔式帽尖，門窗和裝飾則來自西方的樣式，可以說是中西合璧。至今保存完好無損。學堂一九六五年更名私立淡水工商管理專科學校，一九九四年改爲學院，一九九七年始名眞理大學。這所大學無疑是典型的教會大學，有一座大禮拜堂。禮拜堂依坡而建，面對開闊的淡水入海口，更見其氣魄宏偉。屋頂成六七十度的斜角，尤見高聳。藍灰瓦，門窗一律爲倒U狀，頂端圓弧則爲尖形，與校門三個倒U，風格相一致。前後大門和數十個上百個窗戶緊緊深閉，有一種崇高而神秘的感覺。和歐式建築形成鮮明對照的是校門正對面的財經學院，紅磚矮欄，高低錯落，

古榕下有亭，有石桌石凳，完全是閩南風格，又見其兼容性。大學與淡江中學僅一牆之隔，中學高高聳立的紅磚八角樓正好可以作爲借景，給這所大學增添了色澤和光彩。

下了坡，就是淡水最著名的「紅毛城」，爲「閩台一級古跡」之一。城門城牆是綠綠的一片，因爲爬滿了密密的青藤，大的空隙，那就是門洞了。城門上端的石扁上刻寫著「南門」二字。一六二八年，西班牙人在淡水河口附近的山崗上興建「聖多明哥城」。一六四二年，荷蘭人自南臺灣北上，驅走西班牙人，並在西班牙人的城址附近重建一座「安東尼堡」。明

淡水紅毛城

末，荷蘭人初到閩海，民眾稱其爲「紅毛」，淡水人因而也將此城稱作「紅毛城」。顧名思義，紅毛城是一座方形城堡式的建築，內石外牆，門牆特厚特堅固，可防可守。牆的顏色很特別，塗上紅的顏色，不知道當時是不是就是這個樣子。如果稍不留意，會誤以爲「紅毛城」原來就是紅色牆體之城，或許是偶然的巧合，巧合得很有意思。城依山勢而建，西牆之下有一座一層的石砌附屬建築，是關押罪犯的場所，有廚房，西北側有高約三米的石牆天井，供犯人放風和活動之用。天井外的石凳上，塑有一尊古銅色的人像，長髮捲曲，小胡，坐著，兩腿分張，頭左偏，神色傲慢，不用說明，這個洋人就是看守了。天井也有一尊古銅色人像，隨隨便便站立著，略高，雙手置於背後，鴨舌帽，長統靴，寬肩，態然自若，夾克的下扣扣著，突出了胸肌的發達，洋勞工模樣。有一個女生嘻嘻笑著，跑過去靠著洋看守，合影，我差點喊出來：不要和他照！你爲什麼不看看裏面這一位！我還是止口不言了，英俊不能當飯吃，有職業的看守總比關押在牢房的犯人安全可靠，故女生舍此而適彼；或許，只是各人審美情趣不同而已。

十九世紀第二次鴉片戰爭之後，淡水開放爲通商口岸，英國向清廷租借紅毛城作爲領事館，並在原城的東邊建造另一座兩層的紅磚樓，作爲領事官邸之用。紅磚樓回廊寬敞，白色窗框，細緻溫柔，呈現出維多利亞建築的風格；而青瓷瓶式的欄杆，屋簷花紋的鬥栱，又是閩南式的，似有相得蓋彰之妙趣。西頭的紅毛城，風格是剛硬的；東頭的紅磚樓，是溫

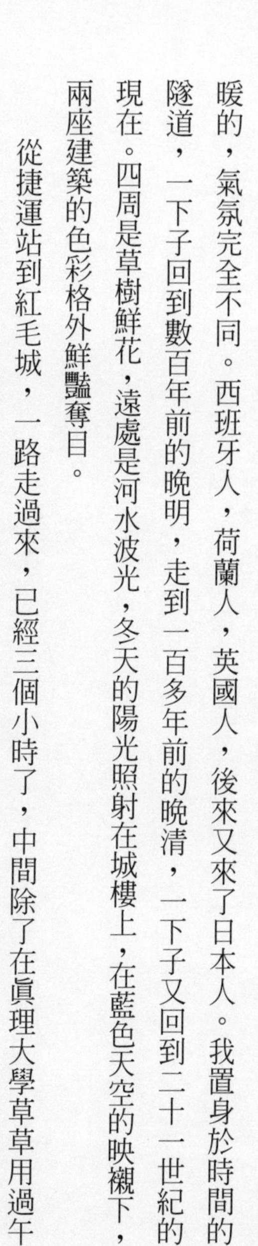

暖的，氣氛完全不同。西班牙人，荷蘭人，英國人，後來又來了日本人。我置身於時間的隧道，一下子回到數百年前的晚明，走到一百多年前的晚清，一下子又回到二十一世紀的現在。四周是草樹鮮花，遠處是河水波光，冬天的陽光照射在城樓上，在藍色天空的映襯下，兩座建築的色彩格外鮮豔奪目。

從捷運站到紅毛城，一路走過來，已經三個小時了，中間除了在眞理大學草草用過午餐之外，沒有坐下來休息過。出了紅毛城，下一個景點是滬尾炮臺，現在馬上離開這座名爲炮臺埔的江邊小山，似乎有點捨不得。遊覽點前的指示牌，說到前清稅務司官邸只有八分鐘的路程。我想，來回再加上逗留的時間，也不過三十來分鐘。於是，我又折回頭，想再去回味回味大禮拜堂，看看稅務司官邸，盤桓盤桓山間彎彎的小道。這就是一個人旅行的好處，如果有個同伴，我斷然不好意思說「咱們再回去瞧瞧，剛才我看不夠」之類的話。我選擇了另一條小道，其中一段路是來時沒有走過的。一路清幽，淨無纖塵，車馬絕跡，座座院落不高的圍牆之內，花樹叢中，散落著風格迥異的各色西式建築。小道的轉彎處，一對新人正在拍婚紗，新娘子笑吟吟地抱著拖在地上的紗擺，在三五親友的擁簇下小心地走著。街巷的盡頭，一個很酷的男模正在拍時裝廣告，蹲著，長髮覆額，膝前擺著一個精美的背帶包，可能是蹲得久了，也可能是導演不斷地糾正他的姿態，臉部表情有點僵硬，導演沖他喊著放鬆放鬆，他有點難堪。我駐足，無意中對他笑了笑，他也瞄了我一眼，深呼吸，表情一下鬆弛了，卡嚓，成功！大禮拜堂的照片我已經拍了幾張，正面、背面，遠的近的，都感覺到沒能拍出它的氣勢似的，這下我可找到一個很好的拍點，放鬆，深呼吸，半側身，禮拜堂的正門雖然只能進入畫面三分之一，而側深的一面則全部納入畫面，由坡下向坡上拍去，恰好有幾個學生挨著禮拜堂沿坡走了下來，襯托出畫面的景深，成功！

從紅毛城到滬尾炮臺還有些路，可以乘坐公車，我購的聯票是包括免費乘二六路和三二六路公車的。但是我還是決定走路，可以多看些沿途的風光。果然是有點遠，還得爬一段坡，還好天不熱，又穿得少，沁點汗也很舒服。炮臺有厚且高的城牆，門洞很深。牆額刻著「北門鎖鑰」四個大字，古樸蒼勁。牆內一大片平地，後牆有甬道通向牆頭和後山坡，那就是炮臺的位置所在。炮臺的規橅，和台南的「億載金城」相類似。「億載金城」占地面積更大，更宏闊；而「北門鎖鑰」背山面江，氣勢更加雄偉，地形更加險要。

已經下午三點多了，時間無多，體力消耗也不小，滬尾炮臺有公車站，於是登上三二六路公車，直奔漁人碼頭。幸好是乘車，如果走路，即使快走起碼也得一個小時。漁人碼頭在淡水鎮的西北角，這裏已經是淡水河出海之口了，直北望去，遠船如蟻，渺渺茫茫，不知幾千幾百里矣，再過去，就與日本海交連了。碼頭有一個很大的廣場，種植著繁茂的花花草草。沿堤，修建著長一公里左右的木棧道，棧道下是各色各樣的小店，也有各式各樣的小吃小玩。棧道上在三數個木亭，古樸穩重，可供遊人小憩。亭旁，有幾個民間畫家爲遊

客寫生作畫，一張畫，一兩百至數百元不等，畫家都很年輕，有男有女，優雅和善，好像沒有什麼人是閑著的。棧道的盡頭有兩座燈塔。海風鹹濕，吹在身上，再愜意不過了。棧道的東側，是內港，港灣整整齊齊地停泊著各種顏色的漁船遊艇，就像陸地上的停車場似的。一道弧度很大的拱橋橫跨著，白色，橋上熙熙攘攘，來往遊客如織，這就是有名的情人橋。臺灣路橋河流的取名，有的是很浪漫的，高雄有愛河，台中有情人碼頭，北海岸的野柳有情人洞，據說某地還有情人廟，花蓮也有一座橋叫情人橋，而眼前這橋也叫情人，不知道他們是不是兄弟，或姐妹，或者是同名同姓？情人者，兩情相悅也，有情之人也，或也即《西廂記》「有情人終成眷屬」

淡水漁人碼頭情人橋

之謂也。我也隨著雜遝的人群上了橋，也有一對新人在拍婚紗，攝影師好敬業，幾乎倒在地仰拍，新郎好英俊，新娘笑得好燦爛。橋白如玉，或許更能見其聖潔，新人終成眷屬了，他們是眞正的有情之人，眞正的情人，情人橋將在他們的一生一世中留下最美好的記憶；情人橋的港灣，也是他們一生一世最幸福的港灣。

太陽偏西了，淡水夕照，也是臺灣一景。去冬到過高雄，那裏有西子灣落日，一南一北，光景有一樣也有不太一樣的。高雄的燈塔特高大，又遠在海上，落日半規，天海一片火紅，僅乎更加壯觀。而淡水落日，有紅毛城，有「小白宮」，有情人橋，有淡水設關以來的各種故事，頗能引人遐想遠思。

淡水還有其古跡，如鄞山寺、龍山寺、福佑宮、蘇府王爺廟，如淡水禮拜堂、滬尾偕醫館等，也不及一一觀賞了。淡江大學是淡水的著名學府，與今天看的各個景點不在一個方向上，也得另找時間了。至於左岸的風光，更不是多一兩個小時就可以遍覽的。回程，乘二六路公車直達淡水捷運。說是直達，一部偌大的車子，僅有我這個乘客，一路也沒有其他人上車，故曰「直達」也。

回到宿舍，已經來電了。

二〇〇七年十二月六日

烈嶼高粱地上的林永輝

——東吳手記之十一

上個月到金門講演，回到東吳，不知不覺之中，又過去二十多天了，但是林永輝鄉親站立在烈嶼高粱地上的那幅肖像老是浮現在我的眼前。

九月中旬我來東吳客座，十月十日大鄉長楊水應先生鑽石婚在敦化北路王朝飯店舉辦，我會到金門縣縣長李炷烽先生，李縣長熱情邀請我回金門縣講演一次。幾經協商，講演定在十二月十五日。從東吳大學到松山機場，並不遠。我在大陸乘飛機，至少提早兩個小時出發，從出發地到機場一個小時，辦理登機手續及候機一個小時；從京滬出發，花的時間更多。出於「老經驗」，我和劉教授也是早早作了準備，提前一個小時又五十分鐘出發。東吳後門就是自強隧道的北出口，乘上計程車，我和劉教授沒說上幾句話，計程車就在機場前停了下來。車資不便宜，但從十多分鐘的車程判斷，步行到機場，恐怕也在一個小時左右。

飛機徐徐降落在金門尚義機場，社會局李廣榮課長已經前來迎候。十一月間，我參加台中市金門同鄉會換屆的活動，遇到烈嶼公共事務協會的林永輝理事長，他說全台十二個金門同鄉會的理事長也將于十二月十五日來金門聚會，探討二〇〇八年在臺北縣舉辦在臺灣本島金門鄉親萬人大聚會的事宜。到金門後，我們在縣政府會了面。理事長們正在熱烈討論萬人聚會的事，林永輝在會場上十分活躍，不斷發表自己的見解。中午，李縣長請大家吃飯。永輝說，下午講演之後，我來接你，今天晚上大家都在烈嶼（小金門）住一晚，明天我帶你在烈嶼到處走走，做一次深度之旅。下午的講演，由社會局主辦，縣長親自主持。來聽講的有許多金門的朋友，還有黃吉瑜、林永輝等來自臺灣本島的理事長們。講演之後，林永輝得知盧志輝主任秘書晚上宴請我的消息，似乎略略有點失望。他說，那就明天上午你乘九點鐘的船來，我在九宮碼頭等候你吧！

第二天，也就是十六日，我和劉教授按時到達。永輝精神煥發，顯得很高興，駕著車等在那兒。雖然是十二月中旬了，烈嶼仍然沒有太多的涼意，只是海風略略大了一點。在我的印象中，林永輝總是穿著西裝，高高的個子，臉上輪廓清晰，眉宇間透露出一股英氣。烈嶼的海風吹動他那稍長的頭髮，輕輕掀動著西服的下擺，更顯得飄逸而英俊。眼前這個林永輝，清俊不遜色于韓星，而剛毅的氣質則是韓星所無。這就是金門的男人，烈嶼的男人！林永輝出生於烈嶼，畢業于烈嶼中學，可以說是一個土生土長的烈嶼小孩，他剛剛十五歲，便報考陸軍學校，畢業後進入高層警衛隊。軍中八年，他看盡官場百態，政壇眾生之相。

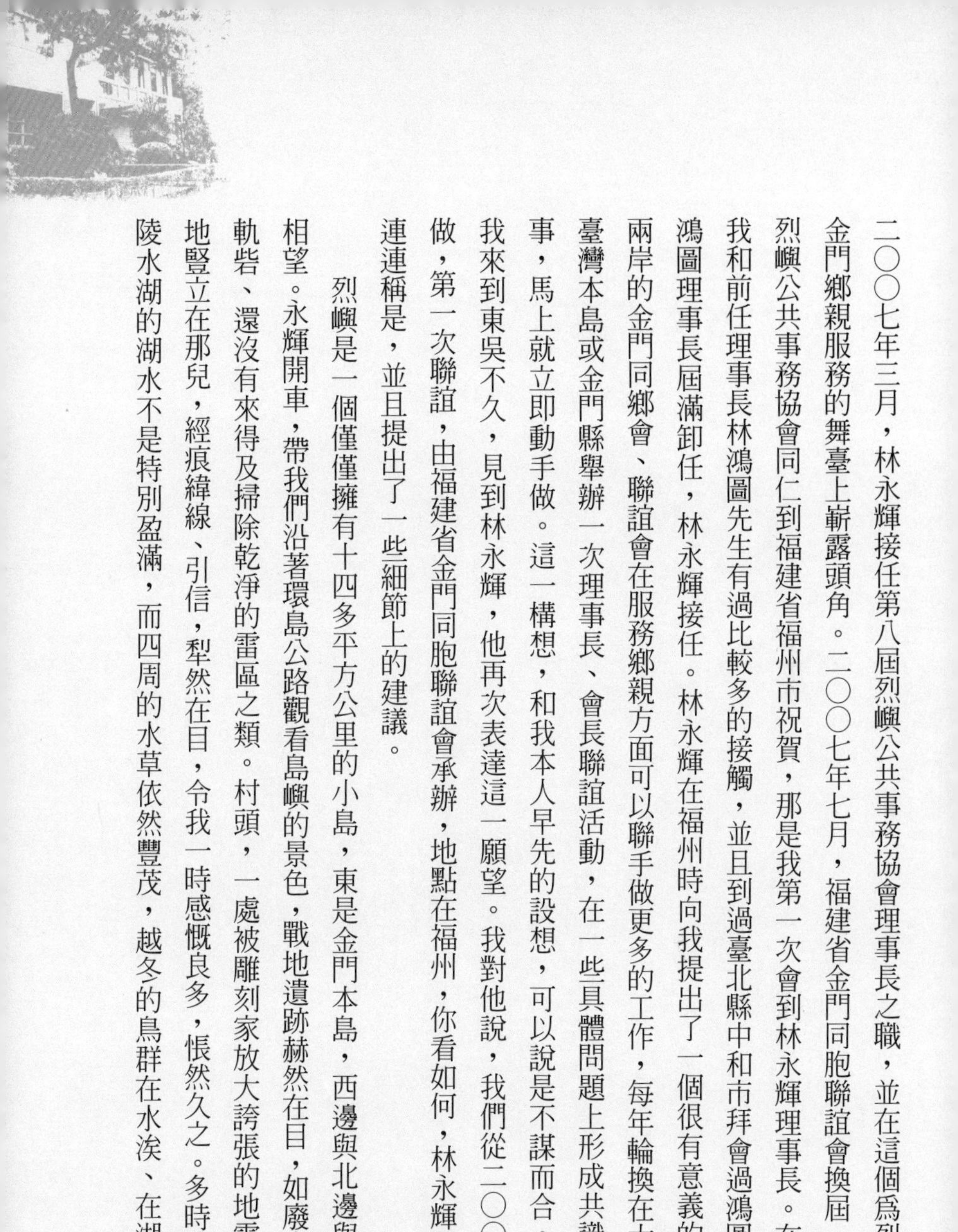

二〇〇七年三月，林永輝接任第八屆烈嶼公共事務協會理事長之職，並在這個為烈嶼鄉親、金門鄉親服務的舞臺上嶄露頭角。二〇〇七年七月，福建省金門同胞聯誼會換屆，林永輝率烈嶼公共事務協會同仁到福建省福州市祝賀，那是我第一次會到林永輝理事長。在這之前，我和前任理事長林鴻圖先生有過比較多的接觸，並且到過臺北縣中和市拜會過鴻圖理事長。鴻圖理事長屆滿卸任，林永輝接任。林永輝在福州時向我提出了一個很有意義的構想，即兩岸的金門同鄉會、聯誼會在服務鄉親方面可以聯手做更多的工作，每年輪換在大陸福建、臺灣本島或金門縣舉辦一次理事長、會長聯誼活動，在一些具體問題上形成共識，可做的事，馬上就立即動手做。這一構想，和我本人早先的設想，可以說是不謀而合。九月間，我來到東吳不久，見到林永輝，他再次表達這一願望。我對他說，我們從二〇〇八年開始做，第一次聯誼，由福建省金門同胞聯誼會承辦，地點在福州，你看如何，林永輝興奮有加，連連稱是，並且提出了一些細節上的建議。

烈嶼是一個僅僅擁有十四多平方公里的小島，東是金門本島，西邊與北邊與廈門隔海相望。永輝開車，帶我們沿著環島公路觀看島嶼的景色，戰地遺跡赫然在目，如廢棄的碉堡、軌砦、還沒有來得及掃除乾淨的雷區之類。村頭，一處被雕刻家放大誇張的地雷石雕高高地豎立在那兒，經痕緯線、引信，犁然在目，令我一時感慨良多，悵然久之。多時沒有下雨，陵水湖的湖水不是特別盈滿，而四周的水草依然豐茂，越冬的鳥群在水涘、在湖邊的林木覓食。觀景臺上還布放著望眼鏡，以供遊人賞鳥之用。

我問永輝，你在烈嶼怎麼也有一台車。他說，是呵，經常回來，用起來方便。不久，車子就繞到他居住的上林村，還沒進村，就有不少人和他打招呼，他也和不少人打招呼，可以看出來，永輝在村裏人緣挺不錯。據我所知，永輝還自己出資爲村裏的小學添購了不少圖書。他的家是一座三層樓的建築，有圍牆，還有一個小院子。永輝停好車，不知從那個牆角落摸出一把鑰匙來，說，我姐不在，出門去了。他又笑著說，沒關係的，烈嶼很安全，很多人家都是這樣。原來如此，難怪永輝停車時，常常是鑰匙也不拔的，不像在臺灣本島，既要撥鑰匙，還得另外加把鎖，好麻煩。稍坐片刻，喝茶。永輝說，要帶我們去看他家的地。永輝把車開到一個山坡上，靠右邊停了下來。他指著左邊一片高粱地說，這就是我家的地，那兩個隆起的墳包，是先人安眠的地方。他一腳跳上地頭，指著隔海的蒙蒙朧朧的煙霧說，今天天氣不太好，廈門看不太清楚，如果天晴，一座座高樓都會歷歷在目。林永光腳踩在紅赤泥土上，跟前、身邊、身後，都滿是高粱，沉甸甸，顆粒飽滿，正在由黃轉紅。永輝說，你再過半個多月來這裏，就是一大片的紅高粱了。他不斷喃喃道：金門的高粱熟了，金門的高粱紅了，金門的紅高粱、金門的紅高粱……永輝還說，將來他還要在高粱地邊上，蓋一座樓，把地基打高一點，看海、看廈門。林永輝站在高粱地頭上，特別興奮，也更見其英俊和灑脫。金門盛產的高粱酒，聞名遐邇，因而也常常有人驚疑地問我，金門也種高粱嗎？

我總會說，怎麼不種！三百多年前，因為戰事的原因，金門和烈嶼的植被遭到很大破壞，水土流失，加上海風大，只能種植一些比較耐旱的作物，如地瓜、花生和高粱之類。惡劣的生態環境，考驗著金門人的生存能力，一部份人背井離鄉出外謀生，留下來的人頑強地與自然抗爭，航海、捕魚、耕作、經商，一代又一代地繁衍下來，造就了金門人剛毅堅強的個性。站立在高粱地上的是林永輝，又彷彿不是林永輝，他僅僅是一金門人、一個烈嶼人。我拍攝了一片片的高粱，又拍攝了成熟高粱的特寫，照片都很美很美，但是回到東吳之後，似乎又覺得缺少了什麼，直到有一天，我又見到林永輝，我恍然大悟，原來是忘記拍攝林永輝站立在烈嶼高粱地上的肖像。不過，雖然照片是忘記拍了，但是高粱地上的肖像一直留在我的心頭，不能忘懷，也不會忘懷。

回程的路上，我們又看了吳秀才宅第等古跡，經過烈嶼鄉文化館，那裏展出了烈嶼南劇社的一些實物和圖片。林永輝對文化館瞭若指掌，他指著照片說，這是我姐，那是某某，那是某某。一個只有四五千人口的小鄉鎮，有這麼好的文化館，這麼豐富的展品，還有像林永輝這樣熱愛家鄉文化的鄉人，使我非常感動。我的先人住在湖下村，那裏距九宮碼頭只有咫尺之遙，永輝說，下午要趕回臺灣本島，不能陪你去老家看看。將來有機會，一定要陪你再回烈嶼，一定阿讓你在烈嶼過過夜，在湖下過過夜，這才叫著烈嶼的深度之旅。

在尚義機場和林永輝握別。當我在寫這篇文章的時候，林永輝又回烈嶼忙乎去了，他是不是又一次去看他家的高粱，是不是又站在他家的高粱地上籌畫著什麼？等他回到臺灣本島，我還想問問他。

二〇〇八年一月八日

新竹散記

——東吳手記之十一

銘傳大學進修推廣處吳惠巧處長，知道我還沒去過新竹，特地安排我前往一遊。吳處長是臺灣師範大學的政治學博士，曾留學英倫。她在新竹讀過小學，是個老新竹了。同行的還有她的小學同學吳國雄先生，吳先生曾任新竹資深青商會會長，精于光學，居住在新竹，是此行的嚮導兼司機。

十二月二十九日早八時，從臺北車站乘「台鐵」自強號往新竹，只有六〇多分鐘的路程。吳國雄先生已經駕車在車站等候。上了國雄的小車，他馬上塞給我一大堆有關新竹的資料，有新竹文化館編印的《魅力城市》、新竹市政府編印的《新竹市觀光手冊——文化科技花園城市》等。在車上稍微翻了一下這些資料，新竹的特點大約一是文化，有一批至今乃有魅力的古跡以及傳統的小吃；二是科技園區，這是早有聞名的了；至於花園城市，大約是指近年城市的建設和環境的保護美化之類。新竹可看可玩的地方很多，爲了避免流水賬式的記錄，這篇小文將集中寫古跡與近痕、傳統小吃、夜宿古寺、神秘的清泉幾件事，姑且題為「新竹散記」。

古跡與近痕

新竹，原名竹塹。雍正元年（一七二三）年，臺灣設淡水廳，掌管臺灣中部以北區域，廳治起初設在彰化。一七五六年，王錫縉任同知期間，淡水廳官署移至竹塹。道光三年（一八二三），竹塹鄭用錫中進士，三年後，鄭氏建議興建城樓城牆，獲准，一八二六年動工，一八二九年完工。城牆周遭八六〇丈，高丈又五尺，深丈又六尺。當年竹塹東西南北共有四個城門。東城門名「迎曦」，西為「挹爽門」，南為「歌熏門」，北為「拱辰門」。日據時期，實行都市計畫，光緒二十八年（一九〇二）大毀城門城牆，其餘三門樓皆廢，而迎曦門迎曦樓靈光獨存。城樓僅兩層，時過境遷，城基周遭已經明顯墊高，城門的高度相應減低。可以拿來作為參照物的是護城河的河基，站在河岸看樓，城樓仍然相當壯觀。城基和城門是由堅硬的花岡石建成的，牆體雉堞是用燕子紅磚砌起的，屋脊燕尾起翹，簷下垂掛精美吊筒。對於以刀劍為攻守武器的時代說來，可以說是相當牢固了；同時，也具有建築美學的觀賞價值。城樓周邊已經闢為東門廣場。一八〇年間的城市建設，從城樓中心輻射出九條的街道，雖然街道談不上如何寬廣，樓房談不上高聳，但已可見出城市的規模了。

鄭用錫的故宅在迎曦門西北。鄭用錫之父名崇和，原籍福建金門，十九歲赴台，課讀於竹塹，遂家焉。鄭用錫生於乾隆五十三年（一七八八），字在中，號祉亭。道光三年中進士之後，以軍功加四品銜。以母老歸台奉養，並主講明志書院，晚築「北郭園」，其集亦名《北郭園集》。鄭用錫還撰過《新竹廳誌》，這是新竹最早的誌乘，可惜沒有刊刻。鄭家的建築現在留下兩座，一座是進士第，另一座是鄭氏家廟，前者建于道光十七年（一八三七），後者建于咸豐三年（一八五三）。進士第是一棟三開五進的大院落，門前原有兩對旗杆座，殘存的旗杆基座與夾杆石不知何年被移到家廟跟前。五進的大宅後三進，焚毀于二戰的炮火，現在只剩下兩進。儘管宅第已經殘破，現在的宅第緊臨著大街，風光雖然不再，而古風猶存。早年新竹鄭氏，來自福建的金門、漳浦和四川省，鄭氏除了用錫，還有三個人中過舉人，實在也是不容易的事了。鄭氏家廟氣象好得多了，門前有柵欄，扁額和圖案也修飾過。道光十年（一八三〇）鄭氏在金門建立家廟，咸豐三年鄭氏八大房又在此地合資建這座規模比較宏大的家廟。這座家廟完全承襲閩南金門建築的風格，屋脊爲燕尾狀，平面採用正方形的構築方式，廟內的建築也是由十個正方形的小建築群組合而成。至於鄭用錫的北郭園，方位尚可確定，但已存僅其名。鄭用錫的墳墓則保留完好，墓前石人石獸還在爲墓主忠盡職守，由於時間的原因，不能造訪了。

北門外的長和宮，建於乾隆七年（一七四二）。此廟雖然名爲長和宮，實際上是一座媽祖廟；由於城裏已經有一座媽祖廟了，所以此廟又稱外媽祖廟。當年從閩南沿海遷台的民眾多信奉媽祖，長和宮供奉的媽祖是從福建湄洲請來的，造形古雅優美；寺廟建築用的石材也運自閩南。長和宮是三殿式廟宇，前低後高，自前而入，先是三川殿，中間是正殿，最後是後殿，各殿有天井隔開。緊挨著長和宮的，是水仙宮，建于同治元年（一八六二），祀大禹。新竹臨海，大禹是水神，故民眾認爲大禹和媽祖都是航海的守護神。臺灣的媽祖廟很多，往往規模都很大，台南鹿耳港有兩座宏偉的媽宮，據說有祖廟與正統之別。彰化縣小小的鹿港鎮，也有新舊媽祖廟兩座，據說有官民之分。嘉義則有北港、新港之別。看過臺灣許多的媽祖廟，香火都非常興盛，其對聯扁額大多有「安瀾」、「靜波」字樣，從中可以看出來台先民從唐山渡海的艱辛與對未來的期盼。

新竹的另一座寺廟也很引起我們的注意，這就是金山寺。江蘇鎮江長南岸有金山寺（原在江中，後水道淤塞，遂與南岸相連），這是《白蛇傳》中水漫金山的故事所在，幾乎無人不知。福州洪塘閩江之中也有一座金山寺，爲區別鎮江金山寺，故號小金山。新竹的金山寺爲什麼取此名，已無法考證。此寺建于道光二十三年（一八五三），距今已經有一百五十多年的歷史。寺廟位於著名的新竹科學工業園區之內。走進園區，幾乎看不到廠房之類的建築，更聽不到嘈雜的轟鳴之聲，四周樹木蔥蒨，寧靜湖格外寧靜，雖然時值隆冬，而湖

邊的櫻花已經綻放。湖邊一隅，仿江南園林建了蘇州園。金山寺就在蘇州園的背後。據說，當時建園區，幾次準備遷廟，終因各種各樣的原因，沒能動遷，似乎神廟有靈。國雄說，譬如人搬家，要越搬越好，如果搬的新家不好或不太好，你當然不願意去。神也一樣，如果要遷廟，一定要爲神找一處更好的地方好讓他安身。現代的文明與傳統的文化和睦共處，一方面是高科技、物質的享受，一方面是靈魂的保佑和寄託，新竹不就是這樣的嗎？

臺灣鐵路的建設，可以追溯到光緒十三年（一八八七），時任臺灣巡撫的劉銘傳奏准清廷修建鐵路，一八九三年完成了基隆到新竹的路段，其初新竹車站非常簡陋。在五〇多年漫長的日據時期，新竹許多在地方不免留下其跡痕。一九一三年興建的新竹新車站即是其一，新竹驛（火車站）的設計充滿巴羅克的情調，現在成了新竹市的地標。日據時期在新竹留下的跡痕還有新竹州廳、專賣局、圖書館、信用組合社、市役所等，這些具有獨特風格的建築，大多都有八十年以上的歷史，有一定的觀賞價值。現在闢爲影像博物館的建築也是其中的一座。影像館建於一九二三年，原名爲「有樂園」。三十年代，臺灣的電影正在興起，有樂園遂改造成電影院，而且擁有一流的設備。電影放映廳邊上的一個房間，有一個龐然大物，那就是當年的冷氣機。據說這是當時全台電影院唯一有冷氣設備的電影院。一九四四年，遭美機轟炸，二樓破損，後重修。一九九六年改爲國民大戲院，曾在此舉辦全台《風城情波》藝術節。《風城情波》是描寫新竹的一部影片，新竹因風大而有風城之稱。二〇〇〇年定名為新竹影像博物館。此建築立柱拱門為羅馬式，牆體花紋為阿拉伯式。博物館盡力營造成影像氣氛，如扶梯為波浪形，透明天花板設計是膠片格子狀之類。博物館長年不斷地播放新舊電影片，舊片的海報盡可能一如其舊，以滿足觀眾的懷舊心理。展廳展出各式電影機和與影像有關的器材，令參觀者飽了眼福。

傳統小吃

城隍廟也是新竹的一處古跡，始建于道光二十八年（一七四八），具有悠久的歷史了。光緒六年（一八八九）光緒帝賜扁「金門屏障」，意謂臺灣是大陸的屏障；「金門」指的是臺灣全島。廟內懸掛著一個大算盤，兩旁有對子曰 ；「世事何需多計較，神天自有大乘除。」頗耐人尋思。頂禮謨拜，故然是到城隍廟最要節目，但是不少的遊客，卻是慕廟前的小吃之名而來。

臺灣的小吃頗負盛名。十一月中，我到台南，成功大學原文學院院長張高評教授特地領著我吃台南老店的蚵仔煎、蝦卷、豆腐花、虱目魚粥等等，都是老牌老店，至今仍然回味無窮。城隍廟的廟前一排排簡易的鐵棚，擺滿攤位。每處小攤都不大，大多一個鍋燒湯，一隻鼎煎炒，由一個人經營，鍋鼎邊一排三四個挨挨擠擠的座位，只能坐三四個人，攤位大一點的，再擺上一個小桌，也只能坐五六個人。不論是達官貴人，還是少爺小姐，只要你想吃，

對不起，請放下架子，和引車賣漿者流並排共坐。不過，也可打包回家用去，但是那樣就缺少了氛圍，味兒首先就減少了三分。你看，每一家每一攤，無不熱氣騰騰，一個人一對眼睛，十個人十對眼睛，千百個人千百對眼睛，無不專注著自己的碗盆，無不專注於鍋或鼎。已經入座的，氣定神閑；還有剛剛來到城隍廟還沒找到座位的，則不時偷瞄瞄你的盆碗。

吳處長是老新竹，行家，一坐定，馬上給每人要了一碗摃丸。摃丸的「摃」，先前我在閩南，甚至來到臺灣之後，看到的都沒有提手旁的「貢」。貢者，進貢也。從小到現在已經有些年紀了，一直認爲此丸子是進貢給皇上的貢物。到城隍廟才大徹大悟，方知加一個提手旁的貢，就是用槌、用棒敲打槌打的意思，是一種手工的製作。順便說一下，貢糖的貢，也應寫作摃，即摃糖。以訛傳訛，或者說約定俗成，久矣！吳處長邊吃邊說：正統！脆！Q！「Q」的意思，不懂閩南話，就不知其意。依我的理解，Q，大多指糯米（糯米粉）或澱粉加工而成的的食品，吃起來鬆軟有彈性而又不粘牙。閩南食品的介紹，好像沒有用這個Q字，而臺灣似乎很流行。在城隍廟吃摃丸，算是小點心。在新竹老街逛了一圈，正餐也是小吃。中午在一家小飯館用餐。飯館是吳處長和國雄他們的同學開的，水煮魷魚做得嫩又脆，口感極佳，脆而嫩；調料也是只此一家，別無分店，獨具風味。吳處長對城隍廟的摃丸印象特佳，所以又要了一份，結果大呼失望，說不夠香脆，也不夠Q。此後一天多的行程，吳處長又多次提到摃丸的事，對城隍廟讚不絕口，說明天回城裏還得品嘗一次。

第二天我們從清泉泡完溫泉回城，天色已經盡黑，此時距火車到站只有四十分鐘。吳處長堅持說，還是到城隍廟吃晚餐。不用說，吳處長還是要了摃丸。她還說，昨天雖然吃了米粉，但是那是細的燙米粉，不是新竹眞正的傳統米粉。新竹米粉稍微粗一點點，炒的，那才好吃。據說一百多年前，一群福建惠安民眾東渡臺灣，在新竹客雅溪畔落腳，藉著海峽強勁的東北季風曬出很有特色的米粉，從此，客雅溪北岸南勢里遂有米粉寮之稱。不過，這次我們在城隍廟吃的是不是南勢里的米粉，就不得而知了。

竹東鎮的小吃也很不錯。或許這個城鎮過往車輛不是太多的緣故，路邊的攤點很多。我們叫了蝦餃、小肉包。吃過之後，看到邊上有一家賣燒仙草。「燒」，閩南語就是熱的意思，燒仙草，就是熱熱的仙草；燒麻糬，就是的熱熱的麻糬。仙草，作爲一種飲料，通常是涼的或冰的，「燒仙草」沒有聽說過。冬天裏，喝一杯燒仙草是很愜意的事，況且這一家做得稠而粘，還加了紅豆、小湯圓。店家問，要不要添炒花生，吳處長說，要。一杯下肚，熱乎乎的，而且餘香滿口。街頭上，偶然還可以看到流動的攤點，即用汽車改裝的賣點，車廂燒著熱騰騰的飯菜，車上的喇巴不停叫買，也是竹東的一大景觀。晚餐吃的則是竹東的薑母鴨。我說，薑母鴨臺灣許多地方都有，吳處長說那不一樣。吃竹東的薑母鴨，一個冬天都不怕冷，近乎是「誰不說咱們的家鄉好」之意。品嘗過後，的確是美味，至於一冬都不怕冷，那還得等未來的時日檢驗檢驗。薑母鴨是什麼？九年前我來台參加一個學術會議，同來的有北

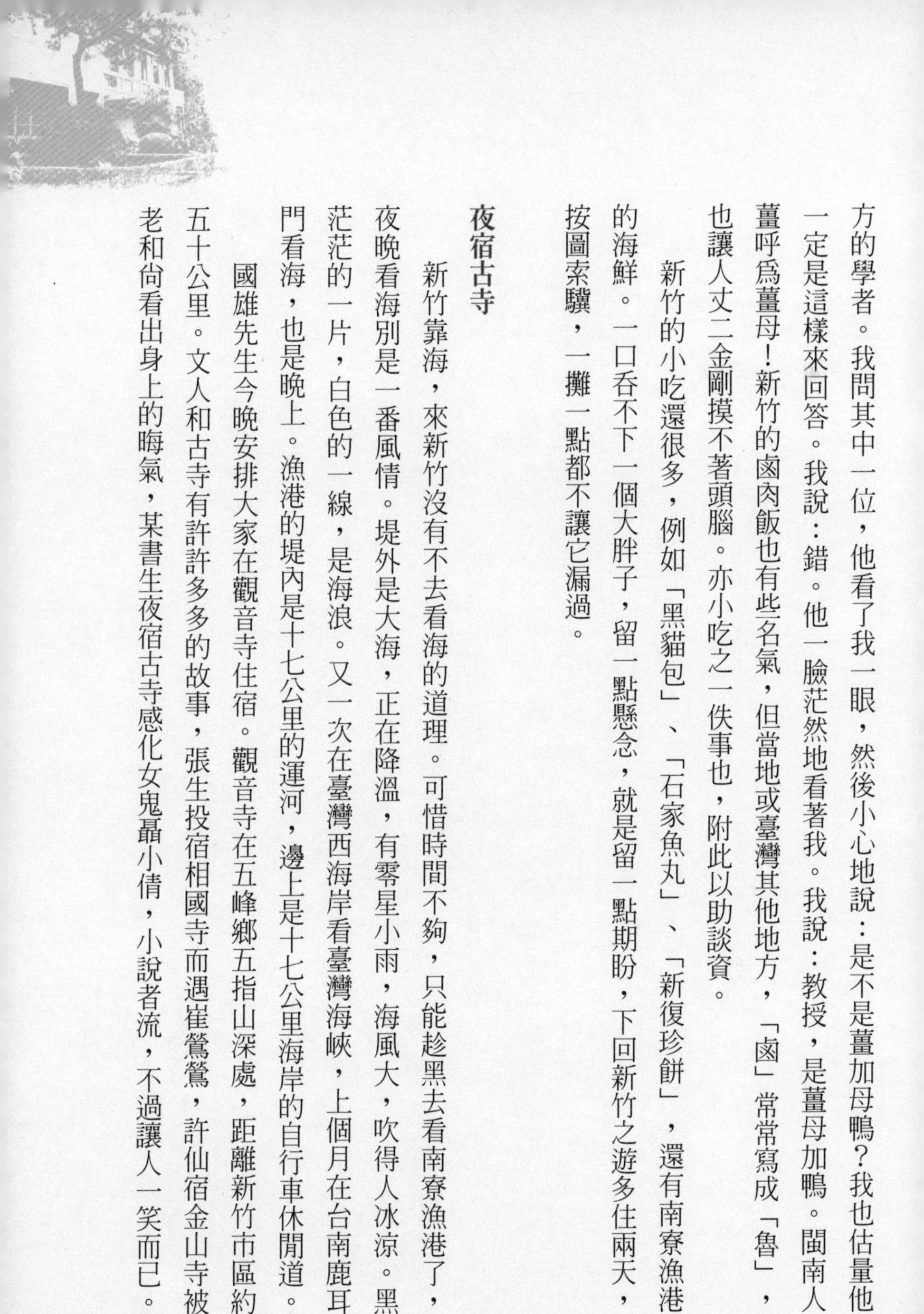

方的學者。我問其中一位，他看了我一眼，然後小心地說：是不是薑加母鴨？我也估量他一定是這樣來回答。我說：錯。他一臉茫然地看著我。我說：教授，是薑母加鴨。閩南人薑呼爲薑母！新竹的鹵肉飯也有些名氣，但當地或臺灣其他地方，「鹵」常常寫成「魯」，也讓人丈二金剛摸不著頭腦。亦小吃之一佚事也，附此以助談資。

新竹的小吃還很多，例如「黑貓包」、「石家魚丸」、「新復珍餅」，還有南寮漁港的海鮮。一口吞不下一個大胖子，留一點懸念，就是留一點期盼，下回新竹之遊多住兩天，按圖索驥，一攤一點都不讓它漏過。

夜宿古寺

新竹靠海，來新竹沒有不去看海的道理。可惜時間不夠，只能趁黑去看南寮漁港了，夜晚看海別是一番風情。堤外是大海，正在降溫，有零星小雨，海風大，吹得人冰涼。黑茫茫的一片，白色的一線，是海浪。又一次在臺灣西海岸看臺灣海峽，上個月在台南鹿耳門看海，也是晚上。漁港的堤內是十七公里的運河，邊上是十七公里海岸的自行車休閒道。

國雄先生今晚安排大家在觀音寺住宿。觀音寺在五峰鄉五指山深處，距離新竹市區約五十公里。文人和古寺有許許多多的故事，張生投宿相國寺而遇崔鶯鶯，許仙宿金山寺被老和尚看出身上的晦氣，某書生夜宿古寺感化女鬼聶小倩，小說者流，不過讓人一笑而已。

至於泉州人歐陽詹在莆田廣化寺讀書十年八年考上進士，藏書家徐𤊹宿古寺發現許多善本秘笈，則確有其人其事。我從來沒有在廟裏借宿過，又遑論是在臺灣的環山峻嶺、叢林深處？覺得神密，又有點興奮。

八點多驅車往觀音寺。寺在深山，路七彎八轉，高高低低，一個多小時的時間終於到達古寺。稍作安頓，國雄帶著我在寺院四處走走。夜很靜，四周是高山，是大樹，更覺得十分靜謐。借著微茫的夜色，隱約可看到嶙峋奇狀的瘦石，黝黑黝黑，雖然在叢林之中，也沒有絲毫可怖的感覺，反而覺得很清幽，很爽人意。寺雖稱觀音，其實靠山處還有一座天君廟，後邊還有一座地母廟。天君廟是一座從巨石硬鑿出來的石洞廟，廟高五六米，深廣約七八米。國雄和我繞大石走了一周。他帶著一把小手電筒，憑藉微弱的光，我們小心地在小徑上摸索。地母廟則很平坦，燈火明亮，香煙繚繞。

寺廟借宿，住宿都比較簡單，體現了佛門講究素樸的風格。從高雄方向來了一批香客，四五十人。他們住樓上，據說是通鋪。我們住樓下，樓下有一個大廳，大廳的一隅是燒飯的地方，中間擺著幾張桌椅以供用餐。一旁是一列的房間，有五六間的樣子。每間也是通鋪，收拾得一乾二淨。我和國雄一間，吳處長一間。一間屋可睡上五六個人，我和國雄只有兩個人，故各在一隅，也不會相互干擾。屋在山林之中，夜很黑，也很靜，奔波了一天，我們很快都入睡了。

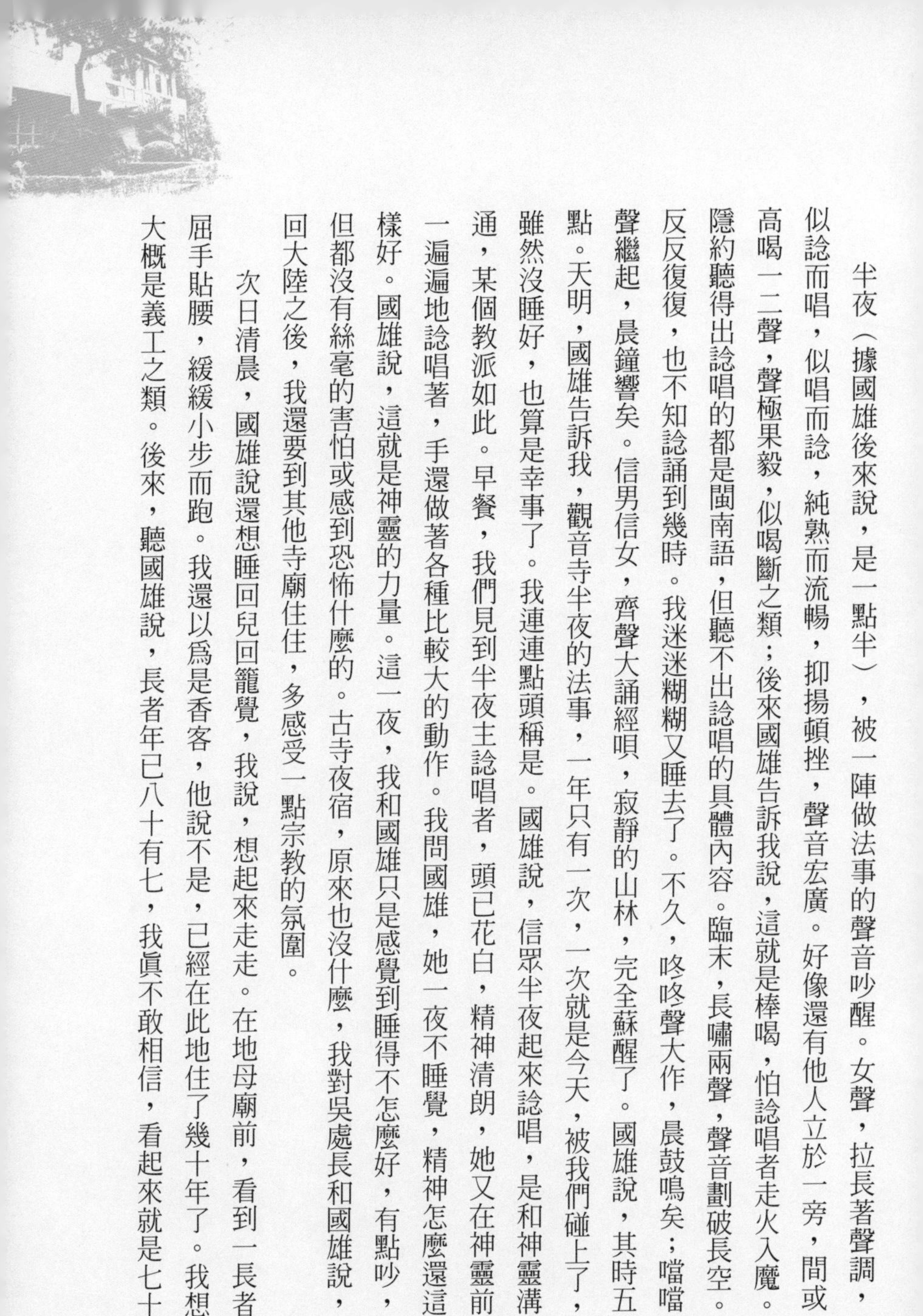

半夜（據國雄後來說，是一點半），被一陣做法事的聲音吵醒。女聲，拉長著聲調，似諗而唱，似唱而諗，純熟而流暢，抑揚頓挫，聲音宏廣。好像還有他人立於一旁，間或高喝一二聲，聲極果毅，似喝斷之類；後來國雄告訴我說，這就是棒喝，怕諗唱者走火入魔。隱約聽得出諗唱的都是閩南語，但聽不出諗唱的具體內容。臨末，長嘯兩聲，聲音劃破長空。反反復復，也不知諗誦到幾時。我迷迷糊糊又睡去了。不久，咚咚聲大作，晨鼓鳴矣；噹噹聲繼起，晨鐘響矣。信男信女，齊聲大誦經唄，寂靜的山林，完全蘇醒了。國雄說，其時五點。天明，國雄告訴我，觀音寺半夜的法事，一年只有一次，一次就是今天，被我們碰上了，雖然沒睡好，也算是幸事了。我連連點頭稱是。國雄說，信眾半夜起來諗唱，是和神靈溝通，某個教派如此。早餐，我們見到半夜主諗唱者，頭已花白，精神清朗，她又在神靈前一遍遍地諗唱著，手還做著各種比較大的動作。我問國雄，她一夜不睡覺，精神怎麼還這樣好。國雄說，這就是神靈的力量。這一夜，我和國雄只是感覺到睡得不怎麼好，有點吵，但都沒有絲毫的害怕或感到恐怖什麼的。古寺夜宿，原來也沒什麼，我對吳處長和國雄說，回大陸之後，我還要到其他寺廟住住，多感受一點宗教的氛圍。

次日清晨，國雄說還想睡回兒回籠覺，我說，想起來走走。在地母廟前，看到一長者屈手貼腰，緩緩小步而跑。我還以爲是香客，他說不是，已經在此地住了幾十年了。我想大概是義工之類。後來，聽國雄說，長者年已八十有七，我眞不敢相信，看起來就是七十的樣子。跑畢，他拿起苕帚，認眞地掃著地上的落葉，一點也不含糊。我自個兒到後山轉了一圈，吳處長和國雄都起來了。法師在琉璃塔的四層收拾供品之類，他看到我們在下面散步，便請我們上塔。塔共七屋，每一層，都供奉著一尊金身神靈。法師邀我們上了七層。這一層供奉的是釋伽摩尼佛。法師說，要送給吳處長佛祖身上掛的一個飾品。仔細一看，佛的項頸上還眞的掛有幾件飾物。法師問吳處長要哪一件，吳博士說，要舍利子。法師又說了另一個名稱，說那件送國雄。法師小心地上了案桌，小心地從佛的項頸上取下物飾。法師說，出家人在脖子繞三圈，不是出家人兩圈。吳處長和國雄都喜出望外。他們說，歸眞法師到過印度，法師帶回的恒河的河沙和河水，得之者奉若神明；佛飾也是從印度帶回來的，異常珍貴。

神秘的清泉

早上近九點，我們出發去井上清泉，這一天是十二月三十日。

昨夜進山，路黑，今早下山，方才看到山路的險峻。下到海拔九〇〇米處，見到一處觀景咖啡屋，很洋氣。白色木柵欄，柵欄前立了一塊原木招牌，名曰「斯卡嵐慕」，原住民語，是歡迎的意思。緊挨木牌是一株杏樹。國雄說，到了三四月份，滿山遍野都是山花，那才叫好看呢！依地勢的高低，建了三四個木架露臺，臺上有造型優雅的桌椅，太陽傘。空山霧氣濃重，露臺還是濕漉漉的，加上近日降溫，我穿著過罩，我們只好在屋裏品嘗咖啡了。三個人叫三種不同的品色，每人以一種以主，兼品其他兩種。山高氣溫低，熱情的原住民店主還開了電暖爐，這才開始感到有點暖和。國雄說，這家店有姐妹倆，都長得很漂亮，原住民臉部的輪廓線條都比較清晰。

出了咖啡屋，冷颼颼的，趕快鑽到汽車裏。車往山下走兩三百米，有三五個原住民在路旁一邊擺攤一邊烤著火，綠綠的一攤，是蔬菜，紅紅的一攤，是紅柿子。我們三個人不約而同地產生下車買柿子的願望。最大的一斤八十元，中的七十元，小一點的六十元，其實即使小的也很大，討價結果各減少十元。每種每人各買六顆，三人總共花六百二十九元。這個月，我眞是和紅柿子有緣了！先是夢見有人送一大書包的紅柿子，我說只要兩顆。一次，碩士班的同學們正在吃水果，問老師喜歡臺灣的什麼水果，我無意中說了紅柿子的事。學生認眞地說，一大書包紅柿子，是事事（柿柿）如意；兩顆是好事（柿）成雙。眞是事事如意？眞是好事成雙？其實，說者無意，而聽者卻有心，眞的有學生把兩顆紅紅的柿子放在我的信箱，並且連名字也沒具上。今天又買了這麼多的又紅又大、連一點疤痕都沒有的紅柿子，事事如意，好事成雙，眞的是無疑了！

路標指示說，連續彎路有二十多公里，提醒司機小心。公路只有兩個車道，通過一個隧道時，只有一個車道，只是在半中有交匯道可供使用而已。大約又過了半個小時，到了清泉。

清泉，又叫井上清泉，是日據時期起的名字。

清泉的地名很美，山林茂密，清溪流淌，是一個山坳的小村莊。臺灣北部的氣候，似乎慢了一大拍，楓葉飄落滿地，紅紅的甚是可愛，似乎是冬天裏的秋天。現在，這裏建有一個停車場，一個附設溫泉的小飯店，幾間雜貨鋪。可以想見六十年多前人煙的稀少和不被外界所認知。一九四六年，張學良將軍被幽禁于此，不期後來此地因而有了聲名。當年，張將軍尚在盛年，他在趙四小姐的陪伴下，一住將近二十年。每天，他和趙小姐，來回地行走在修竹林木遍佈的步道，半山有一小亭，據云那是張將遙望「故國河山」的地方。所謂遙望，也許只是一種心理的寄託，四周崇山峻嶺，猿猴尚不得攀，鳥飛尚不得過，山坳裏看天，只是巴掌般的一片大小，何況還有舊名婆娑洋或黑水洋的海峽，茫茫無邊，濛濛無際！於是，張將軍把自己的精神傾注於宗教。登上四五十級的階梯，便是一座掩映在樹叢中的教堂。教堂陳設依舊完好，五彩的玻璃部分地擋住了陽光。看得出來，教堂仍然在使用之中。教堂很小，最多可供一兩百人使用。椅桌雖有磨損的痕跡，雖然刻著歲月的瘡傷，但尚無殘破的感覺。國雄說，張將軍是不幸的，因爲自由比什麼都可貴，四周有一營的士兵看守著，他插翅也別想飛過五峰。他連看一場電影都要經過最高層的恩准。吳處長說，張將軍畢竟有心愛的女人陪著他，也算是不幸中的大幸。我心裏想，如果一九四六年張將軍不是被幽禁於此地，而是像楊虎成將軍被關押在大陸的一個什麼牢獄，一九四九年說不定也與楊將軍有著同樣的結局。就算蔣夫人庇護他，又有什麼用呢？張將軍和趙四小姐的舊居在溪的上游，九十年代的一次大颱風，被洪水沖掉了，讓當今的遊客少了一處憑弔的地方。張將軍所用的溫泉，在其居前方一百多米處的山邊，細細的水溝至今還不斷地冒出熱水，我們蹲下身來，伸手試試，果然。清泉雖然孤伶伶地處於萬山叢中，畢竟，這裏有山有水有樹林子，有橋有步道，還有小雜貨鋪，畢竟有比較大的活動空間。後來，張將軍和趙四小姐被移至臺北北投一個山坡上的別墅，雖然距市廛近了，但是空間小了，不知當時張將軍和趙四小姐的感想又是如何呢？

清泉另一處令人揪心之處，就是三毛的「夢屋」了。從「清泉溫泉」背後，過「清泉小木屋」，也是沿階梯而上，大約百米，就到了一座紅磚的單層小屋，這就是三毛當年的居所。一九八三年至一九八六年之間，三毛租住此屋，翻譯美籍神父丁松青的《清泉故事》和《剎那時光》。夢屋與教堂隔溪相向，從夢屋到可以看到教堂的十字架，在教堂的坡頂也可看到夢屋的紅色牆體。從張軍居所遺址往下游算起，共有四座橋，挨近將軍居所的是石橋，依次是一號吊橋，二號吊橋和三號吊橋。夢屋在一號與二號吊橋的中間。一號吊橋跨度最長，一二九米，也最高，離地面二十六米，寬僅一點四米。橋體由鋼纜直接拉開向兩山，中間沒有任何支撐點，因此自然下垂形成內凹的弧度，像一道反向的虹霓橫臥于綠水青山之間。橋體上的木板偶有殘破，上橋沒走幾步，開始左晃右動，下視溪水河床，免不了有些目眩。

據說三毛常常經過此橋，到對岸山間步道散步。也不時站著或坐在橋中凝思遐想，有一次竟然在橋中靜靜地坐了三個小時。離開清泉五年之後，三毛意外自殺了，時年四十八歲。國雄說，三毛或因思念羅西而死。我說，如果沒有羅西，就沒有三毛的《撒哈拉沙漠》。三毛的作品很感性，但太憂鬱。紅顏薄命，三毛本可以不薄命，但她選擇了死，選擇了在他人看來是薄命的命，讓人悵恨久之。

張將軍、趙四小姐和三毛都已經遠去，卻給人們留下不少的話題。吳處長和國雄都說，將軍最後終老在美國，爲什麼他不回到他的「故國江山」？我說，天下之大，三毛爲什麼選擇清泉這個人跡難到的地方，僅僅是爲了寫作嗎？清泉本來是一個很普通的山間小村莊，因爲上世紀四五十年代有張學良和趙四小姐，八十年代又有了三毛，因此蒙上一層神秘的面紗，清泉有關他們的話題無不耐人尋味。

吃了午飯，吃了從山上買來的紅柿子，略作休息，泡了溫泉。六點二十分，趕到火車站，匆匆登上北去的列車，揚長而去。

回到東吳大學，已經晚上九點多了。

二〇〇八年一月五日

又見東海

——東吳手記之十三

應東海大學中文系朱主任之邀，爲該系的研究班同學作一次講演。恰好，十二月九日這一天臺中縣金門同鄉會召開會員大會並進行換屆選舉，理事長洪慈旭先生盛情邀請我前去參加。一大早，我搭乘「高鐵」南下，台中市金門同鄉會理事葉宗禮到車站接我。葉宗禮十年前在福建中醫學院就讀，獲學士學位。宗禮是兩岸隔絕數十年後較早到大陸求學的金門人，畢業之後，來到臺灣本島發展。十一月二十五日，我到台中參加了台中市金門同鄉會員大會，很意外，見到了宗禮，一問，才知道他已經從臺北移居台中了，並且自己開辦了一個保健中心。午後，宗禮領著我去到三義參觀木雕博物館。三義是苗粟縣的一個鎮。木雕博物館介紹木雕、特別是臺灣木雕的歷史，而三義則是臺灣木雕的重鎮。其大旨謂，清代木雕工匠多來自閩南，後來地籍子弟人材輩出，二十世紀以來，木雕事業有很大發展，雕刻家大多接受過良好的美術與文化的教育，掌握近現代繪畫與雕刻的理論與技巧，加上個人的天分和努力，取得很大的突破。三義木雕博物館成了苗栗縣旅遊的一個重要景點，吸引許多觀光遊客。木雕博物館一側，是「四月雪小徑」，這一步道的名稱起得很有詩意，臺灣是個海島，中央的山地與東西平原大起大落，據說海拔超過三〇〇〇米的高山有數十座之多，冬天甚至春天，東北風一刮，平原地區氣候一變冷，高山上已經下起雪來。「四月雪」的取名不知是否緣於此？小徑的梯階很特別，是用廢棄的鐵路枕木鋪就的。每一個梯級都只有十四五公分高的樣子，不高不徒，慢慢走，並不累，路上時時可以見到一些老者杜杖而行。梯階的盡頭，是一片略略平坦的大茶園，不少遊客駐足拍照留念。茶園的遠處又是山連山，大多遊客到茶園觀賞之後就算旅行結束了，而少數人卻背著行囊繼續前行。

從三義到台中市只有半個多小時的車程，又見東海，欣喜興奮。一九九六年四月，成功大學舉辦魏晉南北朝文學研討會，我也在應邀之列，後因故沒能成行。次年，東海大學再次舉辦同類型的學術會議，終於如願經償了。這是我第一次來臺灣作學術交流。學術會議邀請大陸的學者，事先並不太知道有哪些人，到了東海之後，一碰面才知道那次來的教授還不少，記得有暨南大學的李文初、鄭州大學俞紹初、北京大學的張少康、南開大學李劍國、蘇州大學王鐘陵、北京教育學院張亞新、上海師範大學曹旭、南京大學張伯偉。後來幾次我再來台參加學術會議，好像大陸的同行都沒有那一次多。這一次，我到東海大學，仍然下榻于校友會館，不過，經過裝修，會館已經煥然一新。會館邊上的咖啡屋沒有變，

會館前的道路也沒有變，當時會議的情形宛然在目。

東海之行，認識了許多的朋友。首先是東海大學的朋友，而最早認識的則是許建崑教授。第一次到臺灣，人生地不熟，許教授特地從台中來到桃園機場迎接大家。會議安排得比較滿，許教授利用間隙帶著我們參觀了台中的自然科學博物館和美術館。許教授爲人熱情，還把我們迎到他家小坐。他住的是學校的房子，在學校圍牆邊長滿是翠竹綠樹的地方，有一座獨棟的小房，房前還有一間玻璃小屋。這次，見到許教授，問他，你還住在那座玻璃小屋嗎？他說，不，已經搬走了，搬到校外的私宅了。他還說，不過，小屋還是歸他使用，放

東海大學

書。這次來東海，許教授又是安排房間，又是請吃飯，又是贈書，他一再說，你來臺灣這麼久了，怎麼不早點告訴我？和許教授聊得比較多的是明代文學，早年許教授出版過一本《李攀龍研究》，這是兩岸較早研究明代詩人的專著，我個人很看重這部專書。目前，他正在指導他的學生做晚明閩詩人曹學佺的研究。第二天，當我講演之後要離開東海，他還特把開車兜到他的舊宅門口，讓我看看他的舊居，懷懷舊，讓我回味十年前初次來台的情景。許教授眞是有心人！

王天昌教授也是當時認識的一位教授。王教授是福州人，因爲我工作的福建師範大學校址在福州，所以特別親切。當我下榻校友會館不久，王教授就興沖沖跑到房間來看我。我說不敢當，王教授是前輩，應當我去看他，他說，他住在校外，你們來不方便。我回大陸之後，王教授又讓他住在福州倉山的外甥來看過我，讓人感受動不已。我這次又來東海，講演之前，王教授又早早在系主任辦公室等著我。王教授在臺灣以編《書與人》出名，幾十年如一日，沒有中斷。現在他雖然退休了，已經不做具體的編務工作，但是，他還仍然指導著新手的工作。見面時，王教授還不忘帶了幾份《書與人》送我。我一看，那是七八年前我在該刊發表的一篇關於金門作家林樹梅的文章，我自己都要有些忘記了，而王教授卻依然放在心上。我望著已經發黃的報紙，不知說什麼是好，只能笨拙地連聲道謝。王教授還拿出一張紙片，上面寫著一些人的姓名，他說，這幾位都是《書與人》的大陸作者，

回去之後見到他們，請代他問候致意。

那次參加研討會的學者中，還有一位叫王次澄的福州籍教授。王次澄教授當時任職于英國倫敦大學，特地回台參加研討。王教授說，她的老家就在福州倉山下渡。福建師範大學臨近上渡，上渡、下渡僅咫尺之遙，步行二三十分鐘可到。她還說，東海大學現任校長王亢沛教授是他的哥哥。王校長設宴款待與會學者，次澄教授把我介紹給他。其時，福建師範大學將舉辦建校九十年校慶，我對王校長說，我代表曾民勇校長邀請他參加福建師範大學校慶。王校長表示感謝，但又說，行期太近，已另有安排，另找時間吧。回大陸之後，我立即向校長報告，校長指示有關人員和東海聯繫。大約過了一年或稍久，王校長果然率東海同仁來福建師範大學交流，曾校長宴請客人時也讓我出席叨陪。王校長還到下渡尋訪故居和親友。又過了一年，聽說，福建師範大學也組團回訪了東海。其實，福建師範大學與東海大學本有淵源關係。一九四九年以後，福建師範大學是由華南女子文理學院、協和大學等校組建而成的。而一九四九年之後，大陸的教會大學全部終止辦學，到了五十年代，東海大學就是利用原本資助大陸教會學校（包括華南女子文理學院和協和學院）的庚子賠款款項，籌建而成的。

再次來到東海，也認識了好幾位新朋友。系主任朱歧祥教授是研究古文字學的，我對研究古文字學的教授一向非常敬佩，古文字難懂，資料又匱乏，書籍價格特別昂貴，出成果也相對困難，朱教授年紀很輕，和大陸的許多文字學宿老都保持良好的學術聯繫，學問做得很好。在系主任辦公室，朱主任從桌上拿起一本相冊，其中有一些十年前研討會的照片，他信手翻開其中一頁，我在大會發言的個人照片赫然在目，其他大陸學者發言的照片也無一不赫然在目！年輕的學者楊永智，來台之後已經第二次見到他了，第一次是在中正大學，十一月間我到該校中文系講演，互動時，他提了一個問題，並說他是東海大學的，因此有了一面之緣。我來東海，永智特別高興，或許是由於臺灣做版本目錄的人較少，我也多少做一點文獻，可以談得來吧！永智贈我《明清時期台南出版史》一書，這部著作選題很有意義，可以彌補近年出版的各種中國古代出版史著作的某些不足，改日得閒，擬另撰文推介。後來，永智又寄來兩篇論文的影印本，其中一篇是《金門林樹梅刻書考》，資料豐富，讓我大開眼界。王福助教授我已久聞其名，前年我的一個博士生做《歷代都邑賦研究》，得知王教授有兩部《全台賦》的著作，千方找尋，以不得爲憾。王教授也非常熱情，從研究室抱出包括《全台賦》在內的一大堆個人著作送我，使得我的東海之行「成果」頗豐。

又見東海，又見到東海大學美麗的校園。在臺灣，東海是最美麗的大學之一。進入了校門，林木蔥蔥，一大片的草坪中間聳立著一座近乎尖三角狀的教堂，讓人第一眼就知道東海是一所教會大學。教堂的設計，出自世界著名建築設計師貝聿銘之手，名「路思義」。教堂四周，兩三百米之內沒有任何建築，空曠，金黃色的牆體傲然獨立于藍天綠草之間。建

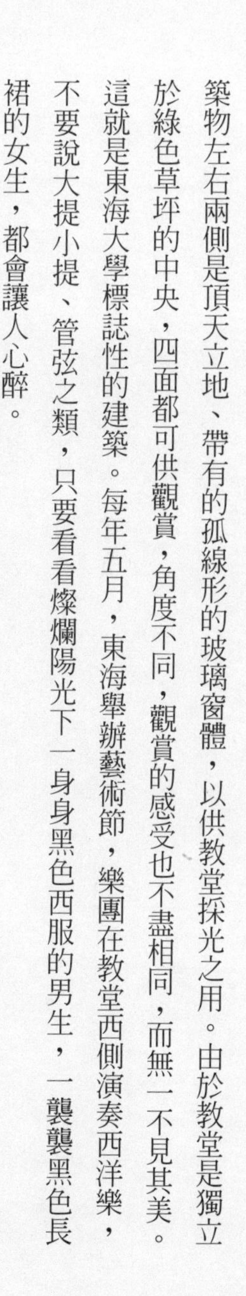

築物左右兩側是頂天立地、帶有的孤線形的玻璃窗體，以供教堂採光之用。由於教堂是獨立於綠色草坪的中央，四面都可供觀賞，角度不同，觀賞的感受也不盡相同，而無一不見其美。這就是東海大學標誌性的建築。每年五月，東海舉辦藝術節，樂團在教堂西側演奏西洋樂，不要說大提小提、管弦之類，只要看看燦爛陽光下一身身黑色西服的男生，一襲襲黑色長裙的女生，都會讓人心醉。

教堂的南頭，不經意間隱蔽著一條斜坡不大的文理大道，東西走向。說它隱蔽，是因爲大道兩旁榕樹成蔭，與校園眾多的林木融合而成一體。大道中央是石板路，路兩旁綠草與石板間隔，形成獨特的風格。校園網頁特地提醒男士，如果陪女士散步，別忘了背一背走累的女性。校園中充滿如此浪漫的情調，這就是東海？是，似乎又不是。清晨，我在林中漫步，男生和女生，不是拿著苕帚掃地，就是蹲下身來撿起很難掃淨的榕葉。東海的勞作課是每位新生的必修課，風風雨雨，週一至週五，出身于豪門的少爺小姐，在這裏都沒有絲紋的架子。升上二年級甚至三年級，他們中的一些人，還可能出來帶領新入學的學弟學妹做往年他們做過的事情。一年又一年，一屆又一屆，東海的勞作課遐邇聞名。十年前我見到的景象，十年之後再次複製在我的眼前。東海，既是浪漫的，又是務實的。

文理大道榕樹林外的兩側，是文理各學院和學校管理機構的院落。校友鐘樓聳立在大道的中間點，斜坡的盡頭是圖書館。初看兩旁的建築是對襯的，走近細瞧則不然。從校長的辦公樓到學院各樓，全部都是採用唐代的建築風格，十分協調。而每座院落的體式又各不相同，有一層樓的，也有兩層樓的，有的有圍牆、有門，有的沒有。景觀學系的院落有奇石怪松，文學院的石榴樹紅花正開得如火一般，理學院內有回廊紅楓，教務處樓前有石橋，校長樓雅素端莊。校友鐘樓是一九六四年一位建築學系應屆畢業生設計的，經專家評審而中選。鐘樓上一層一層的空格，是由小而大，有位建築師說：「這個設計的構想，是表示東海大學如同東邊朝起的旭日，緩緩升起，慢慢的由小到大，也象徵東海永不止息的朝氣。」鐘的式樣與音色均有東方情調。銅鐘上，一面刻有「金聲玉振」四個字，一面刻著東海大學的校徽。

臺灣中南部何處沒有思樹？而東海的想思樹更加富有詩意。詩人余光中有詩云：「春天在遠方喊我，用整座相思的鷓鴣喊我。」初夏，相思樹花開，校園添滿淡黃閃亮的色彩。相傳一位在校女生與學長相戀，學長走出校門之後，女生「聞君有兩意」，特寄上一封無字的信函，函內只有相思的黃花，男生感動得熱淚滿眶，終於回到女孩的身邊。五月，鳳凰木花開，灼紅灼紅；八月中秋，皎潔的月色下，東海湖漾著銀光，更引發東海學子的無限詩情。至於暮春三月，東海大學獨有的牧場綠草正肥，成群的乳牛俯身草間，又獨具田野牧笛的情調。

十年間，東海大學也有不少變化，高樓多了，十年前我們開會的那座矮樓，已經不見，

在原來的地方建造成了一座文學院的大樓。入校門不遠的大路中央，原先有一座蔣氏的塑像，現在不知被移動到什麼地方去了。十日上午，我在文學院作了講演，午後，許建崑教授開車送我到「高鐵」台中站。十年前初見東海，十年後又見東海，再見了，許教授！再見了，東海！

二〇〇八年一月十四日

明道大學的研討會

——東吳手記之十四

到東吳大學不久，系主任許清雲教授就通知我，明道大學中文系準備召開唐宋詩詞國際研討會，讓我準備一篇論文，時間是十一月中旬。沒過幾天，明道中文系秘書薛雅文和韋金滿教授先後發來郵件，交代一些會議的事誼。薛雅文小姐是許清雲教授的博士生，在東吳當過助教，也是東吳的校友；韋教授原先是香港浸會大學的教授，在一次學術會議上見過面，退休後來台受聘於明道。

會議最後確定在十六、十七兩天，地點在明道大學校園內。通知說，參加者下榻的賓館是台中市日華金典飯店。本來，許清雲主任約我一起南下，查了一下課表，他十六日晚還有課，只能課後乘晚車趕到台中參加次日一天的會議了。

十五日，我自己一個人先到了台中。到台中後，會到台中金門同鄉會黃吉瑜理事長。黃理事長自己經營著允晟營造工程公司、允大室內設計裝修公司和允大科技公司。黃理事

長領著我參觀了台中港。台中港是臺灣中部的一個大港，早幾年，兩岸三通聲音很高，台中似乎是最佳的試點港口，隨之而來的是港口的建設，後來事情起了變化，這些設施只能擱在那兒。加上這兩年經濟的不怎麼景氣，很大的一個港口，船隻不多，東北風一括，港區塵土飛揚，感覺有些蕭條。但是港口仍然有它的優勢，洋房牌水泥和環球牌水泥的廠房直接建在港口，水泥成品可以直接裝載上船，省卻了許多的工序和成本。隨後，又參觀了台中有名的鎮瀾宮和自然科學博物館。這是第二次參觀自然科學博物館了，第一次是十年前到東海大學參加魏晉南北朝文學國際研討會之時，當時時間過緊，只是匆匆走了一圈，看了幾眼。博物館有位研究人員顏先生，也是金門人，顏先生是著名的鳥類研究專家，由他充當導覽和解說員，獲益良多。當晚，黃理事長與家人在漁香園請吃飯，還有即將任理事長的李淑睿女士、台中榮民醫院的李雅高、交通事故理賠公司李清煜及台中縣理事長洪慈旭等。

第二天一早，明道的車子來接。明道大學在彰化縣埤頭鄉文化路，從飯店到明道約四十分鐘，似比從彰化縣城到明道要近一點，而且台中的飯店比彰化的好，所以主人選擇台中的飯店作爲來賓下榻之處。明道大學是一所新建的私立大學，二〇〇一年開始招生時只有四系二所，經過幾年的建設已經初具規模。中文系主任陳維德教授，福建福州人，政治大學博士，曾任職於臺北師範學院，任教務長，二〇〇二年從臺北師範學院退休，到明道大學任中文系主任。陳維德教授對先秦諸子和古典詩詞很有研究，著述頗豐。臺灣私立大學與公立大學之別，主要是辦學經費的來源不同，其次是退休金發放的方法也不太一樣，此外沒有太多差別。私立大學大多也能招碩士生和博士生，優秀的博士也可以到公立在學任教。二〇〇七年，明道大學中文系的一個本科生同時考上多所大學的研究所，結果他選中了私立的世新大學。私立大學的教師來源，和公立一樣是通過招聘錄用的，沒有博士學位很難進入大學擔任專任教師。私立大學還招聘一部份的六十歲上下的公立大學退休教師，這些教師都有豐富的教學經驗，而且有比較豐碩的研究成果，他們通常是系所的中間和骨幹。明道的陳維德教授、胡楚生教授、韋金滿教授等都是這一類型的教授，他們在系所裏很受教師們的尊重。陳維德教授多才多藝，其書法在兩岸頗有名氣，早在大學生的階段，他就獲得過臺灣大專院校書法比賽的第一名，後來不還舉辦過個展，出版過個人專輯。這次的學術會議，陳維德教授畫興、書興大發，大到大會的橫幅旗幟，小到信封信箋便箋，都出自他的設計和手筆。中文系的書法碩士班也是陳主任親自指導。會間，我參觀了大學部的書法展，一些學生入學時，書寫如同塗鴉，一年之後，進步非常明顯。在陳主任看來，傳統的書法訓練是中文系學生一門非常重要的課程。書法，成了是明道中文系的一門特色課程。

開幕式之前，林佑祥副校長一直在打聽我。見了面，他非常高興，因爲我是從福建來的，他的女兒在廈門大學中文系從吳在慶教授讀古代文學的碩士。吳教授是我多年的朋友，

每年他的學生畢業，都是我去主持論文答辯，或許林副校長的女兒也見過我。近幾年，臺灣到大陸讀學位的學生慢慢多起來了。臺北板橋的金門鄉親施志勝，他的女兒也在廈門大學讀大學部。幾年前，一位文化大學一位陳姓碩士來我這兒讀博士，他的碩士導師是鄭阿財教授。鄭教授已經轉到嘉義的一所大學任教，我到中正大學時和他會了面。次日，鄭教授的太太朱教授接我去嘉義大學，她對她的同事說，他們夫婦和我還有一層關係，就是因為他們和我有著一個共同的學生。

學術研討會規模不是很大，但是安排緊湊，井然有序。與會的專家，除了上述提到的幾位，還有香港中文大學的黃坤堯教授、臺灣大學中文系主任何繼彭、臺灣大學客座教授也即南京大學教授張伯偉、中興大學的李建崑教授、台中教育大學的劉瑩教授、文化大學的廖一瑾教授等。到臺灣參加學術會議已經多次，對學術會議的安排也略知一二。與會者首先都必須提供論文，論文初審通過後才發給正式通知。與會者都有機會在大會發表論文，發表論文都指定專人作者為評論人。評論往往不講情面，指出要害，有時很令人難堪。此外還有開放討論的時間，聽會者都可以就發表人的論文提出質疑或提出不同見解。學術者，天下之公器，互相討論切磋，有利於學術水準的提高。近幾年大陸的學術會議水準頗高，也比較規範，但是會議的規模往往過大，如二〇〇七年暑假我操辦的中國明代學會年會暨國際學術研討會，與會者多達一百五十餘人，要做到人人都在大會上發表論文實在有困難，不得已，論資排輩，年青學者能上大會發表的機會就少了。這次研討會，我的論文由逢甲大學中文系主任李威熊教授評論，李主任的評論，使我收益匪淺；而我評論的對像恰好是東道主陳維德主任的論文，陳主任的論文則給我不少的啓發。

明道中文系雖然是第一次組織這樣的學術研討會，但安排得很豐富。參加這次會議的，除了學者，還有一些臺灣中華詩詞學會的詩人詞客。兩天的午餐之後，都舉辦詩詞吟誦或吟唱，不少老詩人一往情深，動情動容，對古典詩詞這一傳統的文學形式熱愛有加。還有一些比較年輕的學者和學生，身穿古色古香的漢裝，又是唱又是表演，很執著，和我在大陸時常見到的沒有兩樣。吟誦吟唱大多用的是國語（普通話），有的還用方言。方言中，有台語也即閩南語，還有韋教授的粵語粵調。韋教授歌喉極好，還能摹仿紅線女唱粵劇，讓與會者忍俊不禁。廖一瑾教授也是吟誦的行家，我乘坐她的車子，音響播放的沒有一次不是吟誦或吟唱古典詩詞的CD。一九九八年我到文化大學，她還特地送給我一盒吟唱的磁帶。詩詞學會還有一位老詩人林祖恭，祖籍福建仙遊，一九四八年來台就讀于臺灣大學，與原配已育有一男一女。林先生滯留臺灣，其妻生活無著，不得已改嫁。若干年後，林先生亦再婚。他在臺北故宮博物院服務數十年，已退休。據說，當年大陸讓他在仙游的兒子喊話，同仁戲爲對子曰：「雙木傳李杜，一心繫閩台。」「雙木」者，林也（李、杜各有一木，林好詩，故云）；「繫閩台」者，閩台先後各有一妻也。「恭」下爲「一心」也，亦與「雙木」相配。

林先生七十年代初有《春節懷大陸》詩，中有句云：「今夜失眠非守歲，天涯無客不思歸」，句雖不甚工，亦一時之感念。現在，其大陸之孫已來台定居，侍候老人。林先生古風作得頗有氣勢，他一遍又一遍地誦讀自己的作品，旁若無人，頗得詩人的赤子眞情。

明道大學的用地，原屬「台糖」，是甘蔗地，地勢平坦。行政大樓叫著伯苓樓，樓前有一條清清的流水流過，水上臥著一座小石橋，名曰「朱熹橋」。樓後是一個大湖，名曰「鏡湖」。學校的大樓，沿湖而建，建築倒映在水上，從各個不同的角度呈現出各種美麗。我們開會的寒梅大樓，也在湖邊。會間休息，我有時溜了出來，坐在湖邊，吹吹清風，看會兒藍天白雲下的湖光水色。鏡湖還可以蕩舟，湖岸有專供泊舟的碼頭，一艘起名叫「蠡澤」的小艇系纜于垂柳叢中。岸邊有大大小小的草坪，散落著各種奇石，紫荊花燦燦地開著。承正圖書館大樓剛剛落成開館，藏書頗豐，一套影文瀾閣的四庫全書已經全部上架，沒有新辦校那種圖書匱乏的尷尬。最讓人動心的是水上運動中心，室內一座五十米標準游泳池對我有說不出的引誘，水上健兒正在劃水踢腿，通常出門我都帶著泳具，這會兒只能趴在窗上作壁上觀了，後悔不迭。學校還預留農場用地，林蔭小道，蜿蜒曲折。林蔭中藏著若干別墅，是供教授們使用的，設計簡潔，別致。十八日，陳維德主任邀我同往鹿港參加龍山寺的一個活動，爲了節省第二天出行的時間，十七日晚，我就下榻於別墅群中的一座，享受了一晚的明道教授待遇。

明道的活動只有兩天，十八日乘著陳主任的車子往南去了。車子在鄉間的公路奔跑著，明道很寧靜，是一所很適合做學問的學校，也是一處很適合修身養性有地方，但因爲過於安靜，對於長期在城市生活慣了的人來說，似乎覺得太偏了一點，如果自己不開車，的確有諸多的不便。我這樣想著，也許是杞人之憂。

二〇〇八年二月五日

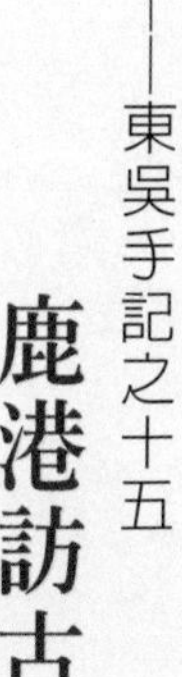

鹿港訪古

——東吳手記之十五

鹿港是彰化縣的一個鎮。二〇〇六年冬，到雲林科技大學參加古籍國際研討會，會後，友人陪我到臺灣南部，返程由臺南經彰化北上桃園，與鹿港擦身而過。這次來東吳，一直盤算非到鹿港走一遭不可。恰好研究班上有一個同學叫許永德，他是鹿港人，每次課後，我都要問他幾句鹿港的事。永德說起鹿港，繪聲繪色，弄得我心頭癢癢。

十一月中旬我的安排大致是這樣的，十七日參加明道大學的唐詩宋詞國際研討會之後，十八日就可以自行到鹿港，趕得上十九日到臺南成功大學講演就可以了。到明道之後，中文系主任陳維德教授說，十八日上午鹿港龍山寺有一個活動，讓他找幾位朋友一道去，問我可否參加，讓我喜出望外。陳主任還邀上天津社科院的王雲望研究員，臺北故宮博物院的林祖恭老先生同往。明道大學在彰化縣埤頭鄉文化路，從埤頭到鹿港，要不了一小時的車程。

鹿港，又叫鹿仔港。閩南人稱人、稱物，詞尾好加一個「仔」音，「仔」不一定是小的意思，例如貓稱「貓仔」，狗稱「狗仔」，窗戶稱「窗仔」。鹿港，今屬彰化縣，清代與府城（今臺南）安平港、艋舺（今臺北萬華）稱三大港口。臺灣多鹿，自明代陳第《東番記》之後，文獻多有記載。清光緒八年（一八八二），詩人黃逢昶遊臺，過鹿港，寫下一首《鹿仔港熟番打鹿詩》，云：「打得鹿來歸去好，歌喧絕頂月當頭。」一百年前，鹿港這個地方是不是仍然有許多鹿可供捕獵，還是詩人有所誇大？但是鹿港此地，從前多鹿，當是事實。現在的鹿港，鹿的影子，大概只能存憶在耆老的腦海之中，我們已不復可見了。鹿港的港口，在臺灣諸港中離大陸最近，港深可泊巨艦，可容納商船百餘艘，且風不論南北，時不論春冬，揚帆可進。清康熙二十二年（一六八三），施琅滅明鄭，官方實行海禁。儘管如此，閩臺民間貿易仍然不斷，亦有移民不斷來臺。乾隆四十八年（一七八三）設鹿港正口，隨即開放海禁。從乾隆末至道光末年的六十多年，鹿港門戶大開，商船雲集，行郊林立，鹿港進入全盛時期。故「鹿港八景」以「鹿港飛帆」居其首。光緒間，港口雖然漸漸淤塞，而鹿港作爲一個城鎮已經呈現出它的規模和特色。從光緒到今，又過去了百年，我們來到鹿港，隨處都可以看到古跡。

陳主任的車子開進街路，趁著停車與龍山寺有關人員聯繫的間隙，我們逛了一家糕點店。糕點店的建築和招牌都十分醒目。樓房是三層的洋式建築，二三層有環狀的陽臺，二

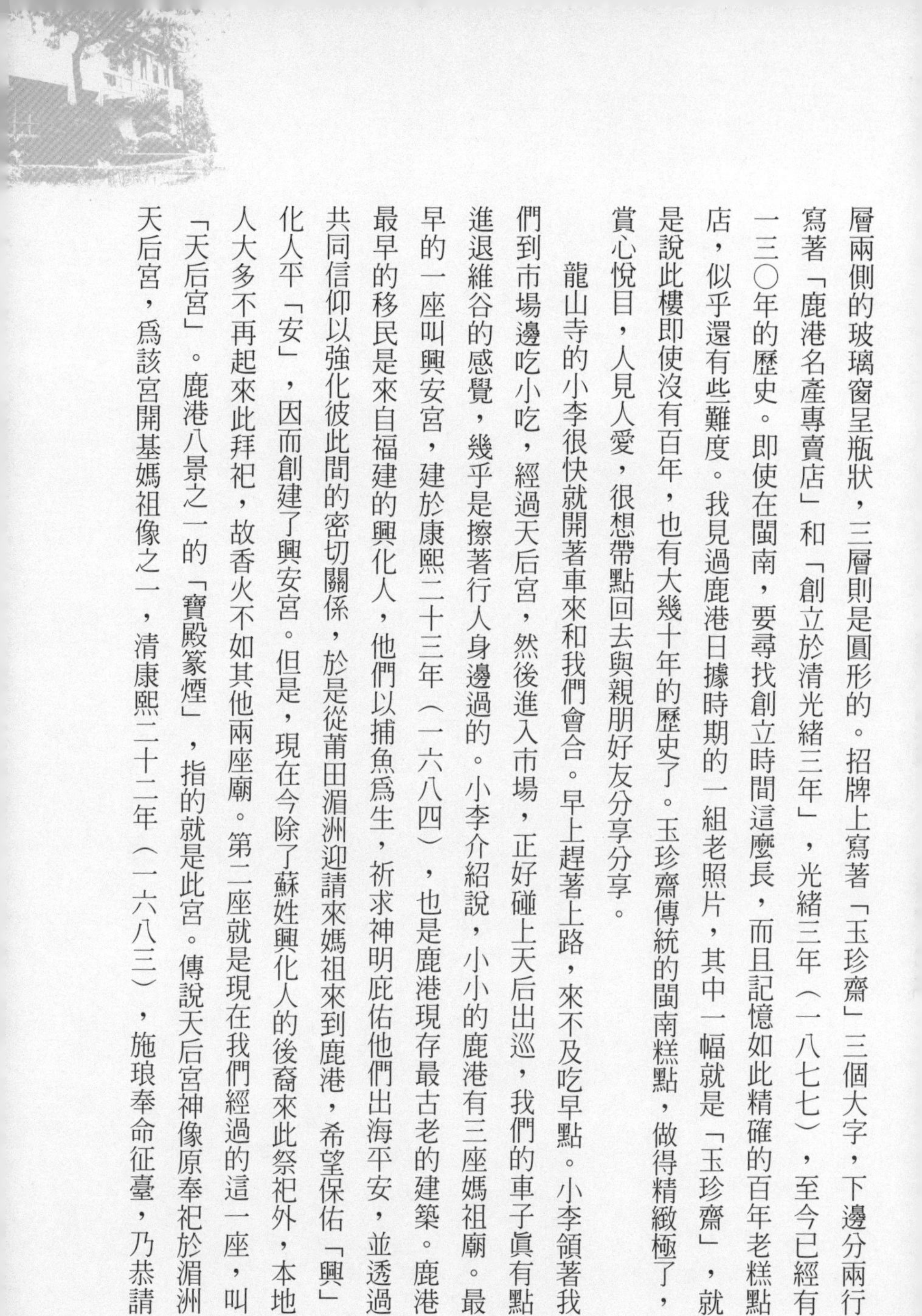

層兩側的玻璃窗呈瓶狀，三層則是圓形的。招牌上寫著「玉珍齋」三個大字，下邊分兩行寫著「鹿港名產專賣店」和「創立於清光緒三年」，光緒三年（一八七七），至今已經有一三〇年的歷史。即使在閩南，要尋找創立時間這麼長，而且記憶如此精確的百年老糕點店，似乎還有些難度。我見過鹿港日據時期的一組老照片，其中一幅就是「玉珍齋」，就是說此樓即使沒有百年，也有大幾十年的歷史了。玉珍齋傳統的閩南糕點，做得精緻極了，賞心悅目，人見人愛，很想帶點回去與親朋好友分享分享。

龍山寺的小李很快就開著車來和我們會合。早上趕著上路，來不及吃早點。小李領著我們到市場邊吃小吃，經過天后宮，然後進入市場，正好碰上天后出巡，我們的車子眞有點進退維谷的感覺，幾乎是擦著行人身邊過的。小李介紹說，小小的鹿港有三座媽祖廟。最早的一座叫興安宮，建於康熙二十三年（一六八四），也是鹿港現存最古老的建築。鹿港最早的移民是來自福建的興化人，他們以捕魚爲生，祈求神明庇佑他們出海平安，並透過共同信仰以強化彼此間的密切關係，於是從莆田湄洲迎請來媽祖來到鹿港，希望保佑「興」化人平「安」，因而創建了興安宮。但是，現在今除了蘇姓興化人的後裔來此祭祀外，本地人大多不再起來此拜祀，故香火不如其他兩座廟。第二座就是現在我們經過的這一座，叫「天后宮」。鹿港八景之一的「寶殿篆煙」，指的就是此宮。傳說天后宮神像原奉祀於湄洲天后宮，爲該宮開基媽祖像之一，清康熙二十二年（一六八三），施琅奉命征臺，乃恭請其一爲護軍之神，臺澎平定之後，施琅班師，其族侄施世榜懇留神像奉祀，後來建此宮供奉。這尊「湄洲媽」顏面原爲粉紅色，因爲百年來香火鼎盛受煙熏爲黑色，又有「香煙媽」、「黑面媽」之稱。第三座稱「新祖宮」，建於乾隆五十三年（一七八八）。據傳福康安率大軍鎮壓林爽文，在渡越海峽中時遭颶風侵襲，乃向媽祖祈求庇佑，奇跡般地變成風平浪靜，安然抵達鹿港，大敗林爽文，爲了感謝媽祖，由官方出資興建新祖宮。宮前立有「文官下轎武官下馬」的石碑。當地百姓稱此宮爲「官宮」。午後，我們參觀了新祖宮，宮中的順風耳、千里眼，均著官服，與其他的媽祖、天后宮確實不同。

我們的車子停在離龍山寺不遠的地方，下車無意中瞥見一堵矮牆，牆體下半是紅磚砌成的，上半分三層，每一層是一排整齊的酒甕，呈窗狀。陳維德主任說：這就是「甕牖繩樞之徒」的「甕牖」。「甕牖繩樞之徒」，出《史記・陳涉世家》，形容民眾的貧困，用甕作窗，用繩作戶樞。「甕牖斜陽」，也是鹿港八景中的一景，以廢置的紹興酒甕作爲建築材料，或嵌入壁中，或堆疊於門上，大致成窗型，以流通空氣，兼具美觀及實用價值，在斜陽下，陰影分明，古意盎然，是鹿港古式建築的特色。這樣的建築，我是第一次見到，感到十分的新奇。

鹿港有「三大古跡」，「八景」，「十二勝」，三大古跡是：古剎蓮香、寶殿篆煙和書院夕照。古剎蓮香，即龍山寺，爲古跡之首。相傳明清之際，永曆七年，即清順治九年

（一六五三），釋肇善奉石雕觀音像欲往南海普陀山，海中遭遇暴風驟雨，被飄到鹿港，於是，肇善遂在暗街仔一帶苦修，不久，即在港畔創建龍山寺，據說，這就是佛教傳入臺灣之始，也是臺灣最早創建佛教寺院之始。乾隆五十一年（一七二二），鹿港八郊士紳所重建，占地約五〇〇〇平方米。龍山寺的建築吸收了泉州開元寺的精華，宏偉典雅而又莊嚴肅穆。我們這次到來，龍山寺正門正在維修。彰化縣鹿江書畫學會今天在此舉辦「書法大街活動」，書法家個個揮毫潑墨。故宮博物院的林祖恭老先先口占一絕，云：「初入龍山參古佛，欣從此處悟天機。寸心欲與禪心共，筆點仙花萬片飛。」陳維德主任將詩書寫於旗上，插於廟廊，隨風飄揚。龍山寺右出口，有一座小小的「惜字亭」，很不起眼，然而卻是「十二勝」之一的「聖亭惜字」。這是早年鹿港儒生或民眾焚燒字紙的字爐。鹿港民眾敬惜字紙的風氣非常興盛，普遍不敢隨便糟蹋紙張，只要是廢棄的字紙，都被送入惜字亭化成灰燼，然後供奉於制字之祖倉頡的神位，最後才恭送入河海。只是現在惜字亭已經封爐，敬惜字紙的民風民俗不再存在，香客甚至還誤以爲這也是香爐，欲於此爐燒紙錢。

龍山寺的活動還在繼續著，我出了廟門，沿龍山路北行，折入三民路向西，到中山路口再向北，十來分鐘的路程就到了九曲巷。九曲巷以金盛巷爲主，金盛巷口有十宜樓。「曲巷冬晴」和「宜樓掬月」是八景中的另外兩景。九曲巷雖以金盛巷爲主，然亦泛指鹿港主要街道之外的彎曲多折、逼仄狹隘的小巷。小巷兩旁蓋著許許多閩南式的低矮的紅磚小樓小房。每年秋天之後，東北季風恣意橫掃，當地稱為「九降風」。為減少風害，早先的鹿港居民建造房屋時，特意採取迂回方式，排列一棟棟的樓房，以阻擋風勢。冬日的鹿港，「九降風」寒意逼人，而九曲巷內則靜暖如春，故有「曲巷冬晴」之稱。「九曲巷中風不到，十宜樓上士閑吟」。在挨挨擠擠的樓房中，十宜樓鶴立雞群。「十宜」者，宜琴、宜棋、宜書、宜畫、宜花、宜月、宜煙、宜酒、宜茶、宜博。十宜樓，雙層建築，分東西兩樓，上層有「跑馬樓」連接相通，不僅有利於安全，而且具有觀賞的價值。每當月滿西樓，文人雅集，烹茗煮茶，彈琴作畫，對酒對花，吟詩長嘯，亦鹿港文士一大快事也！我一個人獨自在深巷中七轉八拐，鑽到一處危樓之下，一個三輪車夫，身著小褂子，脖子披著一條毛巾，笑吟吟地用生硬的英語給兩個老外解說道：這就是意樓，是舊時的閩式閨樓。傳說百年之前，住著一位女子，名叫尹娘，新婚燕爾之後，夫婿趕赴唐山應試，臨行之前手植楊桃一株，對尹娘說：「見樹如見人，吾試畢即返。」沒想黃鶴一去，從此杳然。尹娘日夜對樹思夫，遂悒鬱而終。「意樓春深」，也是鹿港「十二勝」之一。百年已經過去，尹娘已經成為過去，而意樓岌岌可危，搭著腳手架，正在修繕之中。歷史的鹿港，有多少的故事，有多少的傳說？

在龍山寺用過午餐。由陳維德主任請來他的老同學彭隆民帶路，參觀古巷、古街。臺灣早年的開發，來自閩南的移民大多沒有太高的文化，一些地名未免起得粗俗。如大肚溪、雞籠、諸羅等等。而鹿港此巷更為低俗不雅，現在也是一個觀光景點。巷殘存六七十米左

右，都是些低矮簡陋的小房，高不超過兩米掛零，紅磚牆，視窗很小，已經人去樓空，坍塌者有之，傾圮者有之，依然苦苦支撐者亦有之。巷寬僅容一人勉強通行，如若兩人相遇，則須側身，即使側身，亦難免肌膚皮肉接觸，故有此稱。觀光客過此，無論男女老壯，臉上無一流露出各種詭異的笑靨，各自的心思，各自的意念，也只有各自知道，誰也不明說，誰也不直說，只是詭密地笑著，嘻嘻嗤嗤，同時又是小心異常。如果男女相遇，男生不免拘謹，面壁緊貼牆體避讓，女生不免臉紅，小心面壁而過，故現在有人戲稱其爲「君子巷」。

瓊林街連著浦頭街，現在已闢爲鹿港的古街，並加以保護，這兩條街區不准建造任何的新建築物，即使維修，也盡可能保持原來的面貌。鹿港舊時有諺曰：「一不見天，二不見地，三不見查某人。」「查某人」，即女人，舊時鹿港民風保守，女人不拋頭露面，所以街上見不到「查某人」。舊時中山路一帶的民居，房屋密集，街屋密遮不見天日。現在的瓊林街，浦頭街則仍然不見「地」，原因是地面不是鋪著紅色方磚，就是從唐山運來的石板（舊時臺灣盛產大米用船運往大陸，返程以石板壓倉），見不到泥土的「地」。街路兩旁有各色各樣的庭院、小樓，這一帶的居民似乎比九曲巷來得富庶。民居的名稱大多典雅，有「合德堂」、「友鹿軒」、「家足居」、「采風居」、「意和行」。王家的門楣題有「三槐挺秀」，頗能表現出王家的書香風範，其院牆外露出半圓形的井，稱「半邊井」，原來牆裏牆外各有半井，牆外的半邊井供左鄰右舍汲用，有甘露均沾之意。此外，民居的扁額還往往有「某某衍派」字樣，所謂衍派，就是記錄祖上是從哪里來，警示子孫永遠不忘根本。街頭的零食，也都是地道的閩南口味，如「鳳眼糕」、「糖蔥」、「烏來糖」之類。人頭攢動，摩肩接踵，古街的紅方磚，赤紅赤紅，像是剛剛刷洗過一般，踩在上面，似乎是踩在歷史的跡痕之上。

「三大古跡」的最後一處「書院夕照」在城南。書院，即「文開書院」，書院與「文廟」、「武廟」連成一片，統稱「文祠」。彭隆民先生說，鹿港鄉紳曾議建孔廟，但是鹿港不是縣治所在地，不准建。鄉紳又議建文廟。文、武兩廟建于嘉慶十七年（一八一二）。道光二年（一八二二），鹿港同知鄧傳安率八郊士紳倡立文開書院，「文開」爲明鄭時期入臺文士沈光文之字，書院于道光七年竣工，藏書一度達到二、三萬冊之巨。書院四周老榕垂著長髯，枝

鹿港金門館

盛葉茂。文祠占地面積大，祠前開闊，有半月形的池塘。文廟中的一面牆上題有「明道」二大字，我趕緊提議明道中文系主任陳維德教授合影（其實在唐宋詩詞研討會之際，陳教授已榮升文學院院長），以記明道和鹿港之行。

鹿港的古跡還很多，「十二勝」中的「浯江煙雨」（金門館），擬另文述及。此外，還有城隍廟、靈威廟、地藏王廟、三山國王廟、定光佛寺、鳳山寺、南瑤宮、南泉宮、泰安宮、南靖宮等等，很多廟宇都有一二百年的歷史。這些廟宇是鹿港歷史的見證，有的還反映了鹿港族群的某些情況。鹿港的閩南話系泉州腔，但上文我們提到的興安宮，則為興化人祭奉，而三山國王廟則是潮籍客家人的廟宇。幾百年過去了，各個族群已經融合在鹿港這個小鎮生活圈當中。

二〇〇八年二月九日

——東吳手記之十六

台南之行

十一月十八日午後，告別了古鎮鹿港，明道大學中文系陳維德主任開車把我和天津社科院王雲望研究員送到台中「高鐵」站。王北上臺北，我往台南，十五時六分發車，十五時四十九分便到了台南市。成功大學中文系主任王偉勇教授得知我來東吳客座，盛邀到成大作一次講演。我的講演是該校邁向「頂尖大學計畫創意人文講座」之一。臺灣的大學多達一百七十多所，著名的有「台成清交」，即臺灣大學、成功大學、臺灣清華大學和交通大學。成功大學校址就在台南市。臺灣有兩所大學是以明清的名人來命名的，一所是銘傳大學，以晚清臺灣首任巡撫劉銘傳命名，另一所就是以明末民族英雄鄭成功命名的成大了。

說起臺灣的大學，說來也巧，除了東吳大學，我和這兩所大學關係似乎最密。銘傳，我多次到過該校，並且走遍所有校區，並且講演次數多達三次。而成功，則是我受邀赴台參加學術會議的第一所大學，時間早在一九九六年的上半年；而二〇〇五年，文學院院長張高評教授又邀請我到中文系作合作研究，遺憾得很，由於種種原因，兩次活動都未能成行。不過，成行雖然未果，但和成大學者的交往始終沒有間斷。除了張院長、王主任，來往比較多的還有陳怡良教授和賴麗娟博士。台南火車站在市內，與成大近在咫尺，而從「高鐵」站打車到市內，恐怕得花五六百元，因而系裏就安排賴博士前去接站了。

下了列車，很快就見到賴麗娟博士及其夫君郭秋顯副教授，他倆都是臺灣中山大學的文學博士。三四年前，賴麗娟寫作《劉家謀研究》的博士論文，見到我編纂的《賭棋山莊稿本》和有關劉家謀的文章，屢次從台南打電話到福州，請我協助她找尋劉家謀等的文獻資料。劉家謀（一八一四－一八五三），福州人，道光十二年（一八三二）舉人，先後任甯德、臺灣教諭，勞瘁，卒於台。著有《東洋小草》、《外丁卯橋詩集初稿》、《斫劍詞》、《觀海集》、《海音詩》等等。謝章鋌塡詞，甚得劉氏啓示。謝、劉交情甚篤，劉卒後數十年，謝言及劉，依然噓唏不已。賴博士說，二〇〇五年，知道我要到成大作合作研究，翹首期待，竟失之交臂，今天見面特別高興。我對她順利獲得學位表示祝賀，並說：你的博士論文我早收到了，做得很好。我說這話並非出於禮貌，而是出自內心。我曾經對我的學生說過，我們的博士論文題目往往比較求大，求名家，求分量重。不要說劉家謀，即使是謝章鋌，也可能被看成不夠大，不夠出名，分量這夠。劉家謀則又其次矣。可是海東的賴麗娟，在導師指導下，卻選了劉家謀這個作家作研究的題目。臺灣古典文學的博士論文有的題目往往並不太大，但是多數作得較爲深細、紮實。劉家謀雖不大爲人所知，但是劉氏創作比較豐富，有詞有詩，而且他是晚清閩詞人從葉申薌過渡到聚紅詞榭諸家的一個重要詞家；他任臺灣教諭期間所作《海音詩》、《觀海集》，還是臺灣的重要文獻和重要的文學作品；除了謝章鋌，黃宗彝的詞也受到他的啓迪，黃氏所作《婆娑洋詞》，是第一部與臺灣關係至密的詞集（劉氏在台當有許多詞作，惜已亡佚）。賴麗娟的博士論文作得很認眞，她和我通電話，常常說了很長的時間，有時我不得不打斷她，說區間電話費很貴的。她說，因爲是請教，沒關係。一次，她讓我代印《東洋小草》，又有些不太放心，又托了將赴台講學的魯國堯教授從南京再次查找。當然，這並非對我不信任，而是爲了做到萬無一失。眞的很不容易，在台南這樣一個福建地方文獻比較缺乏的地方，要做劉家謀這樣的題目，的確是要克服不少困難的。郭博士，也做地域文學，我和賴博士討論劉家謀、謝章鋌，他也不時參與，看得出來，他對劉、謝也是十分的熟悉。當晚，郭博士送我到成大的迎賓樓，背著一大書包的書，原來都是我所著所編之書，讓我簽名，其中還有剛出版不久的《徐熥集》，他說是花了很大力氣才購到的。看來，大陸對臺書籍的貿易還有不少値得改進的地方。我對他說，不好意思，還讓你們破費，以後有書，我再寄過來；將來，你們博士論文出版，也寄給我。

按原先的計畫，是今早到台南的，因爲先到了鹿港，行程就有些緊。賴博士說，我們就不先回成大，直接出看一些古跡吧。台南，是閩南人渡海來台開發最早的地區之一，鄭成功、

鄭經、鄭克塽祖孫三代居住於此，也是清代臺灣縣、府治所之地。賴博士嫺熟地駕著車，驅往明靖王墓。靖甯王朱術桂，明太祖九世孫遼王之後，明末魯王監國時封爲長陽王，唐王時改封靖甯王。康熙二年（一六六三）東渡臺灣，在今台南市赤崁城附近（天后舊址）建府第，後在鳳山縣竹滬（今高雄縣路竹鄉）招民開墾。靖甯王在晚明諸王中，頗有詩名，在東甯時與渡臺的浙人沈光文、閩人王忠孝多有唱酬。康熙二十二年（一八八三）。施琅克澎湖，王自縊殉國。高拱乾《臺灣府志》云，墓在鳳山縣長治里竹滬，前有明月池，與其妃羅氏合葬。靖甯王墓初無標識，以避清兵破壞，故湮沒不可考，故遲至一九三七年才被發現。一九七七年，高雄縣政府重

台南明寧靖王墓

修，古樹環繞，墓前百米鑿有清池一方。墓園通向大路，建有牌樓，匾曰「靖寧公園」，牌樓前的巨石上則勒有「明靖甯王墓」五個字。離墓一公里左右，原先建有靖甯王廟，郭博士說，百姓無知，改建時不知何故，易爲「華山廟」，不過仍祀靖甯王，羅妃陪祀。廟前闢有「靖寧園」，園內立碑，蔣氏題詞其上，花草依舊繁盛，而園庭顯得冷落。靖甯王另有五妃，亦殉難，有五妃廟。

暮色降臨，驅車往興達港吃海鮮。港口停靠大小不一的船隻，海鮮樓前是魚市，叫賣著各種各樣剛剛從海上捕撈上來的魚類、螃蟹。往裏走，攤點一個挨著一個，賣的都是簡單的小吃，人山人海，充滿了海腥味和熟食的魚香。賴博士買了一袋炸蚵仔，我們擠在人堆中，像小朋友一般邊走邊吃著，滿口鮮香。在海鮮樓吃生魚片，炸魚，魚羹，品類繁多，鮮美自不可言喻。

出了海鮮樓，漁火點點，海風漸漸強勁。賴博士說，抓緊時間去看素有「臺灣之門」的鹿耳門吧。鹿耳門是臺灣早期的一個港口，形如鹿耳，分列兩旁，中有港門鎮鎖水口，門甚險，凡進港船隻皆從此入。鹿耳春潮，是臺灣府最初的八景之一。高拱乾詩云：「海門雄鹿耳，春色共潮來。二月青郊外，千盤白雪堆。線看沙欲斷，射與弩齊開。獨喜西歸艄，爭隨落處回。」然而，遊客到此，受到感染的恐非春潮之美，而是鹿耳的天險，故近人於臨海處立石大書曰「府城天險」。清張湄《鹿耳門》詩云：「鐵板交橫鹿耳排，路穿紗線幾迂回？浪花堆裏雙纓在，更遺漁舟嚮導來。」范咸《重修臺灣府志》卷一引《赤嵌筆談》云：「水底鐵板沙線，橫空布列，無異金湯。鹿耳門港路紆回，舟觸沙線立碎。南礁樹白旗，北礁黑旗，名曰『盪纓』，亦曰『標子』，以便出入，潮漲水深丈四五尺，潮退不及一丈。入門必懸起後舵，乃進。」所謂天險，即船隻必需乘潮才能入門，而且水道迂回，對水道不是很熟悉，船必觸礁而碎，易守難攻之謂也。鹿耳門的神秘，還在於此門聯系著明清之際兩大事件。一次是鄭成功從鹿耳門入台驅逐荷蘭侵略者。一次即康熙二十二年施琅平臺，施氏平臺後作《祭鹿耳門水神文》，前半云：「惟滄波之浩蕩，渺難測之所之。何重關之據險，儼要隘于天池。既迤邐於迂折，複迅激而賓士。擬鹿耳於岩淩，若砥柱兮標奇。灩澦無以喻斯流之湍急，天塹奚以軼扃鍵於藩籬。」鹿耳門雖號天險，但天險卻阻檔不住施琅大軍，鄭克塽不得不出城受降。此時，夜黑風高，大海茫茫然無涯無涘，我和郭博士小心地在堤上移步，腳底下洶湧澎湃，轟鳴聲一陣高過一陣，驚心而動魄。浪頭卷著水沫不斷撲來，頭髮臉頰完全被水霧包裹。堤旁立著一座巨碑，碑有四面，每面都寫著兩個字：海魂。岸邊有海巡（海警），

據說「解嚴」之前，幾乎沒有遊人到此，如果有，海巡就吹哨勸離，有拍照者即沒收相機。如今的鹿耳門，已任遊人出入，通行無阻矣。多年來，我已經習慣於從海峽西岸望海東，今天卻在海東望海西。海天蒼茫，如果直飛，穿越海峽，從前數日的水程，現在瞬息可至，俯瞰海峽，也不過是一道淺淺的海溝而已。

進入鹿耳門的路口，有一座鹿耳門天后宮。天后宮好像剛剛修飾一新，牌樓高聳，宮殿富現堂皇。鹿耳門媽祖宮正在做法事，雖然是夜晚，還可以入內參觀。一會兒，天后娘娘出巡，有「巨人」引路，八人大轎侍候天后，鳴鑼打鼓，鞭炮時起，夜色中頗具神秘。驅車大約三四公里，到了一個叫「土城」的地方，又見到一座「正統鹿耳門聖母廟」的媽祖廟，此廟氣勢恢弘，後牆修成城牆狀，連綿里餘，廟觀三進，供奉包括媽祖在內的諸多神靈，道佛合璧，朱漆金粉，珠光電氣，眩人目睛，歎爲觀止。過一條馬路，有「鹿耳門公園」，天已盡黑，無緣觀賞。台南的天后宮還不止鹿耳門這兩座。另一座在安平古渡口（今安平古堡）附近，始建於永曆十五年，即清治十八年（一六六一），鄭成功東渡，自湄洲奉祀天后像來臺，舟師抵達鹿耳門，突水漲數尺，暢行無阻，遂驅逐踞臺的荷人，鄭氏軍民咸感神庥，建廟奉祀。據傳，此廟爲臺灣建天后宮之始。日據時期遭破壞，後重修。門有一對子曰：「天地仰深恩神秘佑台澎金廈，后妃膺厚爵靈普宋元明清。」以「宋金元明」對「台澎金廈」，亦新穎。還有一座在城內赤嵌樓之南。康熙二十三年（一八八四），臺灣底定，靖海將軍施

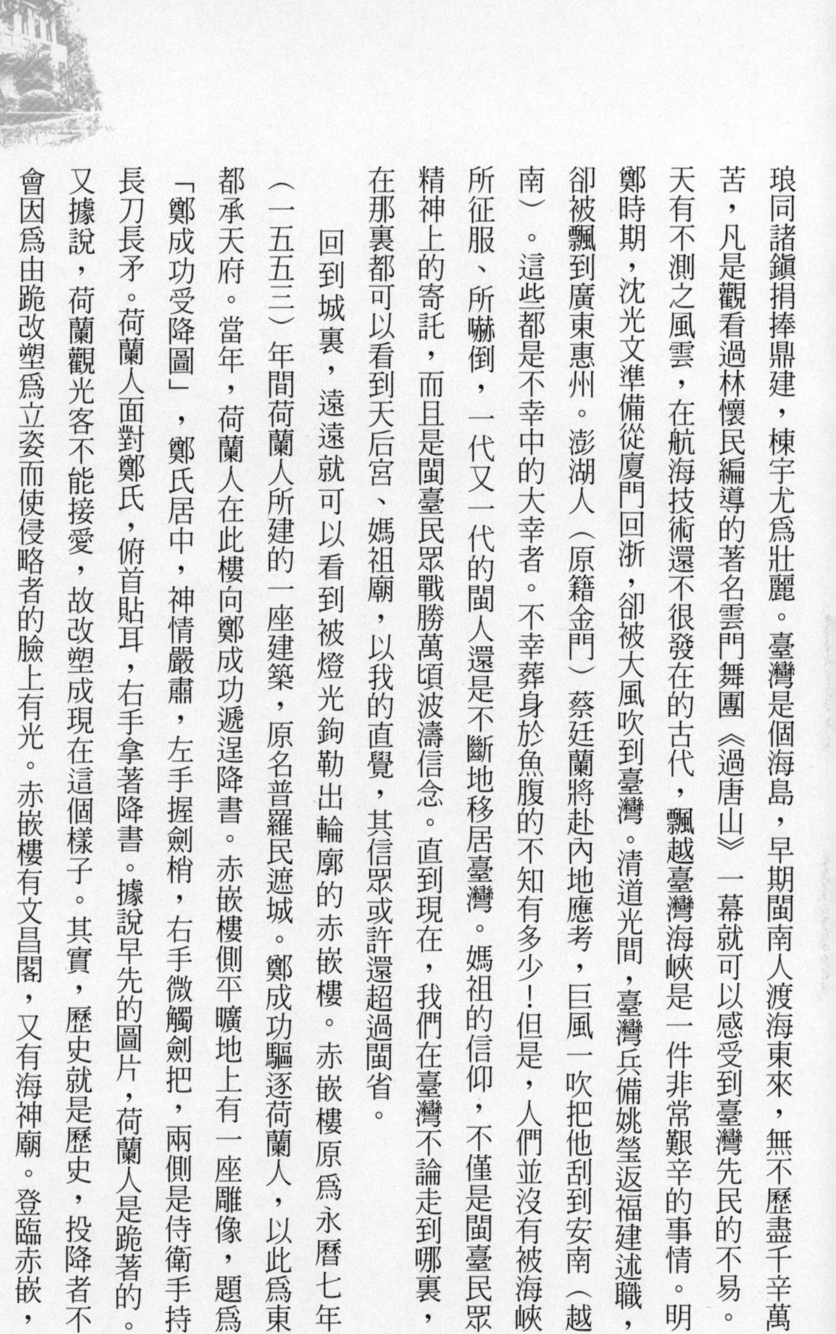

琅同諸鎮捐捧鼎建，棟宇尤爲壯麗。臺灣是個海島，早期閩南人渡海東來，無不歷盡千辛萬苦，凡是觀看過林懷民編導的著名雲門舞團《過唐山》一幕就可以感受到臺灣先民的不易。天有不測之風雲，在航海技術還不很發在的古代，飄越臺灣海峽是一件非常艱辛的事情。明鄭時期，沈光文準備從廈門回浙，卻被大風吹到臺灣。清道光間，臺灣兵備姚瑩返福建述職，卻被飄到廣東惠州。澎湖人（原籍金門）蔡廷蘭將赴內地應考，巨風一吹把他刮到安南（越南）。這些都是不幸中的大幸者。不幸葬身於魚腹的不知有多少！但是，人們並沒有被海峽所征服、所嚇倒，一代又一代的閩人還是不斷地移居臺灣。媽祖的信仰，不僅是閩臺民眾精神上的寄託，而且是閩臺民眾戰勝萬頃波濤信念。直到現在，我們在臺灣不論走到哪裏，在那裏都可以看到天后宮、媽祖廟，以我的直覺，其信眾或許還超過閩省。

回到城裏，遠遠就可以看到被燈光鉤勒出輪廓的赤嵌樓。赤嵌樓原爲永曆七年（一五五三）年間荷蘭人所建的一座建築，原名普羅民遮城。鄭成功驅逐荷蘭人，以此爲東都承天府。當年，荷蘭人在此樓向鄭成功遞逞降書。赤嵌樓側平曠地上有一座雕像，題爲「鄭成功受降圖」，鄭氏居中，神情嚴肅，左手握劍梢，右手微觸劍把，兩側是侍衛手持長刀長矛。荷蘭人面對鄭氏，俯首貼耳，右手拿著降書。據說早先的圖片，荷蘭人是跪著的。又據說，荷蘭觀光客不能接受，故改塑成現在這個樣子。其實，歷史就是歷史，投降者不會因爲由跪改塑爲立姿而使侵略者的臉上有光。赤嵌樓有文昌閣，又有海神廟。登臨赤嵌，已經是第二次了，第一次是在二〇〇六年冬，那次是白天，今天是夜晚，景色各異，各臻其趣。感謝賴、郭兩位博士，他們爲我當了大半天的導遊！

晚，下榻成功大學迎賓樓。

十九日上午十時許，張高評教授由夫人開車，送我去七股濕地看越冬的黑面琵鷺。濕地在台南縣，沿途須經過早年被稱爲「七鯤身」的海邊七座山阜，一鯤身與安平鎮相接，七峰相聯，推排海上，聯綿十里。方志云：「七峰宛若推阜，風濤鼓蕩，不崩不蝕，多生荊棘，望之鬱然蒼翠，外爲大海，內爲大港，採捕之人多居之。」桑海滄田，三百多年來，原來的許多灘塗淺灣，已經填爲陸地，從車窗西望，七鯤身只能大體上認得他們的方位，至於當年的八景之一「沙崑漁火」，已經成爲歷史。

七股濕地是一片淺灘。淺灘外就是淼淼茫茫望不到邊際的海峽了。黑面琵琵鷺，臉面是黑色的，全身的羽毛都是白色的，是比較稀見的飛禽，常年棲息于韓國，冬天南飛。七股濕地有一座琶鷺飛行的指示牌，以七股濕地爲座標，冬天南飛之地還有有江蘇鹽城，香港米浦，越南紅河口，次年北飛之地則爲韓國濟洲島，日本福岡。南飛過冬的黑面琶鷺，八〇%飛至台南的七投濕地。今天報導，已有一〇八五只琵鷺飛到此地。鳥類學家已將此地列入黑面琵鷺自然保護區。從岸上用肉眼望去，白白一片，伸向遠處的則是白白一線，與茫茫海天相接。遠觀似乎不動，用望眼鏡細瞧細看，琵鷺腿腳細長，或以喙梳櫛羽毛，或左右腿

互換。如果不用望眼鏡，也可以觀看錄相的「直播」。觀察台有一架電視機，不斷地播放著即時錄下來的琵鷺活動的鏡頭。黑面琶鷺白天休息睡眠，晚上出來捕食。據說鳥類學家曾救助某一頭黑面琵鷺，養好傷，並編了號：T多少號，然後放回。春末這頭琵鷺飛回韓國，韓國的鳥類學家追蹤此鷺，到了今年冬初，韓國方面的鳥類學家向臺灣專家報告某日某時，此鷺南飛，過了六天，這頭有編號的黑面琵鷺已飛至臺灣七股濕地，即原先被救助的地方過冬。張教授說，今天能見度雖然不是特別高，但也可以了，好幾次他想帶朋友來此賞鳥，都因天氣的原因作罷。他說，你運氣好！

張教授說我運氣好，還包括我在台南享用了各種各樣的小吃，比起來成大文學院訪問的很多教授都幸運。比如說，台南有一家虱目魚粥特別有名，但是每週休息一天，有兩位教授來先後到成大講演，恰好都碰上休息天。所以張教授戲言：你特有口福。一碗虱目魚粥九十元，價格尚可，但油條要十元，似乎貴了。張教授還在安平請我品嘗了安平蚵仔煎、炸蚵仔，這家蚵仔煎店，是一家百年老店。張夫人還特地到附近爲每人各要了一份同記安平豆花，油酥油酥的蚵仔煎下肚，繼以清爽潤滑的豆花，滿口生津。張教授說，還有一家，還有一家。又帶著去了周氏蝦卷店，饕餮了一頓。我在東吳，經常聽學生講，台南小吃何如何，這次算是長了見識，親口體味了。從「周氏蝦卷」的樓上俯望，運河的流水緩緩流過這座古城，河道淨潔，兩岸高樓林立。台南是鄭氏府城，也是臺灣開發最早城鎮之一，臺灣的政治文化中心雖然已北遷，但台南依然是南部一座重要城市。

台南給我印象很深的還有安平古堡。這座古堡是臺灣最早的一座城堡，荷蘭人踞臺之時，為拓展遠東貿易而建此堡，原名「熱蘭遮城」，又名「紅毛城」或「番仔城」。三百多年過去了，現在可以看到的，僅僅內城殘缺的半圓堡及古井遺址，及外城棱堡遺跡，南城高約十米、長約三十米，斷垣殘磚，古榕氣根盤踞，老髯長垂。安平古堡已闢為古堡紀念館，雖然已非往昔的面目，但占地面積頗大，開闊，可供民眾休憩、盤桓流連。我撫摩殘牆斷磚，仿佛就是摩挲著歷史的傷痕。登上紅磚石階，首先見到的是氣宇不凡的鄭成功銅像及安平古堡紀念碑。聳立在紀念館旁的瞭望塔是一九七五年增建的，登上高塔遠眺大海，碧波萬頃，千帆點點，西極之處大概就是泉州、廈門與漳州了。

台南的古跡還有孔廟、延平郡王祠、五妃廟、億載金城、碑林等等。台南還是一個溫泉豐富的地方。台南縣關子嶺的黑泥溫泉，最為獨特。二〇〇六年冬，到台南縣拜望金門同鄉會葉長春理事長，葉理事長安排我住在關子嶺的一家賓館。車到半山，溪流有聲，淡淡的硫磺味飄進車窗。下榻的賓館緊緊挨著溪流，設施相當完備。打開浴室的水龍頭，淡黑色的熱水嘩嘩地流淌出來，貯水半池，溫泉混合著天然的、細微如粉的黑泥，溫潤滑膩，皮膚一下變得十分細嫩，感覺有似嬰兒，不知白居易筆下「溫泉水滑洗凝脂」的華清池比起此處又是如何？臺灣的黑泥溫泉，僅有此處，世界其他地方也非常少見。此行，葉理事

長再次相邀，時間安排不過來，只好等待下一次了。

下午三點，到成大中文系講演。這是臺灣頂尖大學創新演講計畫之一場。來聽的有博、碩士生，還有北歐和俄羅斯的學生。講的是六朝文學，張高評教授和系主任王偉勇教授都來聽，一時讓我惶恐萬狀。講畢，一個芬蘭的留學生還和我合影留念。張教授的經學研究和宋代詩學的研究，著作等身，名享兩岸。前年在文學院院長任上，他還帶領各系主任來福建師範大學文學院訪問，和我商談兩個學院合作研究的事宜。王主任的詞學研究自成一家，著述頗豐，且長於講演，絲絲入扣，往往讓聽眾傾倒。世界說大也大，說小也小，王主任的小弟弟正好是我在東吳大學夜間部的學生，叫王偉國，每週上課都可見面。有一天偉國說，他祖上是惠安人，我說成大的王偉勇教授也是惠安人。他說，那是我二哥！我抿嘴笑道：幸虧沒說你二哥的壞話。

二十日一早，吳榮富助理教授帶我逛成功大學校園，確切地說，是成大的復興校區。校園綠地多，榕園是成大的標誌，三棵老榕，樹齡百年，樹冠如巨蓋，修整齊整，占地數畝，綠地成茵。有《老榕百齡記》勒于石：

有榕未奇；有而又老，亦未奇；既老而又風貌優雅，枝幹壯麗，婆娑若飽士，俯仰如不阿君子，此乃成大百齡古榕無以倫比之奇！

依耆老言，此榕移植於日據……經歷任校長呵護，容貌益麗，得諸以芊芊草坪，遠映以悠悠湖光。白雲時來，翠鳥常鳴，不僅是十萬成大人之最愛，亦為府城七十萬市民休憩之勝景，故遠近馳名。今欣達百齡之慶，在此天花獻瑞、百鼓齊鳴、弦歌嘹亮、吟聲不絕於耳，特鐫碑以紀其勝。

落款是成大的校長之名，時間是二〇〇三年。我來成大，則又過了四年，這三棵老榕樹齡已有一〇四歲了。我既驚歎榕林之美，老榕之奇偉，又讚賞記文之雅致。吳助理在一旁，突然覺得有些不好意思，他說，文署的是校長的名字，實則出自他的手筆。我說，吳助理，你寫得一手好古文！《記》文的湖，即成功湖。成功湖不大，有拱橋可通湖心小島，拱橋弧度很大，遠觀近看都很美觀，但走起來得十分小心，不然會滑倒，不過校方已採取補救的辦措施，斜坡上鋪上不少不規則的突出的石子。湖心島有假山，有高矮不一的亞熱帶植物。成功大學創建於一九三一年，校內的建築，既有古樸的老式建築，又有日式的和現代的，存在著不同時期文化的交融，相映成趣。文學院旁側的小西門古城遺跡，是台南市八大城門之一，創建於清乾隆五十六年（一七九一）。門前立有兩尊古炮，爲成大校園的一道風景。當吳助理領我盤桓之際，王偉勇主任適逢路過，我們便在城門前合影以作紀念。

吳助理開車送我去參觀奇美博物館。博物館是免費的，但是要事先預約。進大門有很

大的綠地，豎立仿古雕塑。博物館外觀一般，但展品堪稱世界一流。五樓的名畫、名雕塑展，無一不是實物，從早期文藝複興到二十世紀初的作品，不敢說件件價值連城，但一幅畫一件雕塑的價格常常令人驚歎。講解的陳小姐容貌端雅，吐字清圓，看出來受過專業的訓練，耐心細心。講解也是免費的。兩個展室就看了一個小時。接下來只好走馬觀花。六樓的樂器館、兵器館亦見所未見。中午，在一層用餐，餐廳亦頗高雅。

午後，吳助理送我到台南「高鐵」站，十三時五十三分有一趟車開往臺北，購票時已經五十一分，不賣對號票，自由座比對號座便宜二百七十五元。直奔月臺，還有幾十秒。十四時三十六分到了臺北，換乘捷運，下了士林，又換乘東吳專車，過了三點，就回到宿舍了。

二〇〇八年二月三日

臺灣中南部的金門情

——東吳手記之十七

在東吳四個月，去了四次臺灣的中南部，而且集中在十一月到十二月上旬之間。從臺北到台中、嘉義、台南、高雄，乘「高鐵」只需要一個小時至一個半小時左右。三十多天的時間乘了四次「高鐵」，同事們都多少有點羨慕，「高鐵」通車後沒有乘坐過的人似乎還不在少數。

十一月十五日到台中，準備次日參加明道大學的唐宋文學研討會，黃吉瑜理事長說，本月二十五日台中市金門同鄉會換屆，讓我也來湊湊熱鬧。明道的會議之後，我還要去台南，二十日才回臺北，間隔似乎短了一點，幸而有「高鐵」，從臺灣北部到中南部瞬息可到。

二十五日，我如期而至。同鄉大會在台中市「新天地」舉行同鄉大會。參加大會的除了台中市的金門同鄉，還有來自臺灣各地金門同鄉會的理事長、總幹事，以及金門縣縣長李炷烽先生的代表等，四五百人，濟濟一堂。這是我第一次參加臺灣的金門同鄉會大會。以往，

大陸福建省的金門同胞聯誼會換屆或舉辦的重大活動，也邀請旅台的同鄉前往參加。旅台同鄉會的理事長、總幹事們，總是風塵僕僕地趕去。舉辦者通常沒有細想，旅台同鄉跑一趟廈門也許容易些，但也得從臺北或台中、高雄乘飛機到金門，然後透過「小三通」再換乘船隻，折騰一下，也得大半天的時間。如果從廈門再到福州，又得再乘三個多小時的大巴，朝始發而夕方可至，費時費力。二〇〇七年，福建省好幾個金門同胞聯誼會都在換屆，也忙壞了我們旅居臺灣的鄉親，有一次，黃吉瑜事長笑笑對我說，我都跑四趟了。眞難爲你們了，鄉親們！其實，臺北松山機場到福州長樂機場的飛行距離，似乎比到金門還要稍稍短一點，爲什麼非要舍近而求諸遠？在臺灣，也只有原籍金門者或台商能准予透過「小三通」往返兩岸，其他民眾還享受不到這一「優惠」。不過話又說回來，這比起上個世紀的八九十年代已經有了進步；而這一切，在「解嚴」之前，更是難於想像的。

臺上的大布幕，底色是淺黃色的，一群鳥兒在天空飛翔，鳥兒下邊寫著「咱的故鄉，咱的愛，高粱，台中情」幾個大字，兩旁是紅底白字：「愛在飛翔遠離故鄉的小鳥啊同鄉會是你的休憩地；發揮金門艱苦奮鬥積極開創的精神加入台中建設。」樸實淡雅。吉瑜理事長說，爲了籌備這個會，鄉親了忙了好幾天。負責這次會務的李淑睿女士手上拿著一張分工表，表上列著數十人的名單，誰做什麼幹什麼，無論是教授還是經理，都得出來幫忙。因爲臺灣各同鄉會沒有專職幹部，辦會只能靠大家了。剛才我坐吉瑜理事長的車來，車上堆放著許多的「獎品」，現在都擺在台邊上了。大會開始，理事長和監事分說別了話，都很簡短，於是就開始換屆的投票，在計票間隙，是抽獎。臺灣同鄉會這一類的民間團體，和大陸一樣，是要經過登記核准的，但臺灣同鄉會經費完全靠由民間自籌，因此獎品全部由理監事捐贈，份額的大小由各位理監事自行決定。這一天的獎品有電視機、山地自行車、微波爐，還有從二〇〇〇元到八八〇〇元的現金等等，喜氣洋洋。抽獎的規矩是，理監事和來賓一律不參加。我覺得這是很有道理的，本來這樣一個民間團體，經費就是理事會籌來的，獎品也是由各位理監事捐贈的，理事理事，本來就是爲鄉親理事辦事，你自己又去抽得一份，於情理似乎說不過去。至於來賓，既然是客人，而且大多是有頭有面的人物，去抽一份獎品，多少也有點喧賓奪主之嫌。根據章程，理事長最長只能擔任兩屆，選舉的結果，李淑睿女士當選爲新一屆的理事長，原理事長黃吉瑜這一屆的工作十二月底結束，然後就要移交給李淑睿女士了。從台中回臺北，與臺北市同鄉會總幹事黃德全先生同車，他說，他到台中旅差費全都是自己出的。一路上，我一直在想，旅台各同鄉會辦會、換屆，到底有那些是值得大陸同鄉聯誼會借鑒的呢？

李淑睿女士當選爲台中市新一屆理事長沒有懸念，似乎是大家意料之中。兩週後的台中縣同鄉會換屆雖然也很順利，但是理事長的人選競爭就多少有點激烈了。應台中縣洪慈旭理事長之邀，十二月九日，我再次南下台中。一出臺中「高鐵」站，台中市同鄉會理事葉宗

禮就來接我。宗禮上世紀九十年代到大陸求學，就讀于福建中醫學院，我太太教過他的日文，因此成了我們家的常客。那時，他從金門到福州，要經由臺北、香港，但是他還是克服了種種不便，學完了五年的課程。回臺後，他輾轉到台中發展，事業做得不錯。多年不見，談談往事，聊聊近況，自然是很高興的事。到了台中縣所在地的豐原鎮，距離開會還有一個多小時，他帶我到街上逛了逛，街市當然非台中市可比，但也是人來人往，熙熙攘攘。我們還看了豐原的慈濟宮，宮名慈濟，供奉的還是媽祖，宮門懸掛著「海陸靜綏」和「海國慈航」的扁額。附祀華佗和註生娘娘。臺灣的宮觀，一神爲主，附祀多神的情況時常可見。台中縣的換屆，熱鬧不亞於台中市，在大家閒聊用餐的時候，計票正在緊張地進行著，最後公佈洪資源當選爲新一屆的理事長，但是票數與第二名非常接近。原來同鄉會的選舉也有這麼激烈的，大家都爭著爲鄉親做更多的服務，爭著爲鄉親多出點力，我算是長了見識。

臺灣南部的台南市、台南縣、高雄市、高雄縣都有金門同鄉會。這次台中市、縣的換屆，大多數的理事長和總幹事都見了面，也就沒有專門前去拜訪了。二〇〇六年冬天，在吉瑜理事長、慈旭理事長的導引下，在台南市會到了林建宇理事長、在台南縣會到葉長春理事長、在高雄市會到翁維麟總幹事、在高雄縣會到鄭永群理事長。高雄市理事長胡偉生在金門辦事，得知我到了高雄，特地飛了回來，陪我用餐，然後又匆匆返回金門，讓我十分感動。中南部這幾個同鄉會，高雄市的會所最大，共四層，二層辦公，三四兩層隔了許多房間，每間房都安放著雙層鐵床架。原來，在非常時期，金門人大批移民臺灣，都是乘船先到高雄。他們大多舉目無親，同鄉會給予他們無私的協助，提供食宿，讓他們歇腳，經過數天或十天半個月，然後再前往臺灣各地。我的好友銘傳大學應用語文學院院長陳德昭教授和他的兄弟，早年從金門來台，就在高雄歇過腳，然後再轉到其他地方念書的。

金門人何時開始較多地遷徙到臺灣，已不可考。但是一提到「開臺」進士鄭用錫、「開澎」進士蔡廷蘭，大家都知道他們是金門人，金門人在臺灣的影響，歷史之久遠自不可言喻。我總是說，早期從大陸漂洋過海到臺灣的人都是很勇敢的。明代萬曆間連江人陳第曾從沈有容將軍來台，親身經歷了航海的艱險，他曾目睹了同行者因不堪風浪顛簸而選擇赴水而死的悲劇。道光間著名詩人建寧張際亮，曾言：「吾終事老母後，便當被髮走大荒，竄入朝鮮以死。」何等的有氣概！而當他接受時爲臺灣兵備的姚瑩之邀，準備渡海赴台入幕，來到廈門，望見無邊無際的大海，卻裹足退不前，縮了回去。陳石遺曾作《金門洪景星先生墓誌銘》，言景星先生世代航海，曾祖死焉，自己在海中亦九死一生，然航海不止。每讀陳衍此銘，感奮異常，金門人不畏風濤臣浪的性格，數百年來連綿不輟。因此，我們不難想像早年金門人渡海來臺的景況。

臺灣有三座金門館，一在臺北萬華（艋舺），一在彰化鹿港，一在台南安平，而「一府、二鹿、三艋舺」恰好是早年臺灣的「三大門戶」。由此大致也可窺探出金門人遷徙臺

灣，早先是經由這三個港口，然後再前往各地的。鹿港著名的古跡龍山寺建於乾隆五十一年（一七八六），次年，其比鄰的金門館落成，足見當年金門人聚居於此的盛況。金門館又稱浯江館，二百多年來香火不斷，而金門館附近的街巷，也分別稱爲金門街或金門巷。十一月十八日，我到鹿港，鄉親特地提醒我，到那裏一定要去看看金門館，那地方是金門人早期的一個聚落。我到鹿港之後，很快就找著了金門館。館前有對子云：「金碧輝煌德澤千秋敷鹿渚，門庭肅穆恩波萬里潮浯江。」進門過了天井，有扁曰「浯江館」。館初建於康熙五十二年（一七八七），此扁乃嘉慶十年（一八〇三）浯人許樂三所書。天井中有一棵古樹，老幹盤郁，枝葉繁茂，每當明月來照，煙雨來繞，頗具「館古逢秋好，庭空德越多」的趣味，難怪鹿港人將「浯江煙雨」列入鹿港「十二勝」之一，成了人們流連觀賞之古跡。館中還藏有《重建浯江館碑記》勒石一方，上有進士鄭用錫等勒石等字。我在館前徘徊底回，久之乃戀戀不捨而去。

在臺灣中南部，除了在同鄉會中見到的諸多鄉親外，也常常意外地可以遇到一些金門人。十一月十六日在明道開唐宋詩詞研討會，晚間，主人在富雅餐廳宴客，席間上的是金門高粱。系主任陳維德教授致酒道；要感謝李增教授，感謝他爲我們提供金門高粱。李教授正好坐在我的對面，一交談，彼此都是金門人，大家會心一笑。李教授是金門古甯頭人，哲學博士，治中國哲學史和思想史。第二天，李教授拿來一疊材料，是關於朱熹和邱葵的，他說南宋金門籍遺民詩人邱葵也是理學家，對他的理學思想研究得很不夠，作爲金門人，應當引起我們重視。十九日，成功大學文學院院長陳昌明在台南的濃園請吃飯，席間，前文學院院長張高評教授兼中文系主任介紹說我是金門人，沒想到邊上的女服務生聽了，湊過來，說，她是金門媳婦，前幾天去了金門，剛回來，還從金門帶來一大罐的新鮮石蚵。很多人聽不太懂「石蚵」的意思，現在的海蚵都是人工在養殖箱中養的，天然的海蚵是長在石頭上的，所以叫著「石蚵」。我問這位金門媳婦說，金門好不好，她說很好呵，還想再去。

東吳大學校址在臺北，中南部畢竟去得比較少，所以本文只講中南部。其實，我和北部的鄉親接卻更多更廣，也更頻繁，他們每每有活動，都會通知我，有小酌也會邀我與席，讓我解解饞。兩年來，我三次來臺灣，見到許許多多的鄉親，差不多走遍所有的同鄉會。聽說花蓮的同鄉會也成立了，沒有時間前去拜訪那兒的鄉親了。將來如果有機會，也許我還會寫一篇東臺灣的金門情也說不定。

二〇〇八年二月八日

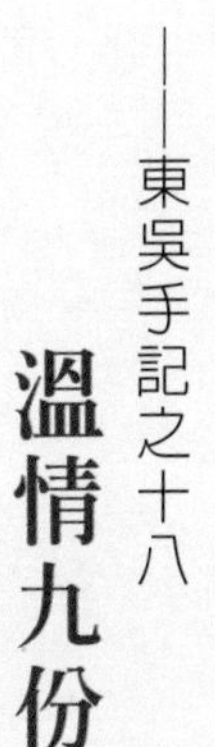

溫情九份

——東吳手記之十八

到東吳不久，勝勤君送來一本《大臺北文化志》，六十四開本，軟精裝，臺北縣文化局編，這是一本臺北市縣文化之旅的導覽手冊，圖文並茂。書上介紹的景點，始於一八二八年建造的淡水紅毛城，止於二〇〇六年落成的萬華區臺北服飾文化館。勝勤君交代，臺北的幾個小鎮，例如九份、三峽、烏來，都值得去看看。

淡水有捷運，作一日之遊，踏歌而歸。九份位於瑞芳鎮，在臺北市區東部偏北，必須乘基隆客運，還有點小麻煩。吳教授說，十三日下班後可以駕車領我去，在九份吃晚飯，欣賞九份夜景。

車過了瑞芳鎮，轉入山路。山路談不上陡峭，而彎道多，且只有兩個車道。下起小雨，路滑，駕車還得小心謹慎。過了一座橋，上坡，就到了九份。打開車門，雨順著山風刮過來，畢竟是十二月中旬了，又是在臺灣北海岸的山中，穿著單衣，突然感到有點冷。從停車場到九份街道，不過七八十米的光景，拐進巷路，立刻被暖紅暖紅的燈光包裹著，寒意頓消。

九份，說它是一個鎮，似乎是誇大了，原先它只是一個很小的聚落。據傳，清初，這裏只是叢山之中一個很小的村莊，只有九戶人家，村前有一條河流（剛才我們從橋上過），交通不便。出入全靠水路，貨船給這個村莊的人家送日常用品，每次都是分成「九份」，就是說，一家一份。後來，這個小村莊也就名叫「九份」了。一年又一年，人口繁衍，戶口增加，但是「九份」之名卻沒有改變。一百多年過去了，光緒年間，在九份東一個叫金瓜石的地方發現了金礦，礦工大量湧入，九份成了礦工休閒和消費的唯一去處，小村莊一時熱鬧起起，村民或商家依山造了一排排的房子，房子與房子之間留下的空隙就成了後來的街道。繁盛時期，九份的人口多達三四萬，成了名副其實的小鎮。一九四三年，金礦慢慢萎縮；一九七〇年，礦山的開採正式宣告結束。九份的商店紛紛倒閉，街上也少見了遊人，慢慢褪去繁華的外衣，眼看又將回到從前的沉寂。礦工雖然走了，但是他們並不能帶走九份的鄉土，不能帶走鄉土的氣息；而正是這種特有的鄉土氣息，意外地吸引了對鄉土美有著特殊敏感的畫家、雕塑家、陶藝家、作家，先是零零星星，接著是三三五五，不久，慕名者眾，藝術家乾脆租下房子，住上半年一年的。商人回來了，店門洞開了，遊屐聲又重新響了起來。一九八九年，臺灣著名導演侯孝賢也看重了這座小鎮，他執導的電影《悲情城市》，在九份周邊取景、拍攝。這部電影不僅獲得臺灣的「金馬獎」，還獲得威尼斯大獎，於是，一睹九份眞容顏者紛至遝來。這裏還有許多咖啡屋，小街有上下的石階，和香港的蘭桂坊有些相像，有人稱之爲臺北的蘭桂坊，港客前來體味者尤多。

我來九份，並不在意於《悲情城市》所描述的一家四兄弟的際遇，或者是日常瑣碎之事，當然更不會去討論臺灣那一段歷史。說實在，我對片名「悲情」那兩個字還耿耿於懷。爲什麼非要把「悲情」和九份聯繫在一起不可，非要把這個充滿鄉土氣息純樸的小鎮與「悲情」聯繫在一起，破壞遊觀者的情緒？其實，導演並沒有這層意義，不過是借取九份的鄉土氛圍來表現一個故事而已。我相信大多數的遊客和我一樣，不在意於電影的內容。而在乎的是這部電影拍攝的九份景色，在乎的只是這裏的鄉土背景。

十二月，臺灣北部的山谷，馬路上刮著風，下著雨，奇怪，一踅進九份石砌的小巷，數步之遙，迎面撲來的卻是一陣的暖意。冬天，風雨之夜，還有近半數的商店仍然繼續開張，即使打了烊的店鋪，店門前的燈光還是亮著。巷子窄而深，房屋大多只有一兩層，最多三層，或許是爲了做生意的緣故，用鐵皮加蓋的屋簷外延，雨點打在上面，吧嗒吧嗒的響聲煞是好聽，我時不時忍不住駐足聽個幾秒鐘。地是濕的，石路有點滑。小巷時直時曲時彎，時高時低時淺。吳教授爲今晚的風雨而惋惜，一再說明，平常遊客是很多的，今天太冷清了。我說，有風有雨，遊客稀疏，天賜我也。摩肩接踵固有其樂，但三兩朋友撐著傘，在近乎寂靜的古巷踽踽而行，心不煩，氣不燥，迎面走過來的，同樣也是撐著傘的遊人，同樣悠悠晃晃，漫不經心，冬天風雨夜來到九份的，大概心境也一如我們。每一家商店門前的上方，都掛著兩三隻紅紗燈籠，整齊的兩排，紅暖紅暖的，店家燒煮的魚羹湯的香氣熱騰騰，街巷之外風雨如何大作，似乎與街巷無關。九份，是溫情的。

九份的小巷不僅窄、深、曲，而且陡直。登在石階上，左顧右盼，像是走在人家的屋頂上似的。小鎮的建築沒有絲毫的規矩，錯錯落落，櫛次鱗比，你挨著我，我擠著你，你的窗對著我的門，我的門牆幾乎靠著你的露臺。難分彼此的建築，穿行其間，感覺特別的溫馨。來到九份，沒有不吃傳統小吃的，ＱＱ（閩南語的諧音，用以形容軟而有彈性、且不粘牙的糯米類食品）的芋圓，是先嘗爲快。說到九

份的芋圓，有個小笑話。一個女生問：芋圓一份多少錢。答：三十五元。問：是不是一次得買九份？賣主一時語塞。我們畢竟還沒吃過晚餐，大概已經八點半過後了，在石階路口隨便找一家小飯館裹腹，同時也看看九份人家的文化。小飯館的門楣掛著著「戲夢人生」的木招牌，左邊一幅招貼照，拍的是露臺全景，依山面海，近處是接踝的屋宇，兩旁是蒼翠的群山，遠處是大海、海礁。文字說明：「戲夢人生茶飯館」，「全九份最高露天」。走進小飯館，完全是住家的模樣，準確地說，只是一家家庭小飯館。小樓三層，一層來不及細看，二三兩層，每層只有兩張臺子，靠窗，臺面是一大塊原木；一張臺子兩張木凳，凳板也是一塊粗糙的原木。兩張臺子之間用竹牆半隔。半個牆體是用紅磚砌成的，上邊隨意地掛著一些日用的小竹器，一個瓷筷筒，還有一具製作龜粿的木模子。牆上貼著一些上世紀六七十年代的戲劇招貼畫。何謂戲夢人生？人生如戲，還是人生如夢？對，又不對。招貼上有一木匾，曰「笑看紅塵人不老」。如戲也好，如夢也好，笑看人生之戲，笑看夢的人生，笑口常開，天天快樂，人才不老，至少是心理年齡不至於太老。風雨漸次小了，透過窗外的雨簾，可以清晰地看到腳底下的「阿妹茶館」的招牌，半晦半明的燈光，很容易產生視覺的錯位，好像阿妹茶館置於無可盡數的層樓當中，往上是無可盡數的層樓，往下也無可盡數。還可以看到右側「黃金之鄉咖啡館」的樓臺，甚至里間的桌椅。屋簷下有數盞旋著燈泡的路燈，黃光溫潤溫潤的。路燈的下一層，也是紅紗燈，雖然紗燈是掛在街對過的屋簷下，挨得太近了，似乎伸手可觸。紅紗燈不大的字看得十分清晰：「九份山城」、「越夜越美」。遠遠的，可以看到閃爍閃爍的燈，不很真切，那是瑞芳鎮，還是基隆，抑或是海上的夜行船、漁火？九點鐘的晚餐，是每人一份豬腳線面，一個羊肉小火鍋。九份人家的小飯館裏，暖洋洋的。

九份山城，越夜越美，何況又是冬天雨夜遊山城！我很滿足了。可是，吳教授和從事旅遊業的陳經理，卻始終堅持，白天來，晴天來，是不一樣的。從我這方面來說，是經歷了多數遊客不太容易體驗到的奇趣；從吳教授、陳經理這方面說來，是我沒能享受到大眾的樂趣。我不是旅行家，對旅行沒有特別執著的目標。不過，凡是我留戀的那些景點，也常常產生「再來一次」或「再來幾次」的期盼，而且，再次造訪，或是時令不同，或是時卯不一，或是氣象條件有異。就臺灣而言，十年間，單單士林夜市就去過七八次，每次的感覺似乎都不太一樣。陽明山到過三次，一次是下午，晴天；一次是上午，雨天；一次是黃昏，滿天暗紅色的霞光。淡水的漁人碼頭到過兩回，白天看洋面上的燈塔和漁船、在情人橋上看新人拍婚紗；晚邊看淡水落日，延宕到入夜在棧道上吹海風，看左岸的燈火。這就是好景點的魅力。吳教授堅持再安排一次，我也樂得從命。

元月十三日，與前次夜訪九份恰好相隔一個月的時間。這一天安排得很緊湊，早上先去了宜蘭，歸途看了石門，在臺灣島的最北端留影。吳教授說，金瓜石也是九份的一部分，應該下到金礦的巷道去體驗一下，如果可能，還可以親手淘金，自己做首飾，然後再按市

價把金首飾買回去作紀念。親手淘金的業務已經停辦，金礦的巷道倒是下了，可謂別有天地。奔到九份小鎮，也才四點多鐘。這回好了，還沒進到小鎮，找停車位就得花去不少時間，巷口、馬路人頭攢動。吳教授對我說，你看，和上個月一樣不一樣？陳經理說，他去停車，巷裏的人很多，等下我們三個人如果走散了，就在「魚丸伯」碰面。小巷還是上個月雨夜的小巷，商鋪卻是盡數地開張著，店裏店外到處都是人，但是這裏絕無大聲的麼喝和叫賣聲，也沒有各式各樣的喧鬧樂聲。小吃店裏，遊客低頭品味「古早味素」的食品；小店鋪裏，觀光客認眞地挑選各式各樣的小掛飾，小紀念品。進入這條巷，不能不吃個幾家，不是魚丸、魚羹、雞卷，就是紅糖米麻糬、芋圓、草粿；走進店鋪，不能不買個三五樣的小玩藝兒。大家如此，人人如此，沒有誰強迫誰，誰爲難誰，大家都自覺自願、心甘情願地掏錢，痛痛快快地掏錢。因爲是白天，看得清家家商鋪飯館的眞面目，許多家館店都打著「悲情城市」的招牌，有一家還說內裏就是這部電影的拍攝場地。上個月看到的「阿妹茶館」，就在石階梯的半道，走近一看，好像也和其他館店一樣，沒有特別奇特之處，那夜也許是視角和燈光的原因，才覺得特別的迷離。小鎮的最高處還有一家飯館，透過玻璃窗，視野特別開闊，那天夜晚看不清的端芳鎮、北海岸和海上的景致，一一收在眼底。人太多了，要等一個座位還得有耐心。在平臺上稍作瞻眺，又順著石階小心地走回街巷。巷底，地勢稍稍平坦，約數十平米見方，細看，原來這是早先「升平電影院」的小廣場，往左邊一瞧，陳舊的電影院大門緊閉，大導演侯孝賢執導的電影巨大招貼畫幾乎褪盡顏色，而礦區的背景，身材魁梧的男人，身穿黑裙白上衣的漂亮女人，還赫然可辨。

和陳經理眞的走失了，只好在「魚丸伯」等著，趁著等人的間隙，又吃了一碗的魚羹。陳經理過來的時候，碗已見底。他說晚了，咱們下山吧！

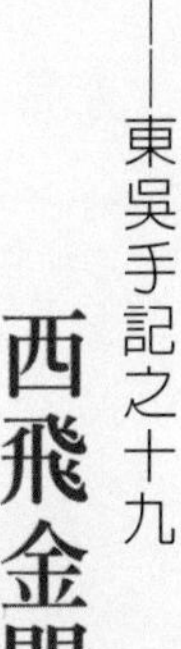

西飛金門

——東吳手記之十九

十多年前「小三通」尚未通，經由香港，初到臺灣，我心裏就開始盤算著如何西飛金門。問過旅行社的報價，還問過需要什麼證件。後來幾次到臺灣，也不斷規劃，都因簽注的時間太短，難於成行。二〇〇一年，「兩門對開」，從廈門到金門，不用再繞一個大圈子了。可是，如何從金門飛臺灣，或臺灣飛金門，期待一直沒有中斷過。二〇〇七年來台，整整一個學期的時間，或許能實現多年的心願！

到臺灣的當天，樹清兄就來電話，讓我去參加一個同鄉的聚會。經由香港轉機，安頓下來之後，風雨大作，起颱風了。我對樹清兄說，出門不便。遠在金門的朋友知道我已經到了臺灣，社會局李廣榮課長來電，說縣政府讓我去演講一次。我對同來東吳客座的蘇州大學劉教授說，放假你回江蘇，想去金門，恐怕就不那麼容易了，不如你和我一起走一趟。劉教授欣然同意，我也有個伴。

十二月十五日，我們早早出門。按照在大陸乘飛機的習慣，一般是提前兩個小時，一個小時乘車往機場，另一個小時辦登機手續和候機。十分鐘後，我倆出了東吳的側門，打了輛車，出自強隧道。臺北計程車起價新臺幣七十元，超出起步價，每五元一跳，感覺表跳得特別快。但是，也就跳那麼幾下，松山機場就在眼前了，一五五元。算起來，最多只有六－七公里。購票，辦完登機手續，離起飛的時間還有一個半小時。有劉教授做伴，不感到寂寞。松山機場，專飛臺灣地區的航班，金門、馬祖、高雄，算是遠的了。售票處打出飛高雄機票降價的大廣告。高鐵開通之後，臺北往返高雄便捷得很，票價單程一〇〇〇元，如果買自由座還可以打折，競爭激烈，迫使航空公司不得不把票價也降到千元或稍多一點，以更快捷的優質服務來吸引乘客。

乘坐的是遠東的飛機，機型大約是波音七三七那種，約一百五十個座位。飛機發動了，升空了，向西邊的金門飛去。西飛金門，我等了九年。

等九年，其實只是找機會而已，談不上難。張國治在《風雨渡航》中說，金廈五十二分鐘的水路，他的父親和他，等了五十二年，父親不在了，二〇〇一年正月初八，他才搭上風雨的渡輪，經由廈門去惠安。我和我祖父，我父親，三代人，更是等了五十三年，祖父不在了，父親不在了，二〇〇二年，我才搭上廈金渡輪（二〇〇一年只允許六十五歲的老年金門人回鄉）回金門。

現在我們講金門，可以多少帶點豪邁的語氣史上有多少多少進士；現在有多少多少將軍、多博士、多少富商華僑，有削鐵如泥的菜刀，有香的貢糖，有千杯不醉濃烈的高粱！

但是，早些年，只要稍稍有些經歷的金門人，戶籍在金門的，或者是背井離鄉的，一提起金門誰的心不會猛然一顫？我也不例外。

二〇〇六年，第二界世界金門人日在馬來西玻舉辦，組織者安排我在大會發言。我說：我小一直到我讀大學的時候，我一直不知道是金門場上鴉雀無聲，我儘量克制著自己的情感，擒著來，當我在福州和楊忠禮大鄉長吃飯的時候，他我所說的這句話。一九七〇年，祖父過世，我遠山當鄉村教師，收到弟弟的信，已經過了頭七。著人飲泣的滋味，實在難於向他人道也！那年，二十四歲了，祖父始終沒有告訴我，我們是金門

建於二十世紀三〇年代的金門老街

祖父不在了，但是，他抄撰的家譜卻意外地保存下來，傳到我的手中。家譜的封面用端端正正的楷書寫著「穎川敬福堂」，寫著「木本水源」。家譜很簡單，祖宗沒有一個人有科名、有職官，記載的只是名諱，生卒年月日時；葬地：葬於烈嶼某山，坐落朝向如何。一方面，祖父不能大聲地告訴他的長孫，我們是什麼地方人；另一方面，卻用家譜這種形式告訴他的後人，不要忘記木本水源。祖父的用心何其良苦！

直到前幾年，當我們普查居住在福建的金門人的狀況，還有一些鄉親避談他金門的籍貫。不過，值得高興的是，這兩年，這些鄉親大多數已經正視了。社會正在不斷的進步！據說西方一般不說籍貫，只講出生地。中西的文化上存在很大的差異。在我看來，在資訊發達、交通便捷的今天，中國人對籍貫也應該慢慢淡化才對。如果說，對過去還應知道些什麼，還應讓子孫知道一點什麼，那就是，我們的父輩，我們的祖先從哪里來，在哪些地方生活過；那些地方有什麼文化傳統，有什麼樣的歷史。籍貫，和人的名字一樣，只是一種符號而已。

飛機徐徐在金門的尚義機場降落了。飛機停靠在距離候機大樓很近的地方。候機室只有一層，進港和出港都在同一層，都在同一個大廳。機場實在太小了，該到擴建的時候了！李廣榮課長來接。

下午講演。講演後，李課長開車帶我去海邊看一座古民居。民居建於西元一六四二年，

即崇禎十五年，至今三百六十多年。紅花磚牆體，雜以石頭，稱「出磚露石」。洪姓子孫已將此屋闢爲私人博物館。

第二天，早上去了小金門。雙鯉烈嶼公共事務所林永輝理事長，前一天已經回到金門，約好，今天領著我去全島轉轉。小金門的車道很窄，過往幾乎看不到車輛。這是一個僅有十四平方公里、人口七千人的小海島。二百多年前，這個海島上住著多少人？在這片貧瘠的土地上，人們靠什麼爲生？清朝康熙年間之後，祖上一直居住在這個島上，祖宗的墓廬還在小島的山上。永輝的車悠轉著，隨處可以看到戰爭的遺跡。美麗的沙灘上，軌條砦刺眼地指向青天，道旁的鐵絲網仍然圈圍著灌木叢，走幾步就可以看到「小心地雷」或「此處設有地雷請勿擅入」的警示。「將軍堡」、「鐵漢堡」、「勇士堡」、「虎堡」、「雷霆堡」，各式各樣的地上的明堡、地下的暗堡林立。據載，「八二三」時期，經國先生曾率王昇將軍乘成功號快艇登臨烈嶼，在堡中與時任第七師師長的郝柏村將軍經謀戰略，這就是「將軍堡」名稱的由來。五十年的時間在歷史長河中也許就是那麼一瞬，而五十年的時間，足以使以一個紅顏黑髮的少年變成鬚髮皆白的老翁。當年的將軍，如今安在哉？當年的鐵漢、勇士如今安在哉？寒風怒號，蕭蕭瑟瑟，就連昔日戰場上

金門航空港

的故壘也顯現出歲月的滄桑。古堡上榕樹長鬚般的氣根深深地吸著地上的泥土，或許五十年前它根本尚未出世，或許它只是當年牆頭的一株小苗。我一直認為，祖上的墓塋還在烈嶼，家譜上記載在某山，坐落朝向，以及墓碑上的名諱，只要下決心去找，怎麼會找不到？永輝可是個急性子，喝道：「滿山的地雷還沒有清除乾淨，你去哪里找？墓碑，還會有墓碑？不是被炮彈炸了，就是被掘去修工事了，還有墓碑！」無言。

小金門雖小，唐代水草豐茂，據傳曾置牧馬監於此；明季倭患以來，漳、泉、廈有警，首受其鋒。道光十八年（一八三八），三十一歲的金門奇人林樹梅曾為烈嶼繪圖，並作《繪烈嶼圖》詩：「中流斷嶼好停橈，金廈重門隔一潮。海上蟲沙經幾劫（自注：明季數遭倭夷之禍），岸邊矢鏃未全銷。輔車相倚安危共（自注：漳、泉有海警，則烈嶼先受其鋒），牧馬曾聞水草饒（自注唐置牧馬監於此）。萬派奔濤喧筆底，圖成指點片帆遙。」冬天的小金門，安寧靜謐，湖泊貯滿清冽的淡水，草木綠意盎然，步道上搭著賞鳥的平臺。海不揚波，遠帆數點，平靜如畫。

永輝又說：「以後你回來金門住吧！」

已經垂垂老矣，復何所求？我固然喜歡有霧的清晨在慈湖散步，有陽光的下午在嘯臥亭嗚嗚長嘯；固然喜歡深秋在魯亭聽山風與海濤對答，八月在料羅看小夥子搶灘，十二月在鼓岡湖賞鳥。但是，談何容易！金門的居民可以到廈門買房，即使破例允許我在金門買厝，

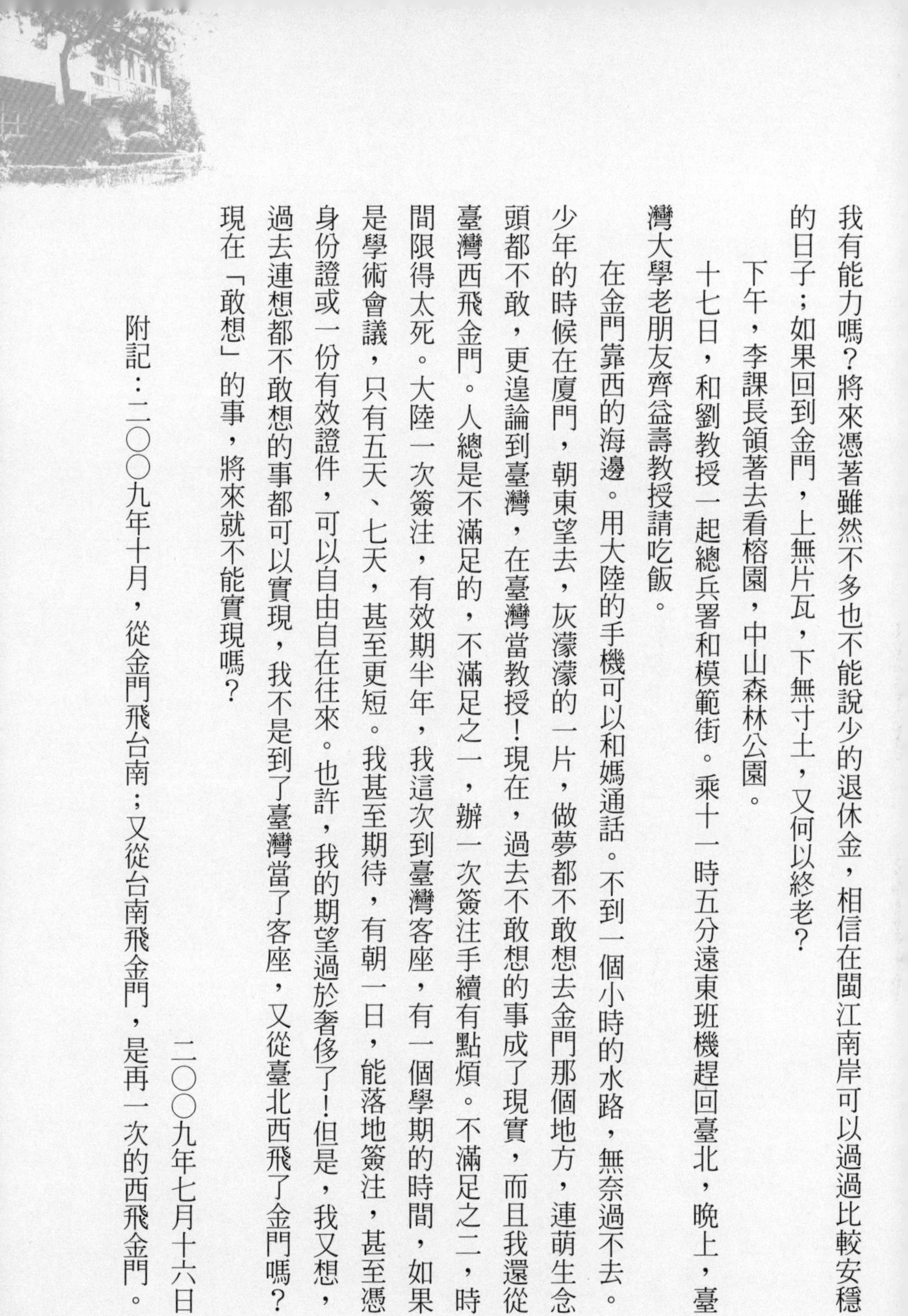

我有能力嗎？將來憑著雖然不多也不能說少的退休金，相信在閩江南岸可以過過比較安穩的日子；如果回到金門，上無片瓦，下無寸土，又何以終老？

下午，李課長領著去看榕園，中山森林公園。

十七日，和劉教授一起總兵署和模範街。乘十一時五分遠東班機趕回臺北，晚上，臺灣大學老朋友齊益壽教授請吃飯。

在金門靠西的海邊。用大陸的手機可以和媽通話。不到一個小時的水路，無奈過不去。少年的時候在廈門，朝東望去，灰濛濛的一片，做夢都不敢想去金門那個地方，連萌生念頭都不敢，更遑論到臺灣，在臺灣當教授！現在，過去不敢想的事成了現實，而且我還從臺灣西飛金門。人總是不滿足的，不滿足之一，辦一次簽注手續有點煩。不滿足之二，時間限得太死。大陸一次簽注，有效期半年，我這次到臺灣客座，有一個學期的時間，如果是學術會議，只有五天、七天，甚至更短。我甚至期待，有朝一日，能落地簽注，甚至憑身份證或一份有效證件，可以自由自在往來。也許，我的期望過於奢侈了！但是，我又想，過去連想都不敢想的事都可以實現，我不是到了臺灣當了客座，又從臺北西飛了金門嗎？現在「敢想」的事，將來就不能實現嗎？

二〇〇九年七月十六日

附記：二〇〇九年十月，從金門飛台南；又從台南飛金門，是再一次的西飛金門。

花蓮記趣

——東吳手記之二十

二〇〇七年十二月二十二日，我和劉教授六時二十分出東吳校門，搭乘捷運到臺北站與林葆淳教授會合。轉乘七時四十分自強號開往花蓮的火車。

臺灣的西海岸，北自頂端的基隆，南到高雄，遊屐幾乎無所不到。東海岸，面對浩瀚的太平洋，想起來就讓人心動，而花蓮更是我多年期盼的地方。臺灣的電影、電視劇、小說，常常有花蓮的背景，許多的故事都發生在這裏，是個度假的好去處。我和劉教授籌謀已久，劉教授把我們的想法告訴他的朋友林葆淳教授。林教授早先執教于淡江大學，近年雖爲臺灣師範大學所聘，但仍在淡江兼職，是臺灣著名的武俠小說史專家，我在電視上看到他講「儒以文犯法，而俠以武犯禁」。我和劉教授拜訪過他，參觀了他的武俠小說藏書，歎爲觀止。林教授的一位張姓的博士生來自花蓮，張同學的舅舅也姓張，在旅行社從業。林教授說，花蓮之行，由他的學生來安排。

在臺北站，我們與林教授夫婦會合，同行的還有日本早稻田大學教授、現爲淡江大學客座教授岡琦由美。日本的中國武俠小說譯作，大多出自岡琦教授之手。早稻田是名校，淡江大學是一所私立大學。我經常說，不能以大陸的觀念來看臺灣地區的私立大學，有些私立大學的專業辦得很好，在全臺灣大學的排名非常靠前，不能小看。林葆淳教授在淡江創立的武俠小說研究所頗有名氣，岡琦教授從日本慕名來此從事合作研究。岡琦的名字很特別，我和劉教授都說，我們叫你「眞由美」好了，她笑了，說：「抬舉我了！」她還說，八月你在武夷山辦明代文學研討會，邀請我了，謝謝！但是很抱歉，因有他事未能成行。我說，有幾位年輕的日本學者到了。她說，是啊，叫上原的，還有其他人。我說他們都很活躍。她說，那幾位都是她的學生。經她一說，大家也就不陌生了。

臺灣的高速鐵路已經乘過多次，東吳中文系的那幾個助教都很羨慕我。不過我說，普通列車我倒沒有乘過，他們「哦」的一聲，似乎在說你也不過如此。今天我終於登上開往東海岸的列車。臺北車站和地鐵站相挨，也在地下。火車

開出不久，鑽出地面，一片的光明。向東，過了瑞芳鎮，向南飛奔而去。車廂已經有點陳舊，但是整潔舒適。火車依次馳過貢寮、頭城、礁溪、宜蘭、羅東，冬山等站，每一站停留的時間都很短。十點二十分，列車準時到達花蓮。張同學和張導帶了一部小旅行車來接。南行的列車上，我們一行五個人的坐位都在西側，不大看得到海。出了花蓮站，直奔松山別館，別館臨海，還可以看到遠處的燈塔。啊，終於看到太平洋，看到太平洋上的燈塔了！

太魯閣不是閣

臺灣有五座重量級的公園，我到過金門和陽明山。今年三月二十六日，台中市金門同鄉黃吉瑜先生爲了讓我多多見識臺灣，從台中送我回臺北，故意不走「一高」、「二高」，而走中橫公路，由台中東行穿過南投，奔宜蘭的頭城，然後北上。太魯閣公園橫跨台中、南投、花蓮，面積達九萬二千公頃。汽車在中橫公路上七彎八拐，過了霧社，時或可以看到太魯閣公園的標誌，如果從這個意義上說，我也是「到過」太魯閣的，至少是「切過」。我問吉瑜兄：太魯閣在哪兒？吉瑜兄一愣。我補充道：太魯閣的閣具體的位置在哪兒？吉瑜兄忍俊不禁：太魯閣不是閣。那……太魯閣是什麼？他再次強調：太魯閣不是閣，太魯閣是原住民語言的譯音，是「偉大的山」的意思。不過，太魯閣的游客中心在花蓮。

午餐後，我們到了太魯閣游客中心，那裏有很寬敞的展示廳。立霧溪的溪水從崇山峻

嶺直奔而下，是爲太魯閣峽口。峽口是東西橫貫公路的起點。公路上立著一座古色古香的牌樓，行書「東西橫貫公路」，下行車輛的必須穿行此門。牌樓側方的崖壁，嵌著一方大青石，刻有「太魯閣峽」的碑文。碑文說，這條公路興建於一九五六年七月，完工於一九六〇年五月。公路在何處交叉，何處又有支線。並且描述道：

自太魯閣峽口至大禹嶺，蜿蜒七十八公里，俯仰顧盼，風光雄偉壯麗，其間溪穀之美，多在天祥以東。立霧溪迂回曲折流貫千山萬壑，兩岸斷崖淩霄壁立，仰不見巔，蔚成雄奇壯麗大峽谷。天祥以西，公路脱離峽谷盤旋山腰，視界豁然，左右儘是美木佳林，過碧綠，高度已逾海拔二千公尺，白雲出岫，飄浮成為雲海，山峰淩雲，恍若海上孤島。佇立大禹嶺眺望，中央山脈眷領諸山，聳立天際，互競雄姿。冬季氣溫

下降，落雪結冰，匝地銀裝，賞雪滑雪，各饒佳趣，為亞熱帶不可多得之景觀。

牌樓之後的四五十米處，便是一個山洞，洞雖然很淺，可以透視，而山壁卻一直延伸到溪底，似乎暗示車輛，過此洞口，山溪的險峻便不可測。由於半年多我是由臺灣的西海岸東行，思維的定勢是由西朝東，看到的流水是從東向西流。現在站在東岸，我的思維必須改過來：對著的溪山，面向是西，溪流是由西向東流了。

福建的地勢，東低西高，是慢慢地拔高。武夷山風景區內，最高的三仰峰也不過七百七十米，自然保護區的黃岡山，高二千一百五十八米，號稱大陸東南最高峰。臺灣是一個海島，腹地不大，中央山脈海拔三〇〇〇米以上的高山二十多座，主峰玉山更高達三千九百七十一米，幾乎比黃岡山高一倍。山高，腹地小，溪流落差大，山脈的拔高猛。臺灣東岸地勢由東向西急速拔高，既形成大大小小無數的瀑流，也造就了高高低低壁立的山峰，斷崖峭壁。斷崖、峭壁、飛瀑、溪流，又形成獨特太魯閣大峽谷。

我們的車小心地向西馳去，通過西拉岸隧道，又通過砂卡當隧道。砂卡當隧道口，有一條砂卡當步道。步道沿砂卡當溪旁的岩壁鑿出，步行其上，可以盡情領略山石水木之美。我們的汽車停在九曲洞口外。九曲洞全長一點九公里，它帶著人工斧跡，是人們硬是從岩石中開鑿出來的一條公路。現在新公路修好了，汽車走的是隧道。舊公路，也就是我們現

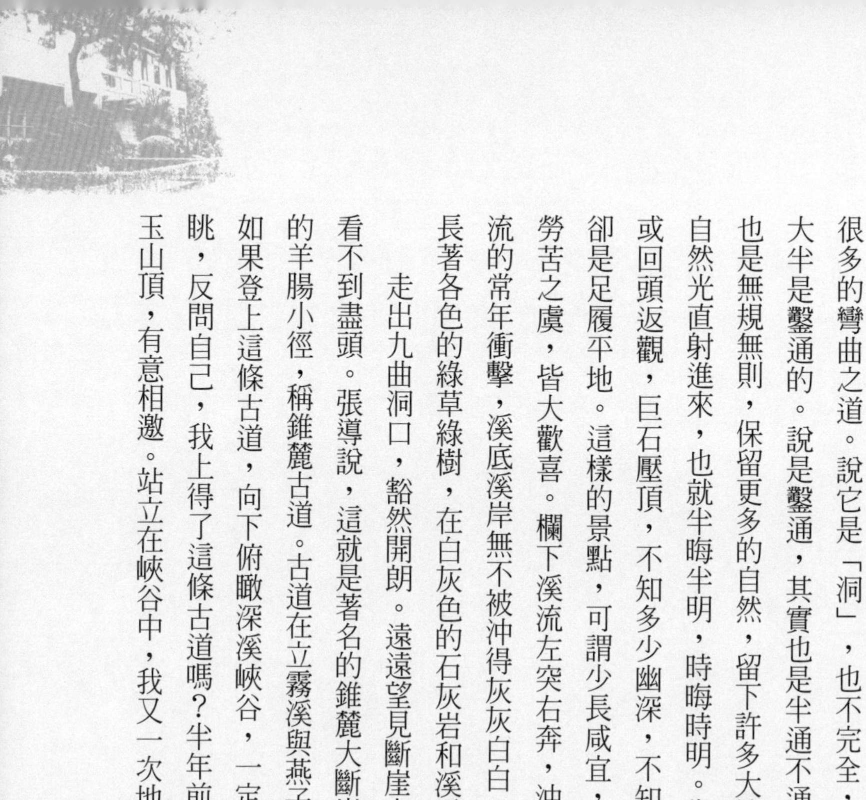

在行走的九曲洞更成了人們遊憩觀光的勝地。九曲，不是九個彎道的意思，「九」表示多，很多的彎曲之道。說它是「洞」，也不完全，裏側是岩壁，頂上是岩石，而靠溪一側，則大半是鑿通的。說是鑿通，其實也是半通不通，借著山勢，能通則通，不能通則留；通，也是無規無則，保留更多的自然，留下許多大縫隙小縫隙、大洞小洞。岩壁鑿得半通不通，自然光直射進來，也就半晦半明，時晦時明。靠溪一旁，修有欄杆，憑欄小憩，向前望去，或回頭返觀，巨石壓頂，不知多少幽深，不知其中的惶怪險象又是如何。其實走在洞中，卻是足履平地。這樣的景點，可謂少長咸宜，既可以得到如履險要的心理滿足，又無艱險勞苦之虞，皆大歡喜。欄下溪流左突右奔，沖刷河道。太魯閣山脈的質地是石灰岩，經溪流的常年衝擊，溪底溪岸無不被沖得灰灰白白，怪石嶙嶙，千奇百態。山坡上有泥土的地方，長著各色的綠草綠樹，在白灰色的石灰岩和溪霧的映襯下，更顯得翠潤無比。

走出九曲洞口，豁然開朗。遠遠望見斷崖上留下一道彎彎曲曲，突隱突現的白色一線，看不到盡頭。張導說，這就是著名的錐麓大斷崖，那條白線其實是一條通往深山原住民居所的羊腸小徑，稱錐麓古道。古道在立霧溪與燕子口至慈母橋之間，可稱天險，常人很難攀援，如果登上這條古道，向下俯瞰深溪峽谷，一定會震撼你的整個身心！我立在砂卡當橋上遠眺，反問自己，我上得了這條古道嗎？半年前我和吉瑜兄行馳在中橫公路，吉瑜兄籌畫登玉山頂，有意相邀。站立在峽谷中，我又一次地感覺到自己的渺小。太魯閣，有太多的奧妙，太多的奧密。兩個多小時的走馬觀花，最多只能看到一點點的表像，兩個年紀很輕的女孩背著半人高的行囊從山那邊走過來，擦過我們的身邊，大概，眞正的太魯閣之遊應當是這個樣子：用兩三天甚至更多的時間爬山，涉水，不畏艱險，才能領略它的佳趣。啊！太魯閣沒有閣，我久久追尋的那個「閣」，不是在東西橫貫公路的起點，不在九曲洞、燕子口，那個「閣」，可能在錐麓古道的盡頭，或者在望不斷的群山的頂峰？

七星潭沒有潭

張導說，我們現在去七星潭了。七星潭，是排列如天上七星的潭，還是潭名七星？張導笑著說：都不是。七星潭沒有潭，是一處海灣的名稱。問：海灣像潭嗎？答：也不像。可能從前因岸邊有七座潭而得名！張導語焉不詳。

海邊的景點，往往美在沙灘或礫石灘。如果是一片灘塗，踩下去，一腿的海泥，豈不大煞風景？沙灘或礫石灘，灘面要寬，坡度要小，可以緩步，可以挽起褲腳或撩起裙擺戲水。夏秋，還可以日光浴、游泳。海灘要長，彎形，有弧度。岸上有樹，樹要高，不要過密，密就檔住視野了。七星潭位於新城鄉，是一個礫石鋪陳的新月形的海灣，海灣很長。岸上有幾株修長修長的檳榔，可能是由於海風大而猛的緣故，稀疏的枝葉飄搖不定。幾株枝葉稀疏的檳榔樹，原本是不美的，但在海灣拍照，由於稀疏枝葉的飄搖，卻可以拍出意想不

到的海風的效果來，卻又是很美的。

劉教授和林教授在礫石灘上抽煙，「眞由美」和林太太在一旁啦瓜。好不容易才見一回太平洋，我異常的興奮。十二月底，海灘絕無泳客，海灣少了一道光景線。我踩著大大小小的礫石，嘎吱嘎吱作響，即便不能下水，至少，我要用手感受感受太平洋的水溫；至少，我要在臉上塗沫一把太平洋鹹味的海水。天很藍，很高，海水很藍，沒有邊際。浪頭一個接一個，一個比一個高。嘩，一聲湧過來，退了；嘩，又是一聲，再次湧過來，又退了。我小心地伸出自己的雙手，挽起衣袖，彎腰，海水暖暖的，哪兒像是十二月的海水！嘩，又是一聲，我急忙抽身後退，可是來不及了，旅遊鞋一下就被海水吞噬，褲腳

濕了。奈何！我回頭望望劉教授他們，他們絲毫不理會我的存在。退後幾步，我找了一個稍大的礫石坐下，脫下鞋子襪子，把襪子攤在其他的礫石上，拍拍腳丫子，隨意看著太平洋海波的或進或退。東來的風夾攜著細得肉眼得不見的浪沫，沾惹著肌膚。面對著藍藍的大海，世界上彷佛沒有任何的纖埃微塵似的。這下，我可以細細觀賞礫石了，大的，一個人搬不動它；小的，一手可以抓起一把。挑了幾顆紋路肌理都很誘人的小石，放在口袋，準備帶回去養在水裏。有新朋故友來，可以指點給他們看：這是太平洋的礫石！

有海，就有美麗的傳說。花蓮縣，是一個原住民聚集地的東部縣，有阿美族、泰雅族、平埔族和布農族。阿美族是臺灣原住民中最大的族群，人類學家以爲，阿美族屬於南島語族，他們的祖先可能來自東南亞。而族人們有自己的說法：阿美族人的祖先原本居住在很遙遠的地方，有一次家鄉發大水，一對兄妹跳上了木筏漂流海上，最後漂到臺灣東部，於是就在那兒繁衍子孫後代。現在，阿美族的部落裏保存著據傳是其始祖登陸上岸時所乘的獨木舟板。當我遙想著這個美麗傳說的時候，劉教授他們喊我了，張導將領我們去參觀七星柴魚博物館。我的鞋襪已經差不多乾了，套上去，好像也沒有不舒服的感覺。

汽車向南馳去，去看和南寺造福觀音像。天光漸漸暗了下來，左邊就是灰濛濛的太平洋；右邊是暗青色的山，稍稍寬敞或不是太陡峭的山體，間或建造度假的賓館山莊。其中有一座叫太平洋山莊。坐在車上，不能不發奇想，假如自駕一車，花上一周時間，由臺北

沿著海岸公路環島一周，日看大海，夜宿山莊聽濤，何其快意！和南寺依山而建，半山上的觀音面東，朝向大海。我和劉教授的興趣更在海，更在太平洋，我們越過公路，向海岸小跑過去。緊挨著海，在一座民宿，叫「東海岸花園」。下了石階，意外發現立著一塊巨石，石上刻著「東海岸公園」五個大字，浪很高很大很急，磅礴而來。稍作盤桓，不好意思讓其他人久等，便匆匆回頭登車。

七星潭不是潭，但是第二天清早，在張導的引導下，我們眞的遊了一回潭了，那就是位於壽豐鄉西側鯉魚潭。鯉魚潭占地一〇四公頃，是花蓮縣最大的湖泊。鯉魚潭背後靠鯉魚山，早晨，湖面彌漫著薄薄的水汽，鯉魚山半山之上雲靄環繞。潭上有各色的遊船，很整齊地排成兩列。鯉魚潭是自然湖，四周的景致如木造的多層觀景台、涼亭、繞湖步道，沒有一處有雜塵、有汙跡。鯉魚潭的一角是「經國梅園」，有蔣緯國的題字，書於一九八八年，細算來，也有二十年的歷史了。

晚餐，是張同學的父親在自己開的「食爲鮮」的海餐館請客，餐館離七星潭不遠。張父說，海餐以鮮爲第一要務，故本店取名「食爲鮮」。晚上我們吃的生魚片，是剛捕撈上來的新鮮魚製作成的，鮮美無比。

投宿民宿「檜木居」。張姓同學是花蓮人，住家離檜木居也不遠，在他看來，照顧好老師是非常重要的，所以和我們一起入住民宿。花蓮人大概都一如張同學一樣純樸。花蓮這地方，民宿特別多，比旅館的價格低一半。檜木居者，用檜木裝修者也。花蓮背靠大山，有許多珍貴的樹木。室內不華奢，整潔大方。走廊外有一個大露臺，木桌木椅，可以泡茶聊天。從七星潭那兒吹來的太平洋暖濕的風，讓人沉醉，一點都沒有寒冬歲末的感覺。

花蓮的花木

十多年前，我老是把花蓮說成蓮花。人常常有一種先入爲主的印象，雖然花蓮不會再說成蓮花了，我卻還是一直以爲，花蓮之所以叫花蓮，可能是蓮花很多的緣故。我問張導，花蓮是不是很多蓮花，張導笑道：花蓮很少見到蓮花。不免掃興。二十三日一早，我們去參觀的第一個景點叫「慶修院」，這是一個日據時期修建的寺院，這個寺院崇奉唐代到中國留學的空海和尚（遍照金剛），空海著有《文鏡秘府論》。慶修院四周已經興建了許多的樓房，占地不大，水木清華，也還是很幽靜的去處。清水一泓，小魚在水藻中浮動，荷葉已經枯殘，灰頭灰腦地搭拉著，意外的是，卻有兩枝粉紅的蓮花還婷婷玉立水面，看不出哪怕是一丁點的凋傷，看不出哪怕是一丁點的倦怠。我趕忙招呼張導，張導也跟著興奮，調侃地說：你終於在我們花蓮找到夢中情人了！

離開慶修寺，前往林田山看早期東臺灣木材的聚散地。原先也是日本人經營的，是一個小小的集鎮，有賣米的店鋪、學校、理髮店、電影院（今名中山堂）等等設施，都是木結

構的日式建築，平房。當年集鎮的「味」還在。儘管高大的原始林木已經被日本人砍伐得差不多了，但樹林依舊茂密，木材的資源依舊豐富，當然，現在已經停止砍劃了。當地人說，這就是花蓮的「九份」。如果從小集鎮來說，林田山的確和九份有某些相象，但是林田山絕沒有九份那種濃厚的鄉土氣息，更多的是日本「味」。不信，你看那地名，還叫摩里撒卡。作爲歷史遺跡，我們看到一小段森林小鐵路和小火車頭。林地上散落著十來棵巨大的造型各異的根雕，很有些自然的本色。這裏還設有展館、木雕館等，全都是免費參觀的。匪夷所思的，林田山還有一座小小的「康樂新村火災紀念館」，二三十年前，這裏遭遇大火，林區火災，後果不堪設想，爲了警示後人，林區特在火災原址建起這座紀念館，館外的另一遺址，燒成木炭的柱子赫然立在冬天的北風中，蕭蕭瑟瑟的，誰見了誰心寒。心寒，是爲了不要忘記這個災難；心寒，是爲了從吸取教訓，是爲了以後不再有新的心寒。

剛才我們在上山的路上，看到兩旁的田地上開著一片又一片的花，形成花的海洋。白，黃，藍，粉紅，深紅，各色的花燦燦地開著，非常好看，我要求停車拍照留念。農田冬閒，隨便播些草肥的種子，可以養地，來年春天，漚成肥料。據說，花蓮的農會，特地要求農友在田間播能長出鮮豔花朵的草籽，爲比較單調的冬天增添更多的色彩。張導說，回頭再下車觀賞吧。我們把車停在路旁。我從公路跳到一米多深的田裏，立刻被花海淹沒。沒想到，眼前突然出現一道亮麗的風景：一位身著深紅色上衣的年輕母親，帶著她的穿著粉紅上衣的小女兒，鑽到花叢深處拍照。小女兒的頭上梳著羊角辮，羊角辮上綁著紅頭繩，年輕的母親拿著照相機，小女孩幾乎被花海淹沒了，兩隻紅色的羊角辮混雜在紅花中，要不是我和她們的距離不算太遠，幾乎就辨別不清那是髮辮還是紅花。女孩的臉，在花叢中若隱若現，不注意看，也是絕對看不出來的。即便認眞看，我還是看不清她的整個臉，更看不清她的表情。我被這幅出乎意料之外的圖景驚呆了。看到劉教授在公路上拍照，我才如夢初醒，趕忙拍下這美麗動人的畫面。

下午，遊覽兆豐農場，看田野風光。可是，我似乎又不得要領。臺灣的農場和大陸的專門種植農作物的農場不大一樣。這個兆豐農場尤其如此，它是建在農田中的一個大別墅群，或

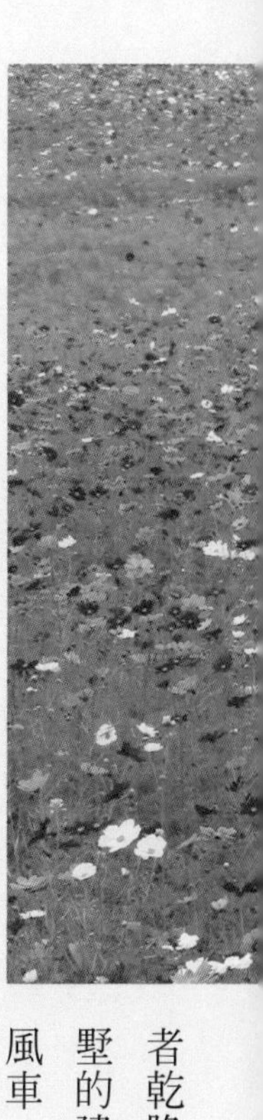

者乾脆說是一處專供休閒的莊園。別墅的建築是荷蘭式的，園內有大大的風車，噴水池，各色的林木。道路一乾二淨，裏層是高大的綠樹，外層是紅葉的灌木樹叢，綠紅相間，花葉鮮潤欲滴，如同清水剛剛洗過一般。

晚上，張同學的父親再次請客。我是沾了劉教授的光，劉教授是沾了林教授的光。還應當補充一句：張同學的父親對誰都一樣熱情。

乘十九時四十分的列車，到臺北站約二十二時，和林教授夫婦以及岡琦教授道別，改乘捷運，出了士林站，夜氣正濃，我對劉教授說，我們步行吧！兩天的時間，看了花蓮的山，花蓮的海，花蓮的花木，有些興奮。回到外雙溪東吳大學半山二十三時，洗漱之後，午夜已過矣。

基隆民間收藏家賈先生

——東吳手記之二十一

基隆在臺灣島的極北瑞，中學時代學地理，看中國地圖，大陸的港口如上海、福州往基隆有多少海里，標示得一清二楚，因此印象特別深刻。讀歷史，又知道鴉片戰爭時期臺灣道姚瑩曾這個港口擊敗侵略者，令人肅然起敬。基隆是一個有名的商港、漁港，也是有名的軍港。一九九八年第一次到基隆，初次瞥見大大小小的艦艇，心還是未免一緊的。但是，當我站在獅球嶺上欣賞港灣的時候，看著那些靜靜排列的船隻，和在旅順港見到的似乎沒有太大的不同。我想，如果夜晚，也同樣站在這個地方，低唱《軍港之夜》，不知道感受如何？

一晃九年過去了。雖然只有九年，但是到了一個新的世紀，心裏感覺好像很遙遠。這次到臺灣，很想再到基隆，重遊故地。十月二十一日，星期天，沒課。臺灣師範大學的林葆淳教授開車，專門陪我和劉教授前往一遊。林教授得過小兒痲痹症，左腿不靈便，但是開起車來，還是相當靈活，無可挑剔。林教授家住萬華，早些年他在淡江大學任教，幾乎

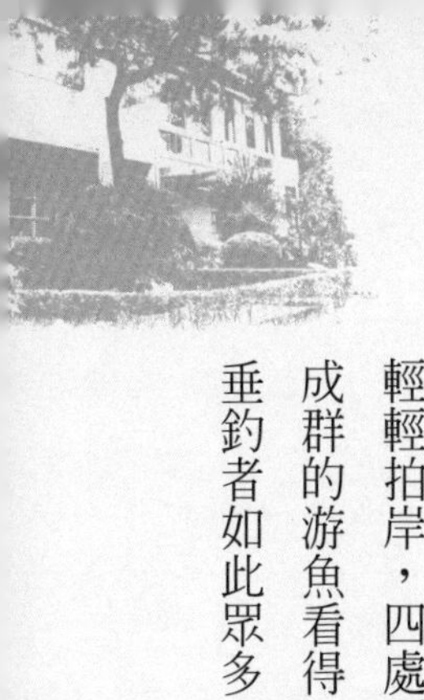

天天自駕上班。林教授說，臺灣師範大學圖書館館長陳昭珍教授和她的一個同事也將前往，他們另駕車走了。

從臺北的萬華區到基隆，開車只要一個小時。車往基隆市開去，基隆河的河面越來越寬，已經到了入海口。林教授說，我們到賈先生家與陳館長會合。賈先生的家在一個小港灣的盡頭，港灣裏停泊著很多貨輪和漁船，有的船體已經露出銹蝕的斑痕，完全看不到進進出出、忙忙碌碌的景象，這也是基隆港嗎？港區的樓房比貨船、漁船還要陳舊，馬路又比樓房更加陳舊。這是基隆市嗎？不過，港區很乾淨，水面很乾淨，海浪輕輕拍岸，四處可以到垂釣者，透過水面，成群的游魚看得一清二楚，我眞弄不清楚，垂釣者如此眾多，而成群成群的游魚還來此

基隆炮台山

前仆後繼？

汽車在一座占地面積很大的平房停了下來，我們見到了賈先生。賈先生說，他的「家」不在這裏，這是他的私人博物館。我大吃一驚，私人還辦博物館！「興趣」。他說。什麼博物館？大廳右側用紅磚修有一座舊式的灶台，一應俱全的炊具，和我讀小學一二年級所見到的沒有兩樣：原木鋸下來的砧板，印龜粿的模子，裝鹽的陶罐，小石臼，青瓷碗，燒木炭的熨斗。地上擺著米甕、酒壇。右側的很寬敞，裝修一間茶室，落地玻璃窗，透過玻璃可以看到花草，僅隔一條兩車道的路就是海，海船、垂釣者和他們手裏拿著的釣杆都看得清清楚楚。裏屋，修了個不大的門，門上懸著粗糙的牌扁：老雞籠懷舊館。「雞籠」，基隆的舊名。臺灣不少地名早先都比較俗氣，雞籠之外，還有豬羅什麼的，後來改了一部分，雞籠也就成了基隆了，既然是懷舊，也就還原成雞籠了。

來不及進到「懷舊館」，陳昭珍館長和她的助手就到了。賈先生建議先看海上的，再看陸上的。陸上的，是懷舊館；海上的，是停在海上的一艘船。出了懷舊館一百多米，泊著一艘白色船體的海船，長約四五十米。「民間美術號」寫在船頭兩側，

賈先生經營的懷舊館

很顯眼。在鏽跡斑駁的漁、貨輪當中，這艘船可謂鶴立雞群了。我很驚訝。是你自己的船？朱先生說：是。能開得動嗎？不能了，退役了。他接著說，買一艘退役船，不貴，九〇〇萬新臺幣，不過裝修卻花了二〇〇〇萬。跨上「民間美術號」，輕風襲襲，要是這船能出海該多好！賈先生說，到船艙看看，你也就不會遺憾了。

船艙也是面目全新，而且纖塵不染。脫鞋進艙，小心翼翼，唯恐弄髒。席地而坐，賈先生坐在中間，開始介紹這艘「民間美術號」的由來。原來，這是一艘漁船，他說這是前艙，那是後艘，船的結構如何。然後，進入「美術號」的主題，原來這艘船展出的，絕大多數是他近二十年搜集來的年畫、版畫。他說，這些年畫、版畫，部分搜集自臺灣的民間，大部分則來自大陸。賈先生是四川人，五五歲。他說：剛開放回大陸探親，回到四川，看到民間散落許多早年的年畫、版畫，還有木刻版，如果不注意收藏保護，就會化爲烏有。我看了很心疼，五塊錢十塊錢一張買回來。回到臺灣以後，一些收藏家看了，說你這些很有價值呵！本來自己並不留意，經人家一說，也開始用些心思了。一邊讀一些中國年畫、版畫的著作，一邊向公私收藏家請教，每次回四川探親，特別上心搜集。後來，按圖搜驥，陝西、山東、河南、河北、福建，越搜集越多、越搜集越豐富，好的藏品也越多，自己這方面的知識也越厚實，前幾年還出了一本中國年畫的書。因此，產生了辦展覽館的念頭，讓大家分享，讓小朋友瞭解中國，瞭解中國文化的傳統。這幾年臺灣經濟不景氣，基隆的經濟更加蕭條。

你們剛才看到，港口停著那麼多的船，大多數都廢棄了，所以我買了這條退役的船。船本身並不貴，裝修花的錢多。你們看，船底船壁都是很厚的好木料，這不是爲了好看，而是爲了船艙能保持還對穩定的溫度，「恒溫」效應，對保護美術品有很大的好處。這麼大的一艘船，空調是用不起的。

我對年畫、版畫，幾乎一無所知，在船內上上下下看展品，琳琅滿目，應接不暇，賈先生盡可能爲我們解說。他指著牆上一個掛件說，這一個，一對鯉魚，中間是年糕，你看這是年年有餘，年年高，很傳統的中國飾品。去中國化，這個能去掉嗎？胡扯！賈先生似乎有點激動。他的收藏太豐富了，最名貴的可能是兩件元代長達兩米左右的雕版，裝在一個特製的玻璃櫃子裏，燈光也非常講究。雕版整體完好，刀路清晰，幾乎無損。仔細看過去，還有點情節，數十上百個人物，神情各異，栩栩如生。除了大量的年畫、片畫，賈先生還附帶搜集不少民間的藝術品，有三十年代上海的招貼畫，還有木偶劇團的各式導具。有兩匹小

賈先生的收藏品

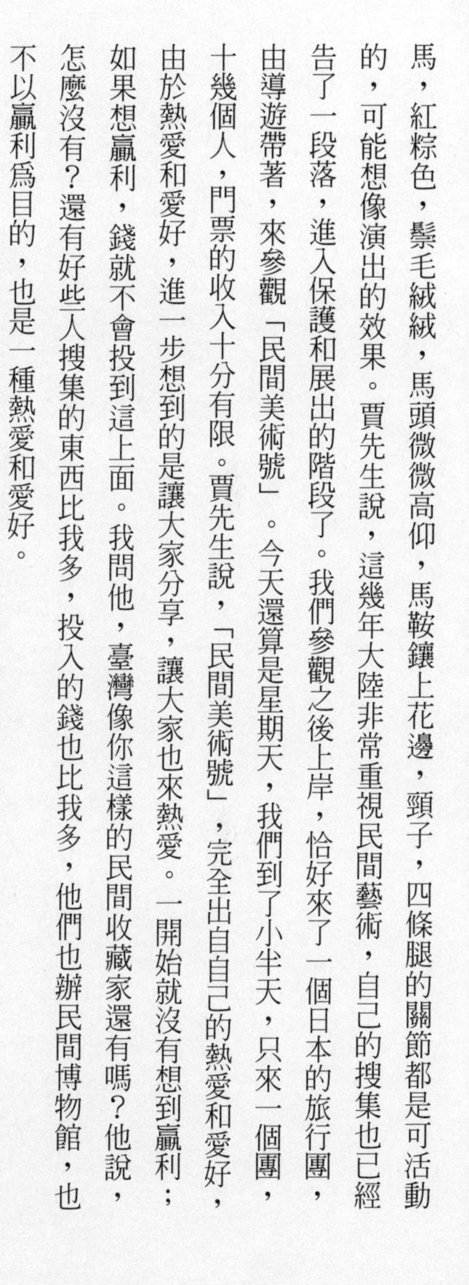

馬，紅棕色，鬃毛絨絨，馬頭微微高仰，馬鞍鑲上花邊，頸子，四條腿的關節都是可活動的，可能想像演出的效果。賈先生說，這幾年大陸非常重視民間藝術，自己的搜集也已經告了一段落，進入保護和展出的階段了。我們參觀之後上岸，恰好來了一個日本的旅行團，由導遊帶著，來參觀「民間美術號」。今天還算是星期天，我們到了小半天，只來一個團，十幾個人，門票的收入十分有限。賈先生說，「民間美術號」，完全出自自己的熱愛和愛好，由於熱愛和愛好，進一步想到的是讓大家分享，讓大家也來熱愛。一開始就沒有想到贏利；如果想贏利，錢就不會投到這上面。我問他，臺灣像你這樣的民間收藏家還有嗎？他說，怎麼沒有？還有好些人搜集的東西比我多，投入的錢也比我多，他們也辦民間博物館，也不以贏利爲目的，也是一種熱愛和愛好。

中午，在和平島吃鯊魚羹。賈先生開玩笑說，和平島是臺灣最近的「離島」，可不是，這島和基隆僅有一百多米之隔，海面上，一座光復橋就將它和臺灣本島連在一起了。和平島街路不寬，車也少。賈先生說，高雄衰弱了，基隆人都到外地謀生去了。吃飯是一家很小的店，店名就叫「和平島鯊魚羹」，灌腸是用墨魚和魚子做的，很特別。價錢便宜，七個人只花新臺幣一千四百多元。

午後，參觀陸地上的老雞籠懷舊館。這個懷舊館，都是老基隆人的日常用品。有精製的清朝的雕花木床，也有三四十年代的留聲機。這個懷舊館對外也是要賣點門票的，我們參觀的時候，就有一位年紀很輕的婦女帶著小朋友來參觀。年輕的婦女本來已經談不上懷什麼舊了，小朋友更不知道「懷舊」是何物。我想，他們之所以來看，大概是來感受一種文化，傳統的文化，知道老基隆是怎麼回事，知道老基隆人曾經怎樣生活過。其實，懷舊館展出的只是賈先生收藏的一小部分，他打開後面的庫房，還有三四間，堆放著各種各樣的舊物，雜而不亂。進入庫房之後，對賈先生的收藏，大概可以做一個小結了。早上看到的主要是年畫、版畫；庫房一排排的架子，一層層，大多是老舊的膠木唱片，桌子上，架子頂上是各色的舊式留聲機，有銅制的，有景泰藍的，眼花繚亂。賈先生說：膠木唱片至少是十萬張。搜集唱片的時間比搜集年畫、版畫的時間要長，耗費的精力也大。

大家坐在茶室喝茶，或喝咖啡，反正都是賈先生經營的項目。到了這會兒，今天的基隆之行似乎才進入正題。原來臺灣師範大學陳館長此行，就是沖著那十萬張膠木唱片來的。臺灣師範大學圖書館準備專闢一室典藏老唱片。陳館長說：「賈先生的收藏，是早有耳聞的，但是沒有請教。這次林葆淳教授要到基隆，借此機會前來拜訪，大開眼界。」

賈先生是林教授的朋友，大概已經知道館長的來意。他說：「搜集這麼多唱片，本意也是爲了保存，不是佔有。現在年紀慢慢大了，也玩不起了。單單這幾個庫房，清潔通風，花的精力不說，花的錢也不少。舊市場上，最普通的舊膠片，一張是新臺幣十五元。至於臺灣出版的最早的膠木唱片，一張都不少於萬元。」

陳館長說：「校長給她的許可權是三十萬新臺幣元。三十萬以下，她可以做主；三十萬以上，必須報學校批准，流程較長，譬如論證、評估等，要花些時間。如果這些唱片能歸臺灣師範大學大學，圖書館一定會好好負責保管，可能會專闢一個恒溫恒濕的專室加以典藏。」

賈先生說：「不到三十萬的新臺幣，對我來說算不了什麼。這些唱片送給師範大學都可以。只要有單位好好收藏，有懂行的人來利用它、研究它，我就滿意了。這些留聲機，臺灣師範大學如果願意收藏，可以一併拿走。還有，這裏收藏的兩千多冊有關中國年畫、版畫的書，也送給臺師大好了，可供大學的師生研究參考。」

我心裏想，無論是那些早期的唱片，還是這批圖書，每一項的價格都將超過三十萬，更不必說總的價值了。我不知道陳昭珍教授這一任館長當了幾年了，單憑她決斷搜集這批老唱片，就足於在臺灣師範大學的校史上留下芳名。這倒不在於價錢的多少，而在於開拓一種思路，在於爲圖書館典藏了一批非紙質的文化遺產。陳館長說：「我回到師大後馬上就辦理此事，其中有些流程要走，一個星期之後，我就會讓人來清點。造冊完冊，我會給賈先生一個完整的清單，將來也會請賈先生去臺灣

劉祥安、林葆淳、陳慶元、陳素珍攝於民間美術號

師大指導唱片室的收藏工作。」

我不知道臺灣有多少民間的收藏家，但是我相信熱愛傳統文化的收藏家肯定不止賈先生一位，他們可能是一個群體。這次的基隆之行，沒能更多地看到基隆的山水和城市的風貌，賈先生覺得多少有點歉意，一再讓我們留下來，他要帶我們去看夜市，吃小吃。並且說：「你們隨時都可以來，他要帶我們去看炮臺群、情人湖、獅子嶺。」其實，我們今天看的東西夠多了，年畫、版畫，唱片、留聲機，灶台、雕床……看到了我們基隆文化的老傳統，並且如此深入地看到了基隆民間的中華文化傳統。

迎著晚霞，經過很長的港區，林教授駕車帶我和劉教授回臺北。到辛亥站，已經萬家燈火，林教授回萬華，我和劉教授轉乘捷運回士林。

二〇〇九年七月十五日

三峽清水祖師廟

——東吳手記之二十二

位於福建省安溪縣西北二十公里蓬萊山清水岩祖師廟，是閩南著名的廟宇，小時候聽大人說過，那裏的香火很旺，神很靈，前往頂禮膜拜者不絕於道。可是，我一直無由拜謁。沒想到，安溪的廟還沒去成，倒先拜了三峽的祖師廟了。

臺北縣三峽清水祖師廟在臺灣很有名。一九九八年，第二次到臺灣，在湖南中醫藥大學獲得博士學位的林秋芳君開車送我來此參觀。一進廟門，還沒說上兩句話，他就點上香，兀自在那兒拜拜了。廟裏的長者，知道我從大陸來，特別友善，送我一套李梅樹和三峽的明信片。明信片一直保留至今。

二〇〇八年一月六日，早上有烏來之行。烏來也是臺北縣的小鎮，十年前遊過碧潭，爲溪山之美所吸引，到碧潭已經到烏來的門口，但是沒有進入到烏來的腹地。到烏來，可以在那魯灣飯店看原住民表演。那魯灣是也是一首臺灣民歌的名字，我好喜歡這首歌曲，如今來到這個飯店，有一種「情至」的感動。十點鐘正式開演，票價新臺幣一百元，五十分鐘。票不貴，演出一般，但幾個小夥子肌肉比較結實，體格也好，似比女演員棒。最後一幕是與觀眾互動，無非是嫁娶一類，構思也一般。表演廳是封閉的，可是拉起舞臺背面的布幕，玻璃幕牆外呈現出南勢溪的溪流，以及對岸掛在懸崖上的飛瀑、山上的林木，以自然的眞實景觀爲幕景進行表演，倒很有創意。中午在雲仙樂園原住民的飯館用餐，雲仙四圍長著各種蕨類，空氣濕潤。有竹筒飯，燒烤和飲料，量不多，尙可口。餐廳在木樓上，原木支撐，四面敞開，苞茅不剪，古拙樸質，可觀山，可鑒水，可看遊人過往。溫溫的木炭火，隆冬中頗見暖意。

午後，徑至三峽清水祖師廟。三峽，或因此地三水匯流而成三，故名。因爲「三峽」這個地名和長江上的三峽同名，覺得還是非常新奇。溪流上有橋，名長福，吳處長說，又有「萬年」（另一座橋橋名），又有「長福」，走在上邊，眞是有幸！橋上各種小吃小玩，遊客摩頂接踵。廟前的「埕」，人山人海，十年前與林秋芳來，記得他的車就停在廟旁。可能是今天週日，也可能是祖師廟香火日旺，在附近停車已經不可能，剛才我們在車場找車位都頗費些力氣。

這次來三峽清水祖師廟，事先已經和寺廟管理處聯繫好。一進廟門，李楷瑞先生就迎了上來。他說的第一句話是：「三峽一帶，早先都是泉州府的移民，至今我們這裏講的話

還是泉州腔。」爲什麼李先生要特別強調泉州腔？這裏有兩個原因。一是清水祖師廟的祖廟在福建安溪，安溪屬於泉州府，泉州府移民到臺北縣三峽一帶，把自己家鄉信仰的神靈也帶到這個地方來，信眾講的都是泉州腔的方言。其次，臺灣閩南語系的方言，多數都帶漳州腔，三峽這個地方比較特別。

清水祖師廟供奉的清水祖師爺，據傳姓陳名昭應，南宋末年在文天祥麾下抗敵元，宋亡後，把弟子部屬安頓在安溪彭見鄉（今安溪蓬萊鎮）之後，出家爲僧。後世遂于祖師修行之處立廟，稱清水祖師廟（關於清水祖師廟還有其他說法）。清乾隆間，部分泉州人移民臺灣，他們隨身帶來安溪清水祖師爺的神像，最早是供奉在家中的。清乾隆三十四年（一七六九），他們在三角涌公館尾（今三峽鎭秀川里）建廟，名「長福巖」。這是三峽清水祖師廟建廟之始。道光十三年（一八三三），臺灣大地震，廟毀。同年重建，重建的格局爲閩南常見的二進護龍式，規模較原廟大。光緒二十一年（一八九五），清廷把臺灣割讓給日本。日軍登陸臺灣，三角涌民眾發揚清水祖師爺不屈的抗敵精神，組強義勇軍抗日，並以祖師廟爲大本營，重創日軍。後因孤獨無援，只好退至大嵙崁（今大溪）。日軍進駐三角涌，怒而燒廟，六十多年的重新經營，廢於一旦（沒有李先生的講述介紹，我還眞不知道三峽清水祖師廟還有這段可歌可泣的故事）。祖師廟成了侵略者的一塊心病，不准民眾重建。後來，日人對臺採取安撫的策略，到了光緒二十五年（一八九九）才准予重建。重建的格局爲二進雙護龍式。抗日戰爭爆發，日軍缺少軍餉，強行代管廟產，而廟宇發生蟻害，日人卻不准重建。今天我們見到的寺廟是一九四七年動工重建的，到我們參觀的這一年爲止，已經過去六十年了，但是，這座祖師廟還沒有重建完畢。祖師廟坐北朝南，全部建成將用一百五十六根石柱，現在只用了一百二十六根，約占五分之四。只剩下五分之一是北邊的建築。

一座廟宇建了六十年，尚未最後竣工，是不是有些誇大？當然不是。一九四七年重建，由著名畫家、當時任三峽街代街長的李梅樹主其事。李梅樹（一九〇二－一九八三），生於三峽鎮，一九三二年入東京美術專科學校專攻西洋畫，先後擔任臺灣藝專美術教授兼系主任、臺灣師範大學美術系教授，兼任臺灣中國美術協會理事長、油畫學會理事長，擅長于用西洋的藝術手法表現故鄉的風土人情，其作品曾獲得臺灣最高的藝術獎項。現在，三峽闢有「李梅樹紀念館」以紀念、表彰他的藝術成就。李梅樹對祖師廟傾注了自己情感和許多的精力。祖師廟的用料十分講究，做工十分精細，它不是一般的廟宇，它是一件精雕細刻的藝術品。李梅樹幾乎天天跑到工地「督工」。從不容易看清楚的屋頂剪鑽，到簷下的吊藍，從斗栱、插角到石柱、石珠，由窗花到石壁，無一不是工藝人在空間舞臺上的最佳演出，也無一不不傾注李梅樹的心血（參看《李梅樹節術創作生涯李梅樹與三峽祖師廟》手冊）。

祖師廟的石料，早期用的泉州白和青斗石兩種，取材自泉州一帶。臺灣船隻運貨到泉州

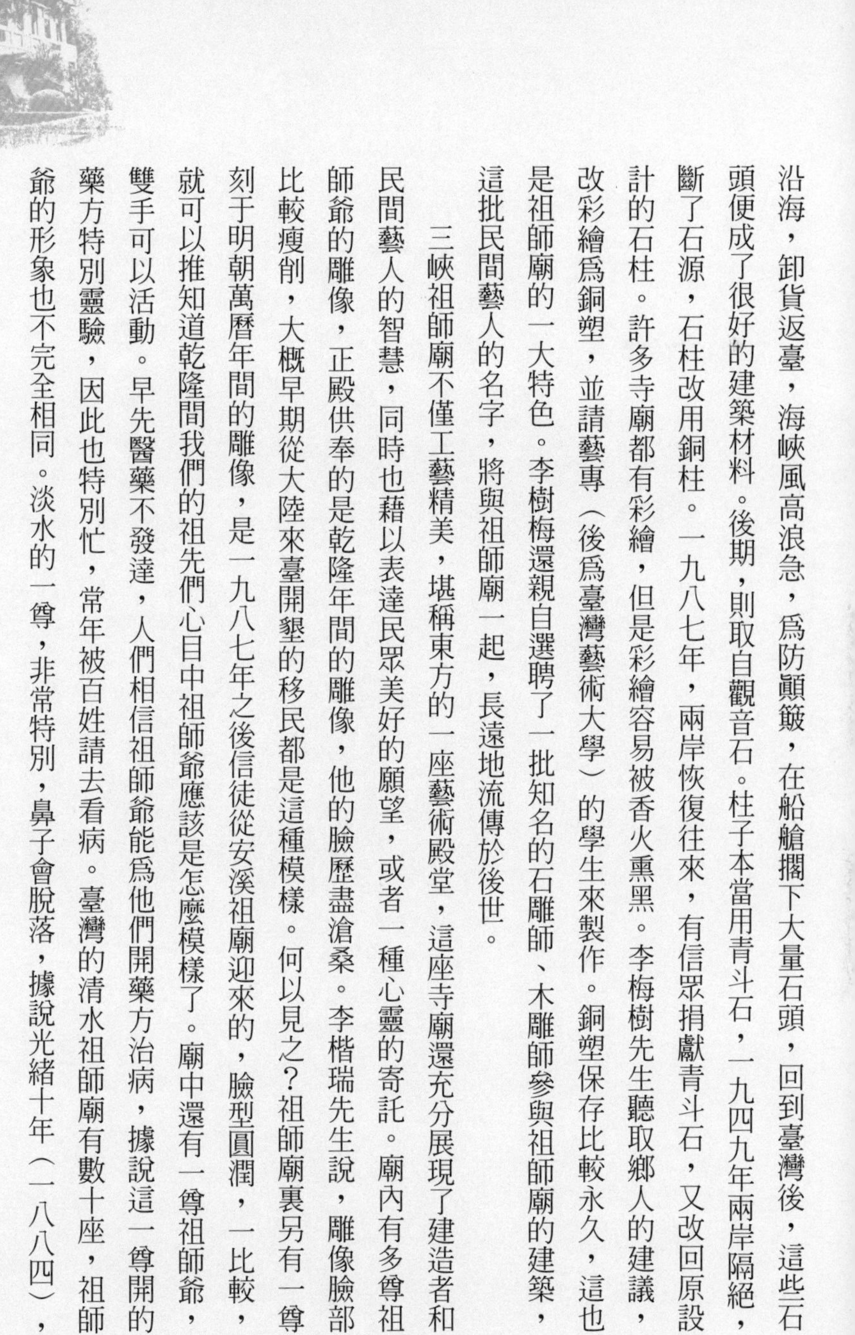

沿海，卸貨返臺，海峽風高浪急，爲防顛簸，在船艙擱下大量石頭，回到臺灣後，這些石頭便成了很好的建築材料。後期，則取自觀音石。柱子本當用青斗石，一九四九年兩岸隔絕，斷了石源，石柱改用銅柱。一九八七年，兩岸恢復往來，有信眾捐獻青斗石，又改回原設計的石柱。許多寺廟都有彩繪，但是彩繪容易被香火熏黑。李梅樹先生聽取鄉人的建議，改彩繪爲銅塑，並請藝專（後爲臺灣藝術大學）的學生來製作。銅塑保存比較永久，這也是祖師廟的一大特色。李樹梅還親自選聘了一批知名的石雕師、木雕師參與祖師廟的建築，這批民間藝人的名字，將與祖師廟一起，長遠地流傳於後世。

三峽祖師廟不僅工藝精美，堪稱東方的一座藝術殿堂，這座寺廟還充分展現了建造者和民間藝人的智慧，同時也藉以表達民眾美好的願望，或者一種心靈的寄託。廟內有多尊祖師爺的雕像，正殿供奉的是乾隆年間的雕像，他的臉歷盡滄桑。李楷瑞先生說，雕像臉部比較瘦削，大概早期從大陸來臺開墾的移民都是這種模樣。何以見之？祖師廟裏另有一尊刻于明朝萬曆年間的雕像，是一九八七年之後信徒從安溪祖廟迎來的，臉型圓潤，一比較，就可以推知道乾隆間我們的祖先們心目中祖師爺應該是怎麼模樣了。廟中還有一尊祖師爺，雙手可以活動。早先醫藥不發達，人們相信祖師爺能爲他們開藥方治病，據說這一尊開的藥方特別靈驗，因此也特別忙，常年被百姓請去看病。臺灣的清水祖師廟有數十座，祖師爺的形象也不完全相同。淡水的一尊，非常特別，鼻子會脫落，據說光緒十年（一八八四），法軍窺臺，這尊祖師爺鼻子掉了下來，顯示異相，給中國守軍作了暗示，淡水之役，中方軍民果然大勝法軍。

從祖師廟一處處的建築或藝術設計，一幅幅的浮雕，我們都可以看到深邃的中國文化內涵，這種內涵超越了宗教，超越了地域人群的民間信仰。祖師廟的民間藝術，屬於民族的，屬於傳統的。

祖師廟的一對銅獅子，從藝術的角度看，具有很好的審美價值。又據說，摸摸這對獅子，可以帶來好運：「摸獅頭，能出頭；摸獅尾，剩傢夥；摸獅耳，吃百二。」福、祿、壽，三者具在其中。很多閩南的廟宇都有石頭的獅子，或許還有這麼一層考慮。

中殿外牆四面「牆頭牌」分別雕刻著：唐明皇、楊貴妃游牡丹園，周敦頤賞蓮詠詩，陶淵明東籬采菊，林和靖孤山種梅，代表春夏秋冬四季；三川殿左右兩門各有一對花瓶，插著牡丹、荷花、菊花、梅花，隱含四季平安之意。一幅浮雕上刻著太平鳥、鳳凰、大象，表明「太平有象」。龍門廳藻井設計爲八掛型，有八塊豎材雕著「八仙」，四個角落飾上四隻蝙蝠，隱喻「八仙賜福」，等等。

此外，寺廟裏的雕刻，還有許多歷史故事和傳說，如軒轅發明指南車，孔子問禮於老子，火牛陣田復國，勾踐臥薪嚐膽、蘇武牧羊、呂布戲貂蟬，關公過五關斬六將，木蘭從軍，岳飛殺敵等等。民眾來此謁拜，無異於重溫中國古代的某些歷史故事和傳說。

李楷瑞先生很年輕，只有三十多歲，講起三峽祖師廟卻滔滔不絕，如數家珍。只恨時間太短，不能每個細部逐一欣賞，琢磨其藝術的美妙和文化的深意。臨別，李楷瑞先生贈送中英文《三峽祖師廟導覽手冊》，這是一本導遊的手冊，圖文並茂，文字和照片都出自他的手。手冊有他的簽名和圖章。謝謝你，熱情的李先生！

走出清水祖師廟，太陽已經偏西。到了三峽，古街是不能不去的。古街與祖師廟近在咫尺，一例的閩南式紅磚樓，小吃小賣林立。口渴了，要一杯現榨的、清純清純的甘蔗汁；嘴饞了，要一個剛出爐的、

金黃金黃的牛角餅，一手持紙杯，一手抓牛角，邊走邊隨意吮吸，大口咬嚼，擠在人群中。想想，已經有多少年了，沒有享受過孩童時代的樂趣！天黑了，該進餐了，隨便地拐進一家小吃店，要了麻油雞煮面線，一碗面線，一碗雞和湯。吃得一嘴的油一嘴的香一嘴的滿足。

（本文寫作，參考了李楷瑞先生的《三峽祖師廟導覽手冊》。）

二○○九年七月十八日

附記：二○○八年十二月，終於拜謁安溪蓬萊清水巖祖師廟，遂了數十年的心願。

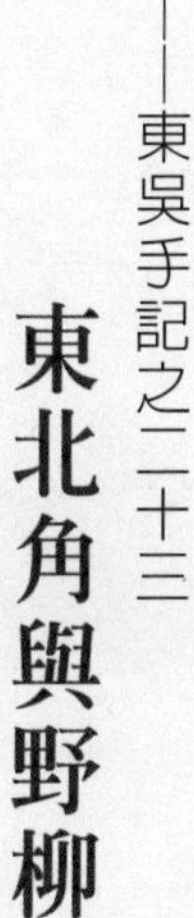

東北角與野柳

——東吳手記之二十三

東北角是臺灣旅遊觀光的一個地理概念，指的是南自宜蘭縣的北關，北至臺北縣的瑞芳鎮一帶的海岸景點。野柳，雖然也在臺北縣，但其地在北部海灣。本文記敘的是這一帶海岸的行蹤。雖然遊野柳在前，東北角在後，屬於兩次出遊，因本文所寫，由南而北，注重的是地理的線索，先南後北。

一月十三日一早，陳經理開車，過雪山隧道，奔向宜蘭。宜蘭建縣之前，稱噶瑪蘭。在宜蘭參觀工藝博物館。看《鯽子魚要娶某（妻）》表演，這首歌小時候唱過，但是不知道是什麼意思。工藝博物館內有幾尊半人高原住民的小木雕，半蹲著和他們攝影留念，陳經理說，好幸福哦，一看，原來一旁的雕塑是女性。吃烤香腸，糖蔥，幾十年沒有吃糖蔥了。

午後，北上，抵北關海潮公園。北關北通三貂嶺，南趨烏石港，東臨太平洋，西爲崇山峻嶺，是通向蘭陽平原的咽喉。清嘉慶二十四年（一八一九），通判高大鏞奏請設關，以鎮守噶瑪蘭。關口設在山腰，其跡今已湮滅，不復可尋。北關地質地貌獨特，經過千萬年的風吹雨刷形成的單面山、豆腐岩以及小海岬，奇石林立。道光五年（一八二五），通判烏竹芳選定宜蘭八景，「北關海潮」即是其一。現在舊關一帶已闢爲公園。岸邊立著十數根大石柱，還有燈光設施，夜晚來此，一定別有情調。「蘭城鎖鑰扼山腰，雪浪飛騰響怒潮」。怒潮挾著雪浪，從天邊奔襲而來，浪頭在崖岸、礁石、岩頭跌得粉身碎骨，濺起的水沫飛得老高老高，一陣緊接著一陣，一撥緊接著一拔，沒有一時片刻的消歇。

陰雲低垂，風勢增大，煙水蒼茫，龜山島仍然可辨。從北關往東望去，約十公里處，龜山島孤懸海上，面積約二·八五平方公里，海拔最高點四百零一公尺。島中間高，兩頭低；東西長，南北短，東端很細，尤如龜尾。龜山島一九七七年實行軍事管制，二〇〇〇年解除並開放觀光。龜山島有燈塔，又有「龜山朝日」等八景。有民營的渡輪可以上島，不過得先預約。此行已經不可能登島了，留點懸念給下一回吧！

離開北關，一會兒就到了福隆。東北角風景區管理處就設此地。鑽出汽車，海風挾著小雨迎面撲來，東北角的隆冬，還不至於冷到哪些裏去，一點小雨也掃不去我們的遊興。四周的

林木依舊茂盛，草地依舊翠綠。福隆是天然的港灣式淺灘浴場，位於臺北縣貢寮鄉三貂灣的雙溪河口，被譽爲「蔚藍海岸」，與墾丁的蔚藍海岸北南遙相呼應。雙溪河在福隆入海，長長的沙嘴把水域區隔成內河和外海，因此也形成雙重景觀。拱橋像彎月一般橫跨兩端，內河河面寬廣、水流平穩；外海的海水浴場寬約六十公尺，長約三千公尺。陰雲很低，灰濛濛的一片，海水的顏色有點深。這樣的天氣，當然沒有人來此浴海，看不到夏天那種火熱，但是，看到長長的沙灘金燦燦的，看到茫茫無際的海天，禁不住嗚嗚歌唱和風濤相應答。拉開外套的拉鍊，舒展雙臂在橋上來來回回地盤旋。當我立定在橋頭，立即被另外一種景觀所吸引，所陶醉。在一年十二個月最冷的一月天，有許許多多帆船的愛好手，每個人都駛著一片風帆，在海的內側漂浮，帆是透明的，鑲著紅、黃、藍、綠各種不同的顏色，像繽紛的彩蝶飛翔，像五彩的雲霞浮游。不好了，一個條帆船翻了，駛帆者掉到水裏。只見他把帆船拖到淺灘，扶正，人馬上又站立在船上，繼續著他的舞蹈。

福隆另一處不能不看的地方，是「原木再生緣木雕展示館」。一般說來，我對景區的展示館並不會產生太大的興趣，這是因爲，我喜歡的是自然的風景，不是那些經過太多加工過的圖片和漂亮的大話。可是，在福隆，卻是例外。二〇〇一年臺灣連續遭受強颱風「桃芝」和「娜莉」的襲擊，山上大量沉睡了數十年甚至幾百上千年的木頭隨著暴漲的溪流漂浮入海，又被海浪沖上岸邊，颱風過後，東北角的海岸一片狼跡。管理處把垃圾進行分類，無意中發現許多寶貴的樹木，不知誰產生了讓漂流木再生的設想，就這樣「原木再生緣木雕展示館」就應運建立起來了。許多雕刻家加入了雕刻的行列，根據漂流木的質地、形狀，雕刻出一件件很有創意、微妙微肖的作品。「原木再生緣木雕展示館」的文字有一段文字說明，很有文采：無情的天災迫使這些樹木離開土地／歷經無數次的遷移與漂流／最後宿命讓他們靜泊在東北角的海岸邊／然而，它們頑強的生命與韌性／終在雕刻師博溫暖的手中再生／蛻變成為一件件充滿靈性的藝術品／在天災、樹木、東北角、與人的歷史因緣下／成就了全臺灣唯一來自海洋的木雕殿堂。眞是令觀賞者眼界大開，原來，人與自然竟有這麼多的妙趣。

雲層很低，汽車沿著海岸行駛，海上的礁石黑糊糊的，把濺起的浪花襯托得雪白雪白。東北角還有一個叫磯釣的景點，我弄不清楚，那是不是專門供海釣者垂杆之處？偶然，我們也看到海釣者立於在亂礁中。出於好奇，我們下車觀望。近灘處，停著兩輛越野車，車旁有鐵筒。海釣者或站或坐，緊挨著水面。可是，挨近水面，又相當的危險，這一帶，可不是基隆港的內港，風平浪靜，連遊魚都可以看得一清二楚。在基隆內港是輕輕鬆松地休閒，是一種魚兒魚兒快上鉤的樂趣。在東北角持杆，身上得套上膠布的防水衣，頭和頸部都裹在裏面，必須全神貫注。精力集中，並不完全在杆上，還在腳底下，一不小心，海潮就湧到你的腳下；一不小心，浪濤就潑到你的身上。海釣者安然不動，遠遠望去，也如同礁石一般。

他們是在風浪中討得一種常人不可能尋找到的樂趣。我在電視看到過報導，有海釣者被海浪甩傷的，甚至被卷走的。但是，東北角的海釣者仍然一批又一批地出現在海礁當中，風浪不動安如山！

福隆往北，經過鹽寮海濱公園、金沙灣海濱公園、龍洞灣公園，都可以看海看浪。東北角還有一個很好的去處，就是草山古道。陽明山，舊名草山，草山古道就是陽明山的古老小道。多數人上陽明山通常是從臺北市由南向北，這條古道是東西走向，從海邊西行而上。東北角由南往北最後一個看海看奇石的景點是南雅。車駛近南雅，烏雲密佈，風急浪高，海浪直接濺溢到公路上，過往的汽車都打開車燈，以確保行車安全。我們的車停在靠海一側（另一側是山崖）的小停車場上，已經有兩三輛車停在

那裏。這樣的天氣，竟然也有人和我們一樣有饒有興致。少年時讀蘇東坡，爲他的「驚濤拍岸」所折服，以爲「拍」字頗能寫出赤壁的氣象，長江的赤壁的驚濤大抵如此。南雅的崖岸，不像北關那樣有一長排的鐵欄保護著遊客，這裏，只豎了一塊牌子，畫上一條紅漆線以警示，在紅線之外，海水也不間斷地濺溢上來，海濤轟鳴，已經足以讓驚人魂魄。從天邊湧來的巨浪，雷霆般地滾滾而來，沖向崖岸，「拍」岸，如果用在這兒，太文雅了，太沒有氣派氣勢了。巨浪，渾身不顧地向岩石奔去，頂去，撞去，甩去，拋去，剎那間，化作千萬億的白色水沫，三丈、五丈、十丈，排空而去。一排又一排的巨浪，爭先恐後，此起彼伏，一兩公里的海灣，卷起的千萬堆雪在暗灰的天空中起舞。岩崖，海礁，巨石，看似安然不動，其實不然，只要看看它們的千奇百怪，只要看看它們的嶙峋瘦骨，沒有一處不是千瘡百孔，凹凹凸凸。可是千年萬年前，他們的身材，他們的容顏可不是這樣！我們來此觀賞奇石，是觀賞它的與眾不同，是來體味造化的神奇和力量。我生長在海邊，但是從小缺乏海浪的韌勁，缺乏崖石的堅強。今天，我卻堅持，一定要在紅線兩米開外拍一幀照片。我脫下外套，剩下單衣，蹲在奇石和大海的前面，任憑水沫飛濺。

到了南雅，已經進入瑞芳鎮。瑞芳鎮在基隆市南，而野柳在基隆市西北十五公里。十年前，和許榮賢、邱小芳、鍾鎮隆到過野柳，留下很深的印象。我在東吳客座的期限將滿，碩士班的鄢志明同學打算帶我去北海岸轉一轉。時間是一月三日，天氣晴爽，越往北走，

天越高越藍。我們先在北投看溫泉博物館、窺望張學良故居之後，就直接前往野柳。

野柳是一個突出海面的岬角，長約一千六百至一千七百公尺，最寬處二百五十米，形狀有如海龜，因此又稱野柳龜。約二千多萬年前，由福建一帶沖刷下來的泥沙，層層堆積成砂岩層。約六百多萬年前的造山運動把臺灣島推擠出海面。野柳一帶深埋海底的沉積岩也上升到海面，從而造就了海岸的單面山、海蝕崖、海蝕洞以及蜂窩岩、豆腐岩、蕈狀岩、薑狀岩等岩層景觀。野柳最奇特的是蕈狀岩，遠遠看去，就像是一個個的大大小小的一片蘑菇，散亂在淺黃色的岩石上。近看，蕈狀岩頭頂都有許多馬蜂窩似的小孔。在所有的蕈狀岩中以「女王頭」最爲獨特，約有兩個人的高度，只要找到一個好的角度，左看右看都像是女王的頭像，而且稍稍還有些誇張，項頸的線條，頭頂的髮型，明暗色調的對比，似乎比常見的女王頭像（例如香港回歸之前的硬幣）更加生動。如果留心腳下，偶然還可以看到花紋斑斕的海膽的化石，千萬年來，風吹雨打海水浸濕，人類腳掌的踩踏，依然色澤鮮豔。十年不到野柳，自然景觀看不出有什變化，而人工留下來的跡痕卻越來越多。新建的遊樂園不知道在表演什麼，太吵。海岬瀕海，奇岩怪石，像是在海是堆起來似的，海浪濺上來，踩在岩石上有點滑，只要小心點，不會有大礙的。但是，遊客中心卻修了好幾段七彎八拐的棧道，安全是安全了，但是十年前那種「險要」的感覺找不到了。臺灣一些地方的木棧道是修得很好的，例如淡水的漁人碼頭。至於野柳，不長的棧道無意中破壞了特殊地質地貌的整體美，從美學的意義上說，是一處敗筆。

海岬的尖端，有小山一座。從蕈狀岩到小山，來回大約三公里。或許由於海風較大的緣故，小山的樹木都長得不很高大。山勢有點陡，登上山頂，回望蕈狀岩，蘑菇朵朵。下視崖下，黑色的豆腐岩方方整整排列有海面，數十方，上百方，連綿兩三百米，即使用人工切割，好像也不能如此整齊。同光體閩派詩人何振岱有一首《瑞岩》詩，中有云：「客言山中石，方罫列陣勢。」說的是明朝戚繼光駐守福清瑞石，以石為軍陣練兵之事。海水剛剛淹沒石面，推起輕浪，水中的豆腐岩石，又像是隊隊水兵的軍伍了。下山，在岸邊盤桓，指示牌上寫著諸如「海蝕溝」、「風化窗」、「風化洞」的字樣，請千萬不要作他想，地質工作者無非是想告訴遊客，這個地方的地質地貌應該如此叫法而已。遊客過此，亦可聊發一笑。

當我們轉回女王頭附近，不期碰見林勝勤君。林勝勤從臺灣到大陸讀古代文獻學的博士，我是指導組的教授之一，勝勤君聽過我的課。我到臺灣四個月了，他幾乎每個月都來看我。他穿著一件紅色的外套，很顯眼，彼此認出來，都覺得意外。我說，即使約定好時間地點，也不會湊巧到同一秒鐘同時出現在女王頭像前邊。志明為我們拍照。我和勝勤都笑得特別燦爛，笑得特別開懷，像兩個小男孩。

在回臺北的路上，我們還在石門鄉草里海堤下車，觀賞臺灣島最北端的風光。白色的燈塔矗立在海岸，燈塔上刻寫著「愛在臺灣最北端，歡迎天天來石門」十四個大字。燈塔兩旁種植兩行樹，又矮又細，這是我在臺灣見到的最為可憐的樹了！大概是被海風吹著，

海霧浸蝕著，成活下來，已經不容易了，何敢苛求？只要成活，何怕沒有未來！據說，石門鄉的謝姓，康熙年間從福建詔安移民來臺灣，經過幾番周折來到在此地，遂在落腳生根，也許，當初他們草創的時期，也一如岸邊的小樹。細算起來，三百多年過去了，現在，他們已經成了石門鄉的大姓了。

二〇〇九年七月二十一日

南北溫泉

——東吳手記之二十四

到臺灣不泡溫泉，總覺得缺少點什麼。

陽明山、北投、關子嶺和四重溪，合稱臺灣四大溫泉。四大溫泉，我泡過兩個，即北投和關子嶺的溫泉，另外還近距離參觀過陽明山的溫泉。

陽明山，原名草山，在臺北北郊。一九四九年之後，老蔣到臺灣之後，很喜歡這個地方，但是，一個「草」字，可能聽起來又不舒服。王陽明，素爲蔣所敬，故改爲陽明山。陽明山從前盛產硫磺，我們登上小油坑，還可以看到山坳和對面山體上不斷地冒著黃黃的煙氣。有硫磺的地方，通常就會有溫泉。陽明山的溫泉有前山和後山之分，我們看到的是前山。下山，

陽明山奶色溫泉

在半山坡下，我們看到一個水坑，冒著熱氣，水質純潔如乳，義工導遊介紹，這裏就是牛乳溫泉。她說，溫泉中也有微生物，在特殊的地質中，它們在溫泉中棲息生長，溫泉就變成乳白色。山腳下的冷水坑，是一處比較大眾化的溫泉，自帶毛巾，據說泡一次只相當一趟公車的車費。我們看到幾位長者，從溫泉裏悠悠地走了出來，很放鬆的樣子。是呵，登登山，下山泡泡澡，快樂如神仙！莫文蔚有一句「到陽明山泡溫泉把酒一杯」，頗有詩意，什麼時候再遊草山，溫一壺黃酒擺在澡池邊，半躺在溫泉，哼哼小調？當然，臺灣南端恒春半島上的四重溪溫泉，本來就是一首歌，被戀戀溫泉唱紅，也是應當列入行程之的。

關子嶺在台南縣白河鎮以東，是阿里山斜落嘉義、台南平原的丘陵。關子嶺，就是高仔嶺，閩南話「高」與「關」音近，遂訛為關子嶺。無論是「高」還是「關」，都含有山勢高峻之意。二〇〇六年十月底，我初到臺灣南部，汽車沿著盤山公路彎彎曲曲地上坡，這條山間公路修得相當好，不寬，水泥路面卻很平整，乾淨利索。關子嶺的溫泉，源頭有二處，一為警光山莊，一為靜樂旅社後方。友人葉長春理事長安排我下榻之處就是警光山莊。清康熙四十年（一七〇一）福建高僧參徹在關子嶺枕頭山發一處奇特的景觀——水火相容，山谷岩石縫中湧出汩汩流泉，匯成清池，池底卻不間斷地冒出氣泡，氣泡騰起燃成火焰，高可丈餘，池水滾湧似沸。清光緒二十四年（一八九八），駐紮此地的日軍著手開發溫泉並加以利用。日軍投降之後，警方在原址修建警光山莊，主要用於警員休憩之用。到達山莊已經入夜，四周的景色看不很眞切，只看到山莊前右有一條溪水，溪上在一座橋。山莊三層，底層是大廳，廳後有一個溫泉大池。我住三樓，房間很大，一個大客廳，一間大房，房間的傢俱古色古香的。盥衛有三間，中間一間供洗臉刷牙梳妝之用，右邊一間淋浴，左邊一間澡池長約二米、高約一米或稍多。葉理事長說，警光山莊的溫泉在離溫泉源頭最近，水量足且溫度高、最乾淨。這裏的溫泉，叫著泥漿溫泉，據說世界上只有兩三處，好像義大利有一處，臺灣僅此一處，等會兒你好好泡，如果有興致，還可以到一樓大池體驗體驗。

葉理事長說的泥漿溫泉，在世界上是那樣罕見，聽起來很興奮，但是想到用「泥漿」浸泡，又多多少少不太舒服。我會聯想到泥浴，像電視介紹過的那樣，把泥漿往身上塗抹，甚至把人埋在泥漿中的那種，同時很會想到建築工地上的泥沙漿。但是，浴池卻和其他泡溫泉的地方沒有兩樣，也是流水式的開關。小心打開開關，嘩地一聲往外流，流出來的是還是水，不是「漿」。仔細一瞧，這泉水卻和其他地方見到的溫泉很不一相同，夾雜著粉狀細微的黑灰色的顆粒，卻不渾不濁，依舊透明。看來，剛才是過慮了，世上的事，少見多怪常常有之。池子是一個人獨享，泡在溫泉中，只露出個腦袋。細微的粉狀顆粒，可以看得見，卻摸不著。池邊備有一個小小的木桶，用以舀水。慢慢浸泡，輕輕揉搓，肌膚不知什麼時候變得光鮮柔滑了，像嬰兒一般，甚至比嬰兒還要柔滑，以至我都不太相信自己的手感。「溫泉水滑洗凝脂」，白居易《長恨歌》中句也，「凝脂」，形容楊貴妃肌膚潔白，

而華清池的溫泉，卻只有「水滑」而已，不過供其洗洗而已，和普通的洗澡或沖澡或許沒有兩樣。泡溫泉就是泡溫泉，不是沖澡，也不是洗澡，如果要沖澡或洗澡，這家山莊也有相應的設施，就是右邊的那一間澡房，設備也是一流。如果擔心泡完泥漿溫泉，肌膚殘留硫磺，便可以到右間的澡房沖沖洗洗。不過，我才不去呢。大凡有溫泉的旅遊勝地，作文宣的時候，很喜歡加上一些可治這個病那個病的文字，弄得一點美感也沒有，甚至噁心。我不否認溫泉的某些療效，但以爲可以另建些溫泉場所，在那此場合說，大家也就明白。包括臺灣四大溫泉也內的所有溫泉也有此功用，這不就行了嗎？泡溫泉有泡溫泉的美學，有的介紹說，到關子嶺泡溫泉，很容易讓人想起《關子嶺戀歌》，這不很好嗎？

在警光山莊住了兩夜。透過木質牆體，可以聽到溪流的輕吟，秋蟲的啾鳴。第三天一大早，又抓緊泡一回，眞的是戀戀關子嶺了！溪山清靜，在下山的道旁，我們見到賣芭樂的農人，鮮潤的果子上，露滴尤殘。買幾個鮮果，香脆，滿口清爽。

關子嶺畢竟是在深山，街道不長，溫泉有數家，談不上稠密。比較于關子嶺，北投可以算上是溫泉區了。北投位於臺北市北，如果在捷運士林或芝山站等車往淡水，千萬別弄錯，因

屏東溫泉渡假村

爲另有一趟車是開往北投的。大概從康熙年間開始，北投已經以盛產硫磺出名，浙江人郁永河的《稗海紀遊》已經有記載。日據時期，北投興建了許多湯館也即溫泉澡堂。一九一三年，仿照日本靜岡伊豆山溫泉的方式，在北投興建溫泉公共浴場，這個浴場是臺灣共公浴場興建之始，現在已經闢爲「北投溫泉博物館」，供遊人參觀。博物館的下層，是當年男賓的大池。二層有些單間，當是個人池。博物館詳細介紹溫泉的科學知識，展廳的一側，還有一個房間，不間斷地放映臺灣的老電影，也是免費的，喜歡懷舊的人找到一得絕好的消遣去處。博物館的四周，小橋流水，綠樹成陰，蒔草蒔花，喜迎遊客，溪流隱隱冒著淡淡的青煙，少男少女，脫下鞋襪，盡情享受著慢慢冷卻下的溫泉的餘熱。毗鄰，是北投圖書館，這座呈梯級式的四層木結構的建築，與溫泉博物館相映成趣。

北投的溫泉館實在太密集了，十數步之遙便是一館。北投的溫泉館大概可以分成兩類。一類是老式的，即日式溫泉，建築和外觀都是日式的。門前掛著一張簾子，藍底的臘染分明地寫著「御湯」兩字。有的更加簡潔，沒有大門，只有兩個小門洞口，布簾子分別寫著男、女而已。大同小異的溫泉簾子，使人聯想起唐宋時酒家的酒簾。也許，北投的溫泉簾子，比唐代長安、宋代開封的酒簾更加稠密。另一種是現代式的、賓館式的建築。要不是有「湯」和「溫泉」的招牌，肯定會認爲這些建築就是都市通常見到的賓館或者飯店。入夜，霓虹燈閃爍不定，泡溫泉的人或許剛剛開始。我到北投泡的溫泉，就是後面這一種。我泡的溫泉

館全稱叫「漾館時尚溫泉會館」，這家旅館自我介紹說：「位於臺灣北投區溫泉路上的『漾館時尚溫泉會館』是一間走極致設計風格，洋溢著時尚元素的溫泉會館，靜謐、高雅的氣質，遠近馳名，吸引大批粉領族以及商務人士前往體驗泡湯樂趣，帶動了北投區溫泉區時尚溫泉潮流。」「爲了讓遊客享有充分自由的空間，飯店內所有的溫泉湯池，全部以私人客房的浴池呈現。」警莊山莊的客房當然沒說的，房間陳論古雅，而浴池，在我感覺，似乎追求著一種「茅椽不斫」的古樸美，比較於古樸，漾館實在太豪奢了。這家溫泉館，是沒有大池的，浴池全都在私人客房之內。走進客房，一張大床，燈光可以調節爲柔和的，也可以調成熾熱的。沙發和茶几的設計，完全是出於泡澡後休閒的考慮。浴室部分，用厚厚的毛玻璃和房間隔開。浴室又分成兩間。我們說兩間，而不說兩小間，是說這兩間的面積都有足夠的寬敞。前邊一間，是淋浴沖澡，後面一間是浴池。浴池並不比警光小，而以豪華稱。溫泉的進水孔是形的，開關別致。和我同來的兩位蒙古人民共和國的教授，爲浴池的進水，摸索了好一陣子，最後還得找人的幫

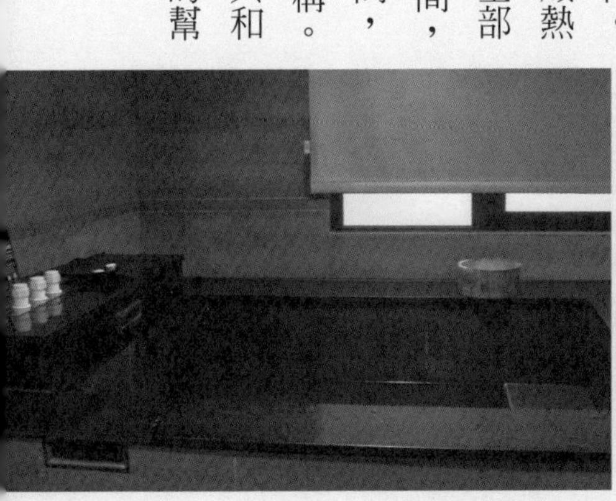

漾館客房的溫泉池

淡水的漾館

忙。這個叫漾館的溫泉館爲遊客想得十分周到，浴池進水開關邊上相擺上兩盞粗粗的臘燭和火柴。試想，滅了電燈，點燃臘燭，那將營造成出一種怎樣的情調？溫泉的水質當然也是沒說的，不然何以百年來吸引這麼多的遊客，不然何以建造成出這許許多多、大大小小的溫泉館？這家溫泉館的高雅還在於它的服務。餐廳在二層，餐費是含在客房費用裏的。客餐也是單份的，要素要葷，要海產還是肉類，或是豬、或是牛羊，各隨己便。服務生訓練有素，優雅，彬彬有禮。餐廳經理還特地送來一瓶法國紅葡萄酒，讓客人興意不盡而捨不得離去。

台南臺北的溫泉固然讓人流連，介於臺南臺北的新竹五峰鄉清泉的溫泉，也應記上一筆。這是一般遊客很少到的地方。一九四六年，張學良將軍被幽禁在這個人跡少至的山坳裏，長達近二十年之久。張將軍的故居多年前已經毀於山洪，在他的故居遺址旁，溫泉還汩汩地往地上冒。在距張將軍的故居遺址約二百公尺的地方，臨溪興建了一座三層的木質溫泉館。溪流緩緩林館下流過，河床很寬，亂石磊磊砢砢，不知何年何月從山上被沖刷而來的。與溫泉館隔一條小路，上二十多個石階，便是三毛的小木屋。四周都是高山，林木豐盛茂密，十二月底臺灣中北部的天氣，秋意正濃，步道小徑、屋瓦庭院，亂散著薄薄的一層紅葉。走在搖搖晃晃的吊橋上，可以看溫泉館底層熱氣騰挪，影影綽綽。溫泉館上層是餐廳，二層是單間和更衣室，底層是大池。對於大池，我有一種警戒，以爲就像澡堂那樣，一個個擠得像做冰棍似的，然後拼命地搓泥。寒冬臘月，在從前沒有熱水供應的年代，我

也寧可用冷水沖澡，也不願意踏進那個地方。社會是進步的，也許現在的情形已經大有改觀。清泉的大池，設計雅致，一邊臨河，一邊靠山體，河岸的這一面砌上磨去棱角的石塊，有種本來如此在天然感覺。除了山體的這一面，大池沒有牆體，只有數根圓木支撐整座樓房，明亮通透，半露天式的。大池比想像的乾淨得多了，水質透明，溫泉順山勢流入池內，又流出池外，泉水是流動的。池中及四周，都鋪著大大小小的鵝卵石。池由淺入深，邊上可坐可半躺，池中則可站立。有些地方水燙些，有些地方溫和些。個人池價高，又限時，大池價不太高又不限時。一個池也就那麼六七個人，都必需著泳裝。有老有少，各得其所，我和新竹的朋友吳國雄先生，在池中隨天南地北閒聊，泡得渾身發熱，就上岸吹吹風，然後再次入池。午餐在三層，一人一個小火鍋，餐後，每個人又吃了個從九百公尺高山上買來的大紅柿子。

臺灣四大溫泉，泡了兩個，參觀了一個。再上陽明山浸泡，似乎不難。四重溪會有點難，還得規劃一下。除了四大溫泉美名在外，還有許多一泡的溫泉，像神秘的清泉，知道的人不是太多，還有不少我也是不知道的。看來，還得和臺灣熱衷於泡溫泉的朋友商量一下，製作一個臺灣南北溫泉地圖，以便按圖索驥，並且公諸於同好。

二〇〇九年七月二十九日

郭元益糕餅博物館

——東吳手記之二十五

臺灣，博物館林立，最著名的莫過於臺北故宮博院。此外，台中自然博物館，高雄的科技博物館，規模都相當的宏大。專業博物館，如北投的溫泉、新竹的電影和玻璃、臺北縣的風箏、三義的木雕、花蓮的七星黑柴魚博物館等，都令人眼花繚亂，應接不暇。私營博物館方面，與故宮博物院相對的是順益臺灣原住民博物館，還有臺北士林的郭元益糕餅博物館和位於台南科技園區內的奇美博物館等，都是不能不看的。奇美博物館以西洋畫和西洋雕塑、古樂器、兵器的收藏爲其特點。奇美博物館的中國藏品收藏原則之一是「中國的東西應保存於當地」，因此該館收藏的中國文物，沒有一件是從大陸或者香港購買的，無一例外都是從外國人手上買回來的。原本，這篇文章想寫的是臺灣私營博物館，分別寫原住民、糕餅和奇美，爲自己知識和視野所限，同時也爲了把文章寫得更集中些，只好放棄原住民和奇美兩個館，而把注意力放在糕餅上。如果因此而被讀者譏爲「好食」而沒有品味，

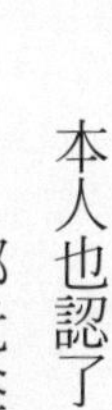

本人也認了。

郭元益糕餅博物館位於士林區文林路橋頭，我到東吳的第一個週末，士林閒步，已經初識了這個博物館，覺得非常新奇，做糕餅吃糕餅，居然還能冒出個博物館來。中秋節前夕，臺北大學王國良教授送糕餅，送的就是這家的糕餅，於是加深了印象。而參觀這家博物館卻是後的事。

郭元益，糕餅店的店名。郭延益的先祖，于清同治六年（一八六七）從漳州龍溪縣流傳村飄洋過海到臺灣，落腳的地方就是現在已經闢爲博物館的原址。當時，並沒有什麼郭元益糕餅店，他們有的只是家庭的製作，只是簡單、卻是精細的閩南傳統的糕餅工藝；有的只是一根扁擔，挑著一幅糕餅盒子，沿著大街小巷叫賣。「賣茯苓糕～」、「賣鳳眼糕～」、「賣綠豆糕～」一聲聲，或許和「酒矸倘賣無」的吆喝此起彼伏。但是，連他們自己也沒有想到，這一叫賣還眞叫賣出名堂來。一根扁擔的傳奇，成就了一家元益糕餅店的誕生。經歷了第一代、第二代，到了第三代，一九二六年元益糕餅

郭元益糕餅博物館

店正式命名為郭元益，這個店的店名一直沿用至今。一九九一年，郭元益士林新樓在原址落成。二〇〇一年，郭元益糕餅博物館在桃園楊梅幼獅工業園區建成，次年，士林郭元益糕餅博物館建成。糕餅博物館是一座九層高的青灰色牆體的大樓。底層是糕餅預訂的門市部，門市部分為前後兩區，前半區陳列著各色各樣款式的糕餅，後半區是影樓部，預約拍婚紗；二層前半區為博物館糕餅展區，可以零售，後半區是辦公地點；三層前半區是親子活動廳，後半區是小朋友動手做糕餅的地方；四層是博物館。

平心而論，這個私營博物館在臺灣是一個很小的博物館，很不起眼的博物館，遠非奇美或順益原住民館可比。但是，糕餅雖非每天必須食用的食品，但是，有誰沒有吃上幾次糕餅？誰家的紅白喜事沒有用上糕餅？中國人重視傳統的節慶，哪個節慶又離得開糕餅？如此說來，糕餅又關乎大者。

郭元益的糕餅之所以出名，首先得益於它的工藝。做工精細，品種繁多，不同的人群可以選擇符合自己口感的糕餅，外觀小巧精緻，包裝大方，華素得體。隨著時代的發展，部分年輕人的口味和審美觀念已經大大不同于父輩，郭元益的工藝也在不斷改進。東方，他們吸收日本的工藝；西方，吸收法國的工藝。這樣，喜歡傳統工藝的長者或文人雅士，他可以吃到很傳統的閩南糕餅，喜歡日本口味的有日本的口味，喜歡西方的有法國的口味，再加上新潮婚紗的服務，我們可以看到這家食品業經營的變遷，看到它的發展。百年老店，

固然是種優勢，但是如若整天把「百年」掛在嘴邊，不思進取，不順應時代的潮流，「百年」也許將成爲一個包袱。

如果說，拍婚紗同時訂購婚慶的糕餅，或者是訂購婚慶糕餅同時拍婚紗，順應了年輕的一族，那麼，親情互動，快樂學習，又吸引了小朋友和他們年輕的母親。這項業務的推出，是讓小朋友自己動手，快樂學習。工廠把麵粉或米粉和好，工廠的老師先講解原理，小朋友利用模型，或者憑自己的興趣，做出自己的糕餅作品，然後再加以烘烤，一件成品就問世了。我問經理，怎麼收費，他說每位小朋友新臺幣一百元；如果用午餐，外加四十元。臺灣的盒飯，一般在七十－一百元之間，學校賣的，最便宜的也要五十元。這樣收費，成本不一定保得住，但是好處是，小朋友自己動手了，學到了製作糕餅的知識，同時也從小認准了郭元益的品牌，在今後漫長的人生中，他可能反復不斷地到這家食

品企業消費，不僅自己消費，可能還會影響到他的家人和朋友，這對於一個企業來說，其受益也絕非是一時或一次的買賣。

這個博物館有三個區，一是郭元益糕餅世家一百多年來的歷史演變，結合企業的演變，重點介紹世代糕藝、糕餅發展、喜餅的演進。這部分陳列了許多早年製作糕餅的工具，特別是各個時期的種種模具。第二部分是人生各個階段與糕餅禮俗介紹，按照閩南人的習俗，一個人從生到死，各個時期的禮俗，大多都離不開糕餅，尤其是婚俗和喪葬祭典的風俗。這一部分，把成婚與糕餅禮俗之間的宣染到極至。我說的「極至」，不是誇大或者誇張，而是在諸種禮俗中，展覽者有意加以突出。一般說來，結婚是人們一生中最捨得花錢的經歷之一，博物館製作了古人成婚的實景，經理說，婚俗有「六禮」，例如提親的納彩禮，問姓名禮，相親禮，訂婚禮，訂婚期禮，迎親禮，每一次用糕餅都有一定的規矩，有的是上古傳一直傳下來的禮俗（例如《儀禮．昏禮》中說的「納采」、「納吉」、「納徵」、「納期」等，種種的「納」，其實就是送禮），又有閩南的禮俗。現代社會喜言「文化」，那麼，糕餅文化是什麼？婚俗的「六禮」與糕餅習俗的聯繫，就是一種文化，也即糕餅文化。現代人，很講時尚，有時又非常的傳統，唯恐被人視爲粗俗，因此又要講究傳統，成婚這等大事，講點禮俗也很有必要，「六禮」是不一定要遵從的，訂婚、成婚發個喜餅，誰個能夠免俗？

另一個部分是節慶與糕餅禮俗。過春節有年糕、麻米佬，清明有草仔粿、中秋節有中

元糕和狀元餅、重九有粟糕……清初，侯官（今福州）人許遇《家山雜憶》其中一首是寫清明的：「村童歲歲來分餅，似較兒孫熟墓田。」自注：「清明多載墓餅，近村童稚扶攜百十而來，謂之乞墓餅。」閩南舊俗，大抵的福州相同，清明上墓，也是要帶許多墓餅的。咸豐、光緒間，閩縣蕭寶芬韻秋《鷺江竹枝詞》有兩首是寫中秋餅的，一首寫重九粟糕：「插萸佳節樂陶陶，鄉味千家賽棗糕。」自注：「重陽，家家炊粟糕。」（《炊粟》）鷺江，廈門的別稱，廈門地屬閩南，咸豐、光緒間正是郭元益糕餅草創的時期。郭元益糕餅發展的一百多年來，正是適應了這種民間的節慶，抓住每一次的商機，終於發展成爲今天現代化的糕餅企業。

在我們參觀博物館之前，經理和我們小談，他讓員工端來一盞烏龍茶，白色的瓷甌，金黃透明的茶水，另外配一小盤「細路」點心，點心只有兩個，一個是圓形的，另一個是方形的，盤子也是白瓷的。點心是用來品嘗的，不是爲了果腹。入口慢含，香酥細膩，口舌具爽。在整個參觀過程中，經理自己充當講解，在引導和講解過程中，沒有一句推銷的、或者讓人覺得是廣告的話語。在參觀和聽講解的過程，我們還體會到了郭元益經營的雅量和氣度，所有的展品和講解，沒有一處是貶損同行的，相反，博物館還有一大張臺灣糕餅地圖，標示著臺灣有影響的糕餅美品，其中包括我曾經光顧過的南投鳳梨酥。經理也不止一次稱讚過他們的美品。郭元益是充滿信心的。參觀之後，到了陳列室，有一種不選購也難的衝動。

上次到鹿港，看到另一個百年老店玉珍齋，也有類似的衝動，但是這一次是參觀了博物館並且品嘗了之後，似乎欲望更加迫切。我覺得，買到手的不僅是幾盒的糕餅，而且是可供觀賞的藝術品，同時還得到了別處很難尋覓到的糕餅的文化。我很滿足。

經理把我們送到大門口，剛才入門時沒有注意到的一幅大招貼畫現在顯得很醒目，左面是老房子，右面是新大樓，一行大字：「一口郭元益，一份中國情。」我對經理說，歡迎你到對岸辦分店，我一定是你的好顧客！經理笑著對我揮手：一定！

二〇〇九年七月二十九日

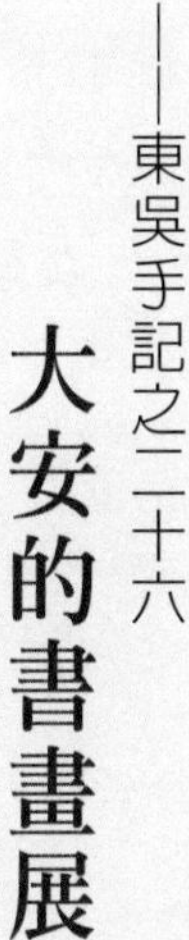

大安的書畫展

——東吳手記之二十六

臺灣的學術活動和文化活動比較頻繁。學術會議、講演或聽講演，都是學術活動。文化活動，例如文化沙龍，畫展、書法展以及圖書的首發儀式，都是文化活動。

三月間，我到銘傳大學參加建校五十周年慶典活動，和作家楊樹清通電話，他讓我儘快趕到龍泉街舊香居。舊香居正在舉辦三十年代舊書刊的展覽，同時有一個文化沙龍。龍泉街，是臺灣師範大學的學生街，雖然還是下午四點多鐘，計程車只能開進一小半，就進不進了。舊香居，店面古雅樸素，店內書櫃頂天立地，乾淨整潔。展室在地下層，搜集近千種八十年前的舊書刊，要臺灣絕非易事。來了四五位文友，包括從台南成功大學趕來的、寫過《作家群與五十年代臺灣文學史》的應鳳凰教授。在學生街用晚餐，隨後到附近的茶室喝咖啡，很隨性地談三十年代的文學。

金門作家黃振良先生知道我已經到了臺灣，特地從金門通知我，九月二十六日金門縣文化局將在臺北舉辦一場金門作家新著發佈會，說李炷烽縣長也會到會場。一看課表，不行了，週二我有六堂課，一周我上十堂課，六堂是週二，走不開。

十月和十一月，還有些活動，都被我錯過了。十一月下旬，樹清兄來電，說十二月八日，有「楊樹森漂木畫展」讓我一定要去，樹森是他的哥哥。八日午餐後，我就去了門，乘捷運到和平東路，過臺灣師範大學，二段二十九號很快就到了。展館馬路的另一側，就是大安森林公園。和平東路二段，也是鬧市區，鬧市區中居然有一個森林公園，令人驚詫！時間還早，乘便逛逛森林公園也不錯。公園門口，懸掛著「二〇〇八臺北花卉展」的牌子。走進公園，樹木高大密集，形成東一片西一片的林子，和我們通常想像的一進入樹叢就會迷失方向的森林可能還有點距離。不過，高樓林立的城市，有這麼大片的林子，並不多見。林子和林子之間，有亭台、草地，還有一個大的音樂池。時節已經進入冬天，而臺北卻仍然只有秋意。這一天，天氣暖和，陽光很好，公園內隨處可以見到坐在輪椅上，由菲傭或印尼傭推著出來曬太慢的老人，他們安詳地坐著，觀看過往的行人和嬉鬧的小孩，以及天上的飛鳥。公園還有一個不算太大的湖泊，三、五隻從北方飛來過冬的候鳥正湖上的假山梳櫛著羽毛，吸引過往遊人駐足觀賞。

二段二十九號，一樓和二樓是展館。臨街，過往的行人經過，就知道這兒在辦展覽。樹清兄說，這個地方是文化人小規模的聚集場所，經常舉行展覽、沙龍什麼的。門前素雅，

沒有過多的裝飾，擺放著幾個祝賀的花籃，還有不大的「楊樹清漂木畫展覽」招帖廣告，一半印著展品中的代表畫作，一個女人的半身像，她的頭靠在右肩，裸露右臂、右胸，左臂、左胸所處的位置正好是漂木殘缺處，沒能畫出來，也不可能畫出來，畫家根據漂木的自然形態，加以構思，整幅圖是完整的，由於質地的原因，留有讓讀畫者很大的想像的空間。漂木不是人工采劃的木頭，它們在山上，在森林中，或因爲樹木衰老幹枝轟然倒下；或因爲雷電襲擊老枝斷折，一場或幾場山洪，把山上林中的樹木樹枝沖到河谷，又沖出河口，沖入大海，海浪海潮又反它們卷到海岸。於是，海灘上滿是慘不可睹的樹木樹枝的殘骸。這就是漂木。漂木大多的是名貴的硬木，如檜木、檀香木等。漂木帶有天生的奇形怪狀的形體，因此引起漂木雕刻家和莫大興趣。臺灣東北角風景區專門建造了一座漂木雕刻博物館。漂木形狀特別，質地的顏色也和一般的原木不太一樣，偏暗，多褐色。高明的漂木畫家也會充分地利用這種自然的色澤加以創作。楊樹森的這幅畫也是這樣，畫面的左側除了殘缺，色又偏于黑褐，和右側恰好有一個明顯的對照。這幅廣告下有幾行廣告文字：秋冬之際／漂木因爲濃烈的色彩而溫潤／因主斑駁而繽紛深邃／森林因此眾聲喧鬧／暢懷笑開了起來／熱情的邀請了你／恭請蒞臨指導。下方寫著展期、時間和地點。

走進展廳，燈光明亮柔和。展品不是太多，可能只有二三十幅，幅幅精美。廣告上的那一幅，題曰《月娘》。實物比照片的好，漂木黑褐色的自然質地，襯托出女人皮膚的白晰。

加上畫家對右臂右胸的誇張，似有一種特別的神韻。另一幅，漂木的下半部分很像是一條木船的船底，有幾條波浪式的紋理，有點絕的是船底部還有若干斑點，像是寄生的殼類。漂木右上與船體相連，船上畫著一對情侶的頭像，畫家以誇大的手法，讓情侶的頭像佔據了船體二／三的空間。其他如《暖》、《邂逅》、《美麗境界》、《等候》、《生命街》、《書拉密》、《花枝的禱告》、《長路將盡》等，都頗有創意。外行人看畫，有如隔岸觀火，霧中看花，畢竟隔著一層，我是第一次看漂木畫展，覺得很新奇，對楊樹森先生的高超藝術非常欽佩。

這一天是開幕式，應邀來參加的還有的詩人洛夫（寫過《石室之死》）、菩提，作家黃克全、楊樹清以及其他金門鄉親如施志勝等。

二〇〇七年匆匆地走過去了，二〇〇八年悄然到來。元月五日，龔鵬程教授書法展還是這個地點舉辦。龔鵬程教授祖籍江西吉安，一九五六年生於臺灣。獲臺灣師範大學國文研究所博士學位。曾任淡江大學文學院院長，臺灣南華大學、佛光大學創校校長等職。二〇〇四年起二〇〇四年起，任北京師範大學、清華大學、南京師範大學教授。龔教授素有「才子」之稱，他研究領域廣泛，大凡中國古代文學、歷史、哲學、宗教，無不涉獵，著作頗豐。舊體詩詞，老到圓熟，自成一家。不過，我沒有想到龔教授的書法也這麼好。我以為，當代的文史哲學者，看他是否具備中國傳統文人的素質，古典詩古文詞及書法，似乎是一個分野。我素來對精于詩古文詞及書法的當代學者有一種發自內心的欽佩之情，對龔鵬程教授也不例外。

這天下午，我到得早一點，參加了開幕式。開幕式可能有百把人，有龔鵬程教授臺灣師範大學的老師、朋友，還有來的客人有詩人管管、畫家夏丹（許玉音）、天衛文化圖書有限公司沙水玲、佛光大學助理教授朱嘉雯、唐山出版社陳隆昊、蘭台出版社盧瑞琴、中央大學文學院院長李瑞騰等先生和女士。龔教授個子不高，身穿一件漢裝上衣，儒雅中透露出幾分剛毅。

樹清兄讓我在開幕式上也講幾句話。我說，久仰龔先生大名，沒有想到初次見面是在這樣一個特殊的場合。在今天這個開展儀式上，只有我一個人是來自大陸，雖然我只能代表我個人，又認識了這麼多的前輩和朋友，何幸之有！我向龔教授表示祝賀，祝願展出成功！龔教授的師友有好幾位發言。我聽得出來，龔教授在臺灣有許多喜歡他的人，也有一些不太喜歡或者不喜歡的人。爲什麼不喜歡或不太喜歡，因爲他太過於率眞，甚至在一些特定的場合，例如和至朋好友在一起的時候，他是個性情中人。率眞、性情中人，他的某些想法或做法，有時也會有與常人不同的地方，爲一些人「看不慣」。凡是讀過一些中國古書的人，都知道率直、疏狂、性情中人，其實都不足爲怪。或許龔先生一時有不得意於心者，或許是一時興之所到者？「竹林七賢」的阮籍，駕輛車子，不由徑路，途窮大哭而返。也是「七賢」的劉伶，常常喝得酩酊大醉，還寫了一篇來頌文來歌頌「酒德」，並對僕人說，你扛把鋤頭跟著我，我倒地起不來了你就隨地埋掉。王子猷在一個大雪天的晚上突然想起好友，連夜乘船趕到山陰，友人戴逵的家就在眼前了，出人意料，王子猷說，興頭已盡，咱們回去吧！陶淵明分明不會彈琴，家裏偏偏掛著一張無弦的琴。朋友來看他，他說，請先回吧，我得先睡個覺。諸如此類，在當時或許為禮教所不容，數百年後，已經成為文壇佳話。「我的人格與精神狀態本近于遊者。莊子《逍遙游》一文正是我治學入機之處」（《游的精神文化史論・自序》），龔鵬程教授說的雖然是治學，為人處世何嘗不是如此？師友發言講到鵬程教授的一些小事，含有婉勸的意思，在我聽來，諸如此類，數十年後，如果有人將它寫出來，豈不也是一段又一段的佳話？有誰還意於當日的社會風尚、宗教禮俗？

一樓的展館展出鵬程教授的書法作品數十件，有中堂、小幅、卷軸和扇面，字體多為行書，有少量隸、篆。行書飄逸如其人，隸篆謹嚴好似他的學術。書寫的內容，有集古句或古人詩詞，也有自己的創意。中堂如：「創無

作者與龔鵬程教授（右）合影

涯生業，作不朽文章。」「擁瓣蓮三千畫舸顰移花扶人醉，度清商一曲小樓重上秋與雲平。」偶然也有書寫自己的詩作，《游陽明山》詩雲：「我爲傷故里眞惘惘，猶來三千落花中。櫻回殘馥消清氣，夢浸餘痕染酒紅。嚄唶兵聲渾不覺，沈綿春事已空濛。蓬山密意香塵在，坐看縱橫太古風。」落款爲「丁亥春中寫之一時惘然如夢寐焉　龔鵬程」。

展廳有茶、咖啡、小糕點和水果，觀賞之餘，詩朋書侶還可以坐在沙發上交談和交流心得。參觀是免費的。龔鵬程教授著術甚富，展廳一角出售他的新著三種（其中一種是齊魯書社出的），已經設計過數千種圖書封面的設計家金門人翁翁，跑到櫃檯前購書三冊，並請龔鵬程教授簽上名送給我留念。

這次參觀，由作家楊樹清先生牽線，施志勝君從午間起一直陪著我，會了老朋友，認識了新朋友，是一次難得的、也是難忘的文化活動。

二〇〇九年八月三日

銘傳大學印象

——東吳手記之二十七

二○○五年元旦，金門建縣九十周年暨世界首屆金門日在金門縣舉辦。我有幸在故鄉會到許多鄉親，陳德昭教授便是其中一位。陳德昭教授的身份是銘傳大學應用語文學院院長兼金門校區主任。認識了陳德昭教授，因此也才知道臺灣有一所私立大學叫著銘傳。

銘傳大學，系用臺灣首任巡撫劉銘傳的名字來命名的。劉銘傳（一八三六－一八九六），安徽肥西縣人。一八八四年，中法戰爭爆發，時任福建巡撫的劉銘傳先後在基隆和淡水滬尾炮臺大敗侵略軍。我到基隆港看海，到淡水灣登滬尾炮臺，每每想見其人。一八八五年臺灣建省，清政府任命劉銘傳爲臺灣巡撫。一百多年來，劉銘傳在臺灣人的心目中留下深刻的印象。大學取名銘傳，既是爲了紀念首任巡撫的治臺，又有表達了對先賢的崇敬之意。

二○○七年三月，當時我在獨立學院任職，有幸應邀參加銘傳大學建校五十周年慶典

暨第二屆兩岸大學校長論壇。銘傳大學始建於一九五七年，取名「銘傳商業女子專選學校」，一九九〇年改制爲「銘傳管理學院」，一九九七年升格爲銘傳大學。建校五十年的慶典之年，恰逢銘傳的創辦人包德明博士一百周歲，慶典的會場上，當創辦人坐著輪椅緩緩推進會場時，在場的人全部肅立，屏住呼吸，當字幕上打出「永遠的包校長」，掌聲雷動，熱情的校友向她敬獻鮮花，現任校長李銓博士——也是包創辦人的公子代爲致辭，場內一些女生因喜悅、因崇敬，激動得淚濕粉面。早年的校友不會忘記「眼淚與鞋子上泥巴」的往事。有幾個學生因爲到圓山飯店去看來自香港的明星蹺產自了課，創辦人爲她們還不懂得珍惜學習機會而心疼得掉淚；學校草創之初，四處泥濘，創辦人的鞋子沒一天不沾滿泥巴，週會，她還脫掉高跟鞋，站在板凳上給學生講話。包創辦人以「人之兒女，己之兒女」的襟懷辦學，五〇年間，惠澤遍佈世界五大洲的數萬學生。

李銓校長溫文儒雅，畢業於美國加州大學，獲教育管理學的博士學位，講了一口流利的美式英語。李銓校長的新著《大學的變革與發展——銘傳從女子專科邁向國際大學的蛻變》，五南圖書出版公司，二〇〇七年版）剛剛出版，只要看此書的題目，就知道李校長辦學最重要的理念，就是要把銘傳辦成一個國際化的大學。對外國留學生來說，他強調的是華文、華語教授學；對中國學生來說，他強調的是英文、英語。我參加過李校長在圓山飯店舉辦的一個晚宴，因爲有外國人在場，從他開始，到副校長、處長、院長，以至學生及表演藝目的演員，全部講英文，而且沒有中文翻譯。而留學生則全部講中文，不講英文。銘傳大學在臺灣私立大學中，首創國際學院，來自世界五大洲的留學生數在臺灣所有大學中排名第三，私立大學中排名第一。令人驚訝！其次，李校長預見，兩岸大學的交流不管將來政局走向如何，勢在必行。校慶期間，我在應用語文學院演講之後，兩名大陸交換到銘傳的學生跑來和我合影，一問，他們來自武漢大學中文系。其實，陳德昭院長被聘為武漢大學兼職教授更早在九十年代。數年前，我還在文學院任職，陳德昭院長也曾帶一幫教授前來交流。陳院長和福建高校的交流，據我所知，還有廈門理工學院、福州技術職業學院等。校慶這一天，即將被推舉為中國國民黨主席的吳伯雄先生也來祝賀。李銓校長還請大家觀賞銘傳的「啦啦舞」大賽，桃園校區的田徑場一時火辣勁爆，年輕人的熱情高漲，充分展現了一所學校朝氣奮發向上的精神風貌。「銘傳金釵」的美稱，不知始于何年，數十年間，名聲在外，一屆又一屆的學生畢業了，幾十過去了，「銘傳金釵」的名聲猶在。銘傳，她又是一所活生生的、秀外惠中的學校！

時隔半年，我來到東吳，這次時間較長，讓我有機會跑遍銘傳三個校區（金門校區不在其中）。臺北校區在劍潭。臺北校區旁依美麗古典的圓山飯店，校區前面就是捷運劍潭站，跨過劍潭站步行十多分鐘，便到基河校區。臺北校區依山而建，地勢在點陡峻，所有的建築都掩映有綠樹叢中，不仔細辨認，看不也綠樹叢中的校舍。十年前，我在劍潭住在青年會館與銘傳近在咫尺，依稀可見枝葉中的建築，由於無人引導，怎麼也想像不出這裏還藏著一所大學！校區的最上端是逸仙堂，背後樹林成片，從山下往上看，還有點險要。這是一座規模不小的會堂。逸仙堂前有一長排的欄杆，站在欄杆邊上俯瞰，基隆河銀光閃耀，捷運的軌道就在腳下不遠的地方。南望中山北路，一直延伸到臺北市的中心；北望，陽明山隱隱約約藏身雲間。圓山飯店位於它的側後方，被峰樹遮檔，在視野之外，但是，如果有興致，下坡出校門東南行，恐怕也只有十五分鐘的路程，難怪早年有學生蹺課跑到那兒去看明星，路程實在太近了；不過，新世紀的學生再也不是四五十年前的學生，再也不會有人蹺課跑去看明星了。

基河校區，離臺北校區很近，是銘傳在基河路新購的一幢鬧市區的大樓。推廣部、學生實習旅館等都辦在這兒。我還在實習旅館住過，旅館設施一流，裝備全新。我住的是普通客房，還有日本式或西式的房間。我入住時，值班的是旅遊系大一的學生，無論男生女生，態度都誠懇可愛，只是辦事還比較生澀。從大一到大四，還有三年多的時間，如果三年後還有機會住到這兒來，再看到這幾個學生，或許他們對業務已經相當熟悉，等到他們走上社會，如果還在客房部，一定是很老練的員工了。有一天下午，藝術中心主任黃建森教授領著我來基河校區參觀，走著走著，他突然駐足觀看牆上法學院教員的介紹，我問黃教授，你看什麼。他說：你看，這裏有兩位教員在西南政法學院獲得博士學位。據我所知，銘傳在大陸獲得博士學位的絕不止這兩位，例如陳德歸院長的公子，服務于銘傳的國際處，他還是中國人民大學的博士呢！陳院長對人大的教學，總是讚不絕口。

基河校區雖然住過，但早出晚歸，瞭解不多。銘傳的重頭，當在桃園校區。這個校區坐落於桃園縣龜山，一九九四年第一批校區建成。現在這個校區有十幾幢大樓，兩座體育館，還有其他設施，展現出一個現代化綜合大學的基本風貌。到這個校區，大多是因爲陳德昭院長和藝術中心黃建森主任邀請。陳院長領導的應用語文學院有三個系，即應用中文系，應用英文系和應用日語系，三個系分別有三個教室，每個教室都是按照各自的專業來設計的。如中文教室，有鏤空的雕花屏風，可以書寫毛筆子的大臺子，臺面上擺著文房四寶以及圖章、八寶印泥，靠牆處陳列著明清的青瓷（並非仿造成品）和少量出土文物，有意營造古代讀書人的環境。日本語教室，擺設全部是和式的，陳院長帶我去參觀，正好下了課，老師學生剛脫下和服，整理著坐墊。教室的櫃子，陳列著偶人、日式紙扇等小擺設。我想，這大概就是情景教學吧！銘傳中文系的教授，除了陳院長，我還認得徐亞萍主任、江惜美、

陳溫菊、徐福全、陳成文等教授或副教授，文學院辦公室的楊秀芬小姐，替我辦過很多事，也是熟人了。

陳德昭教授的職位是應用語文學院的院長，還兼金門校區主任，本身還要爲研究班授課，並且兩個星期要飛金門一次，爲該校區的學生授課，週五晚上西飛，周日晚深夜飛回，週一上午照常出現在桃園，我非常佩服陳院長的敬業精神。黃建森教授也是身兼多職，他是經濟系的教授兼主任，還兼藝術中心主任。銘傳的藝術中心搜集了一批從北周到明清的石雕或木雕像。我覺得有些奇怪，黃教授的專業背景是經濟學，爲什麼又兼藝術中心主任（準確說，是藝術中心主任兼經濟系主任，中心主任是一級主管，和院長平級，系主任是二級主管），原來，中心相當多展品是黃教授的私人藏品，他從家裏搬了來，充實了這個中心，並且，黃教授本身對藝術情有獨鐘，藝術修養一點也不比專業人士遜色，加上他的熱心，校方的用人，可以說是人盡其材了。陳德昭院長、黃建森主任，十多年來往返臺灣與大陸，恐怕有四五十趟甚至更多。陳院長稍年長，黃主任說，都是陳院長領著他去的；陳院長則說，是結伴而行。

我在東吳期間，得到陳德昭院長很多的照顧。陳院長實在太忙，我聽說，從金門校區回臺，次日早在前往桃園的校車上，他總是不知不覺

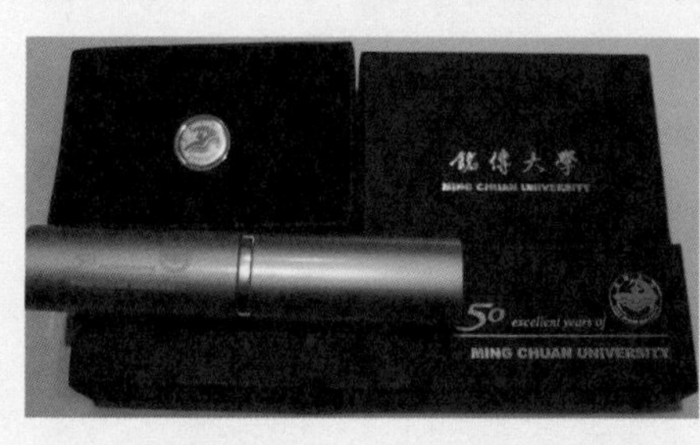

地睡著了，太累。不過，一到學校，精神又來了。他交待推廣部的吳惠巧主任多多和我聯繫，讓吳處長直接幫助我。吳處長是臺灣師範大學政治學的博士，在英國劍橋待過兩年，到過幾十個國家，見多識廣，很能幹，曾任銘傳校友總會會長。吳處長說，陳德昭院長是老銘傳，像大哥一般地關心她，陳院長交代他辦的事，他一定得辦好。我到新竹、宜蘭等地的旅行，都是她安排的。吳處長做什麼事，都像在大企業上班那樣，先要做好計畫，有文案，幾點幾分上車，幾點幾分在什麼地方用餐，井井有條，一絲不苟。那天，我和黃建森主任去基河校區看她，沒有預約，她正好在開會，不能脫身，讓秘書出來表示歉意，讓我們先喝喝咖啡。吳處長是有心人，抱了一大堆諸如臺北捷運的吃和玩、高鐵沿線的旅行等圖文並茂的圖書，讓我臥遊一翻。

我要離開東吳了，有些眷戀，同時對銘傳也很眷顧。臺灣的大學，可以說，除了東吳，銘傳是我最熟悉的大學了，走進應用語文學院的辦公室，從秘書到助教都認得我，資料室也可以隨便進去看書。在應用語文大樓上下樓梯，居然也有學生喊我老師，可能是面孔太熟了吧！

（本文是《東吳手記》中的一篇）

附記：銘傳大學創辦人包德明博士于二〇〇九年初逝世，享年一百零二歲。

東吳的教學

——東吳手記之二十八

二〇〇七年三月，我到銘傳大學參加該校建校五十周年校慶暨學術研討會，研討會期間，還應邀請前往臺北大學古籍所、東吳大學中文系作了兩場演講。東吳大學中文系主任許清雲教授說：東吳和蘇州大學是姐妹學校，東吳中文系聘請蘇大中文系教師當客座教授已經好幾年了，今後，我們將嘗試聘請蘇大以外的大陸教授來客座。他說，第一年，我們想聘你和北京師範大學的郭英德教授（泉州人），每個人上一學期的課，不知你的想法如何？

東吳大學，一九〇〇年創辦于蘇州市，一九四九年之後，先後更名爲江蘇師範學院、蘇州大學。一九五一年，部分校友在臺灣復辦東吳大學。這便是臺灣的第一所私立大學。現有外雙溪和城中兩個校區，五個學院，全日制在校生一萬多名。東吳還兼管

外雙溪錢穆故居和陽明山林語堂故居。

四月八日，東吳中文系寄來一份徵詢公函，和不多的一些表格，並開列授課科目：

古典文學批評（二學分）；

楚辭（二學分）；

中國古代文學專題研究（碩、博士班三學分）；

中國古代文學專題研究（碩士在職進修班三學分）。

上課的科目都要有大綱，同時要上傳一份電子文本掛在東吳的網上，讓同學流覽或選課。

七月六日，東吳大學寄來有校長劉兆玄先生簽章的正式函件盛邀，並附有他簽署的聘書。聘任時間：二〇〇七年九月一日至二〇〇八年一月三十一日。由於受限於兩岸關係，學校正式上課時間是九月十七日，學期結束是一月二十一日，後來寄給我的入境證是一百二十七天，就是根據學期安排計算出來的。一月中旬，結束功課，學校要我寫一份簡單的小結，我提了一條意見，大意是說入境時間計算未免過於呆板。九月十七日，週一，我恰好沒有課，如果有課，到達東吳已經晚上（須繞道香港），肯定上不了課。最後一周，如果考試是週四或週五，判卷登分，未免太趕，整理行裝就更沒有時間了。

寄來的文檔中還有一份整學年的「行事曆」（相當於校曆）。這份行事曆，無論對教

員或學生，都是十分重要的。一個學期，共十八周，上下學期都一樣，我想，不僅是本學年如此，每一學年應當都是如此。第九週期中考，十八週期末考，上下學期都一樣。行成規矩，年年如此，學生、教員都好記。除了週六、日，哪一天放假，也是標示得很清楚的。九月二十五日中秋節，星期二，放假一天，二十四日調休。有這份行事曆的明確規定，無論是學校還是系，都不會另行通知你，你按此行事就得了。期中考和期末考，教務處會通知教師，通知的內容不是說某週要考試，而是說試卷最遲某日上傳，試卷某日到系領取，考試登分上傳的截止日期。行事曆還會通知學生，選課清單網路確認截止是十月八日，十月二十六日是休退學學雜費退還三分之二截止日；十一月七日是退還三分之一裁止日。此外，還有辦理學生休退學截止日；還有會議的日期，如教務會議、學生事務會議，總務會議等等。行事曆設計，一個學年，一張紙，正反兩面而已。

東吳大學是一所教學型的大學，儘管這所大學有六七個研究所可以招收博士生（相當於大陸六七個一級學科博士授權點），二十幾個所可以招收碩士生，但是其辦學的目標是臺灣地區一流的教學型大學。它的教學管理是很嚴格的，首先是課時，專任教師中教授每週八節，副教授、助理教授九節，講師十節，都是必須完成的。爲了確保專任教師把主要精力投入到本校的教學，在校外兼課以每週四節爲限，且要事先報告。專任教師上課期間，校系對請假控制很嚴，參加社會活動是不能准假的，學術會議一般也不准假。十一月間，我和許主任準備同行到彰化明道大學參加他們召開的唐宋詩詞研討會，許主任一看課表，說：不行，我得上完晚上第九、十兩節課才乘夜車到台中，你先走好了。他還說，我們要求老師不要隨便調課，自己也應帶好頭。半期考和期末考，都是隨堂考試，不另安排時間和教室。主考就是任課教師本人，有助教協助。半期考，萬一主考要請假，可以請人代替，但是必須是講師以上的教師才有資料格；期末考，主講教師必須自己到場。

中文系辦公室有一位秘書，四五位助教。助教助教，就是協助教授教學的幫手。他們分工大體上是這樣的，一個管碩博士班，一個管日間部（全日制），一個管夜間部（進修班），還有一位協助秘書協調各方面的事務。東吳兩座新的大樓還在建設中，教室很緊張，一個教室一天通常要排十二節課，即早中晚各四節，助教必須在早上第一節上課前十分鐘到校，中午，晚間，晚上都有人值班，辦公室不會出現「放空城」的現象。助教都是碩士，五年

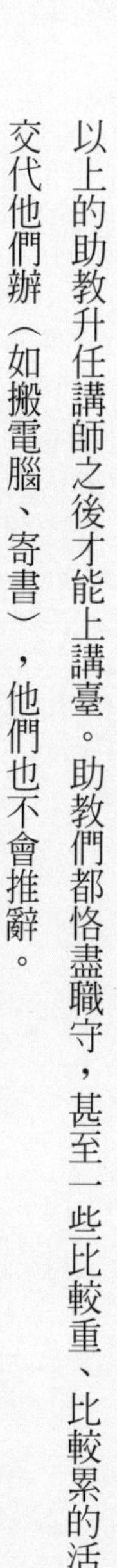

以上的助教升任講師之後才能上講臺。助教們都恪盡職守，甚至一些比較重、比較累的活，交代他們辦（如搬電腦、寄書），他們也不會推辭。

到東吳之後，系主任特別通知我，《楚辭》是要上兩學期的。就是說，我這學期講《楚辭》不能全部講完，得留一半的內容給下一任。在大陸我給本科生上先秦課，《楚辭》一般安排八節課。如果是選修課，一個學期每週三節或二節；給研究生《楚辭》課的課時也體相當。我的這門課是這樣設計的：概說；《史記·屈原列傳》；《楚辭》重要注本：劉安《離騷傳》、王逸《楚辭章句》十七卷、洪興祖《楚辭補注》十七卷《楚辭考異》一卷、朱熹《楚辭集注》八卷《楚辭辯證》二卷……共十種。重點講《離騷》。我把講義印給學生。學生問，讀《離騷》用什麼注本好？我說朱熹《楚辭集注》，排印本即可。到了下一周上課，大概三分之二的學生都帶來了《楚辭集注》。上課，我讓學生輪流誦讀，絕大多數學生《離騷》中的生僻字也讀得出來，看來是有預習的。記得第一次上課時，提到朱熹的《楚辭集注》，有一個學生在下面用不大聲音說：還有王逸的《楚辭章句》。讓我吃了一驚。

期末考試，《楚辭》課和《古典文學批評》課，都有一兩個學生整個卷面書寫工整，沒有塗改過一個字，文句也挑不出什麼錯誤。我很想把答卷留下來作紀念，但是試卷都是要上繳存檔的，遂罷。

我手頭沒有課程表，不能給出古代文學和古漢語所占課時量的確切比例，但是可以推測，這兩類課的課時數應該不會少於百分之七十至百分之八十。系裡曾經發下一張中學教師進修的課程安排表，都是選修課，先秦的重要典籍幾乎包括其中，此外，還有《史記》、《漢書》、《文心雕龍》等，三十來門的。我的課，上一堂是某教授的《元散曲》課，學生們告訴我，東吳的教學還很注重記誦，單單這門課，老師就要求背六十篇。有一天下課，有一個學生找我，要我替她在許主任那兒說情，據她說，選許清雲主任開的唐詩課，必須先背誦三百首，這位學生說，她只能背二百首，可能不夠，但是她會努力的。我雖然沒能答應她，但是還是很希望她能選上這門課的。

十數年來，臺灣高等學校的規模越來越大，錄取率越來越高，一些學校招收的學生成績很低，頗受社會病詬，我個人感受覺，東吳的生源還是不錯的。相對于本科生，研究生的生源更好。原因是控制招生規模。有一次，我到臺灣大學開講座，系主任何寄澎教授請吃飯，席間，他說，台大中文系每年招收的碩士生二十名左右，博士七－八名。他問在台大當客座的南京大學張伯偉教授，張教授說，南大中文系超過二百名。我說，不好意思，我所在服務的中文系，近年碩、博士生要招一百九十名左右，其中碩士一百六十－一百七十名。台大招碩、博士生是全臺灣最多的，像東吳這樣的學校，中文系一年招的碩士也就在十五名左右，博士更少，二－三名。二〇〇八年研究生的招收計畫，各校必須在上一年度招生數中減少百分之一，據說還要連續遞減幾年，以確保研究生培養的品質。

碩、博士生入學考試是不分專業的，入學後也不分專業或指定導師，大家都是中文系的碩、博士生，都是中文專業，修滿學分，就可以自己找導師了。在學期間不要求一定得要發表論文。但是，答辯之前，碩士生得送一篇，博士生得送兩篇，由系主任送校內外的某個教授審查，學生並不知道送到誰哪兒（我審查過三四位碩、博士資格的論文），通過後才有資料格參加論文的答辯。教授審查論文，主要不是看論文發表在哪個刊物，而是看論文的品質，有沒有創新意義，論文寫出作是否規範；教授不僅得打分，還得寫評語。我任課只有一個學期，尚未進入具體指導論文的階段。我問過碩士生，學位論文的字數有沒有要求。他們說沒有具體要來，但是一般都寫到八-十萬的，有的還更多。

碩、博士的課程少數是必修的，例如碩士必修課中有《十三經注疏》和《〈說文解字〉段注》，這些書都是厚厚的一大本，像磚頭似的。有女生調侃說：那是嫁妝呢！老師要求同學本學期內要點「十三經」中的一經。我問學生，十三經的標點本很多，會不會有同學拿一本現成的標點本照抄不誤。同學說，不會。但是，自己標完後，會找一本標點本核對一下，不能錯得太離奇。老師要求，說嚴格，算是客氣了，依我看，可能近於嚴厲。聽我課的一個學生叫吳黎溯，她選了一門「類書研究」課，期末必須完成一篇讀某部類書心得的作業，只能手寫，不能列印。她做的是《孔氏六帖》。她說發現一個南宋早期的版本，這個版本以往沒有人關注過，藏在故宮博物院圖書館。初稿完成後，她拿給我看，我提了些建議。我說，這篇文章再修改一下，發表是沒有問題的。這篇文章一．五萬字左右，修改一遍，就得手寫三萬字，如果改兩遍呢？一個學生如果一個學期選三門課呢？

碩士在職進修班有將近二十人，我這門課是各年級都可以選的，從碩二到碩四都有，所以學生多些。三節課，三個學分，學分修夠，才能進入到論文的階段。進修班的同學，都有各自的工作，課都安排在晚上，上完課已經九點多了，多數學生到家都十一點了。學生們對老師也關注，有的學生還上期刊網去看查我的論文，並且複製下來。碩士在職進修班的同學，年齡從二十多歲到四十多歲都有，水準參差，不很整齊，有的學生水準很高，還發表過論文。有一個學生姓林，是福州名門之後，我回大陸前夕，他還贈送我一部其先祖的詩文集的複印本。課間課後，有時同學也和我聊天。有一次，課間，有學生吃柳丁。問我：老師以爲臺灣什麼水果最好？信口道：柳丁。問：其次呢？答：柿子。問：紅柿嗎？答：是。問：爲什麼？答：前夜夢見有人送紅紅的柿子。問：很多紅柿子嗎？答：是。生：師事事如意。師：只取兩枚，不貪也。生：好事成雙。師笑。生亦笑。沒有想到一個解饞的夢，竟討來這麼好的口彩！過了兩天。助教告訴我，信箱裡有我的包裏。到辦公室打開信箱，不得了！眞的是兩盤超市中看到的又紅又大的柿子！信箱裡沒有留條。我問助教，誰送的。他說不知道。

在東吳大學執教一百二十多天，教了四個班，四門課。我教的是中國古典文學，教學內

容，教學的方式和方法，可以說和大陸的大學沒有什麼差異。如果從中國語言文學這個學科上來認識，東吳對傳統則是非常注重的。上課，用不用課件，校系也沒有要求。上課的教室，在我之前的都是古典文學或文字學的課，有時我去得早了，還可以看到黑板上他們的板書。上古典文學課，我也有許多板書。上個世紀五十年代初的小學，還沒有簡體字一說，我學的是現在叫著繁體字的字體，從事多年的古典文學和文獻學的教學研究工作，繁體字對我來

課後學生雲馨、玫岑與老師留影

東吳研究生班同學

東吳師生合影．左王國良教授，右許清雲主任

說是沒有問題的。和我同期任客座的現代文學劉教授，他比我年紀輕些，偶爾也會忘記個別繁體字書寫，學生對他很體諒，說：日常生活，我們有時也用某些簡體字，書寫起來便捷。繁簡的問題，古典文學和文獻學的教授都站在繁體一邊，以爲：繁體是傳統；繁體較不容易產生歧義。

東吳大學的教學，目前也遇到一些問題。一，評鑒（類似大陸的評估）。院長、系主任也都忙於做厚厚一本的評鑒報告。我笑著對系主任說：中國人的思維看來都差不多。二，如何評價一個教師的課堂教學。東吳現在也採取學生給老師打分的方式，分數在多少分以上有獎，多少分以下警告，連續三年在學校設定的分數線以下的，走人。有一位系主任和我長談過這個方案，說校務會議之所以能通過，是因爲行政人員多，沒辦法。

剛到東吳的時候，覺得一個學期太長。進入二〇〇八年之後，又覺得有點短。給碩士在職進修班上完最後一次課，同學還帶來一些茶點飲料，類似餞別茶話。給本科一班上完課，有幾個學生要求和他們分別留影和合影；另一班的同學邀我在士林官邸喝下午茶，有一位學生還告訴我，她已經被佛光大學研究所錄取了。碩、博士班的同學，還在東吳餐廳請吃便飯，其中一位叫許永德的同學還作了一首題爲《送慶元師還閩》的詩贈別：

影入雙溪感舊年，燈花佳話未應眠。

愧無醒世少陵句，堪鑒傷時萬曆錢。

寒雨今霄同嶺月，春山他歲共風煙。

閩中自古多才子，愁思隨公到日邊。

落款：受業鹿水玉子誼敬書歲在丁亥暮冬于杏花春雨樓。鈐有許永德章。「萬曆錢」，用我授課時講解吳嘉紀《一錢行》之事。永德，彰化鹿港人，故稱鹿水。永德大三時撰寫了一篇論歐陽修、蘇軾師生情誼的論文，其時已通讀過歐、蘇。他的舊體詩寫得不錯，多次獲全台大學生詩詞比賽獎。上文提到的吳黎溯同學和永德，都能講一口流利的英語，儘管研究生入學考試，英語的分數只占總分的百分之十。

東吳的生活

——東吳手記之二十九

東吳大學兩個校區，外雙溪是主要校區。外雙溪校區位於臺北士林區，這個校區距西南距士林捷運站和士林官邸步行約三十分鐘、劍潭站約四十五分鐘；西北距芝山站約三十五分鐘。學校東邊有一個便門，往南兩三百米就是自強隧道，往北步行十五分鐘就可以到達著名的故宮博物院。臺灣的大學建在鬧市區的，多是老校，如臺北的臺灣大學和臺灣師範大學，台南的成功大學；建在鄉鎮的多是較新的或新的學校，如嘉義的中正大學、彰化的明道大學。東吳離鬧市不遠，背山面溪，從福林路上看東吳，青山環抱，綠水縈繞，隱隱可以望見教堂的十字架。

我住的學人宿舍，進校門往山坡上走，約六－七分鐘就到了。門牌號是外雙溪七十號之五十六。宿舍三層，我在底層。蘇州大學的劉祥安教授是我的鄰居，上海交大來的歷史系教授曹樹基在另一頭，和我中間隔一間房，沒有人居住。這座樓的二層或三層，還住著兩位大陸的學者，一位來自中南政法學院的副教授，是來進修的，在餐廳吃飯時見到過好幾次。據他說，還有一位是自南京師範大學的女博士生，學法學的，我沒見過，或者說見過卻不知道她是誰。這座樓的五十公尺之外，還有一座帶家眷的學人宿舍，文學院前院長、歷史系黃兆強教授就住在這座樓，我到東吳任客座，就是經他的手辦的。到臺北後，他還爲接我接風洗塵。今年他休假，經常開著小車去登山。

宿舍坐南朝北，走廊外是一小片樹林，枝葉扶疏，透過樹梢，可以看到故宮博物院的青色琉璃瓦。走廊外，下十幾級兩旁都是綠樹的臺階，到了馬路。下行三十步，東拐，是牧師的居所。如果下行五十步，從馬路的另一側再下三十多級的臺階，就是中文系所在的愛徒樓的背面。如果不從走廊下臺階，可以沿走廊向東走，到家眷樓，也就是馬路的頂端，然後下坡，走百步，可到達馬路另一側的臺階。家眷樓馬路的內側，還有一條石徑，下三十多個階梯，也可以到牧師

的居所。石徑兩旁有雜樹、蕨類，石階上散佈著一些青苔，大概是行走的人很少。我喜歡這條小石徑，充滿著一種都市或校園中少見的野趣。路上有佈告，警示過往師生：校園地處山地，偶有蛇或蜈蚣之類，請多加小心！從牧師的居所下二十多級臺階，西側是教堂，東側便是錢穆故居「素書樓」。素書樓前五十公尺左右就是外雙溪。

教堂西側一字排開，依次是愛徒樓、綜合樓、行政樓。臺灣不少大學有綜合樓，餐廳、理髮店都在這座樓的底層。學術報告廳、學生活動中心也在這座樓。這座樓更多的功用是教室，我給碩士進修班上課就在四樓。行政樓十二層是辦公室，三層也是教室。劉兆玄校長的辦公室在一層。愛徒樓、綜合樓前馬路的一側，是即將竣工的第二教學大樓，綜合樓、行政樓前挨著新樓的是操場。操場和新樓北端就是外雙溪，有欄杆豎在溪岸。綜合樓的三樓有一座天橋通向的南側的圖書館。圖書館外借部從早上九點開到晚上九點，一周只有周日下午閉館。閱覽室開到晚上十一點；如果是考試周，一天二十四小時開放。

這是我在東吳的最主要活動範圍。當然，校區裡還有外文樓、理工樓等，以及三四幢學生宿舍，這些地方和我沒有關係，因此也不關心。系裡原先安排給我的研究室在新樓，由於工期施延，臨時把我安排在行政樓背面的另一座樓，是和別人合用的，我去看了，覺得不便。系主任深表歉意，並且說，去不去也由你自定。

餐廳大概可容納五百人左右。中午十二時五分放學，這個時刻師生員工就餐的最多。我

的感覺是人滿而不爲患。座位接近滿員，卻沒有見過誰找不到座位狼狽地手端飯菜。菜是自助式的，自己挑，每一餐都十五－二十種，蔬菜、海產、肉食，偶然還會有水果，你可以自己搭配。菜是按重量計價的，付現款，每一百克新臺幣（下同）十三元，飯一小碗五元。男生一般在六十－七十元（純粹吃素菜者，可能要在八十元以上），女生則少花十－十五元。菜吃得多了，一小碗飯也不至於吃不飽。廚房和清潔的員工不算，餐廳一般只有兩三個人打飯並計量計價，即使人最多的時候，排隊也只有十多人，最多花兩三分鐘。餐具是餐廳提供的，吃完飯菜，各自將盤子碗筷送到入口處疊放，如果有一點殘羹就倒到桶裡。因爲是按量計價，自己能吃多少，心中有數，誰願意多付錢最後又把飯菜倒掉？餐桌始終很乾淨，五六批食客走了，根本用不著誰來抹桌子。餐廳的物價基本保持隱定，颶風柯羅莎過後，市面蔬菜大漲價，這裡還是一百克十三元，影響還是有的，蔬菜品種少了，漲價漲得特別高的，一時就不見蹤影了。

餐廳也有些不足。早餐類似於速食，只有漢堡、豆漿（冷、熱）、煎蛋，除了煎蛋是現做的，前兩種是外面販賣進來的，花樣單調，又不便宜。吃了幾天後，決定早上不再上餐廳，自己張羅。我的宿舍是一大間，除了通常必備的床（臥具）、桌椅，還有電視、一對軟靠背的沙發，此外就是廚房和衛生間。廚房有一個大冰箱和一個功率比較大的微波爐。微波爐可以燒開水、做簡便的食品。曹教授懶得去餐廳，自己開伙。我的早餐其實很簡單，一週到超市買兩次麵包、牛奶，間或也買些雞蛋。早餐不太習慣吃葷菜，白切面包似乎比漢堡爽口。牛奶經過加熱，暖胃。餐廳最大的不方便是星期天不開張，這一天，我常安排出外旅行，不得已，燒點麵條。不好受的是連續放假，例如中秋、聖誕，一停就是兩三天。不過，就一所大學的管理來說，似乎也有他的道理。東吳週一到週五，每天安排十二節課，日間部的同學只上白天的課，下午放學回家，晚間不用在餐廳就餐；夜間部的，除了少數同學，多數是吃過晚餐再來上課，就餐人數大大減少。除了圖書館和週六開放的餐廳，整座學校週六周日兩天是不辦公、不上課的，院系也見不到加班或值班的行政人員。週一到週五，行政樓前的停車場是要收費的，嚴格控制車輛，週末兩天卻不收費。上班就是上班，放假就是放假。單就水電這筆開支，兩天就省下不少錢。而且，動輒加班，累人，加班費怎麼算？

在東吳我辦了幾張卡，校內的身份卡，主要是借書用。一張是故宮博物院卡，一年內可以無數次地重複使用，不要錢的，東吳的教授都可以辦這種卡。故宮博物院離東吳這麼近，稍稍得閒，就可以跑去逛逛，翡翠白菜之類，百看不厭。博物院四周的環境宜人，從正面拾級而上，可以看建築的氣

台北故宮

勢。從旁路上去，走一段山道，綠蔭成行，暫時逃脫了市塵。還有一張是故宮博物院圖書館的閱讀證。辦這個證，只需要兩種證件，一是學校的身份證，二是入台證。立等可取，不收費。辦完後，管理員給我一把鎖，把包放在櫃子裡，就可以入庫了。普通書庫是開架的，善本書室不開架。借閱善本，不需要另外的證明，難怪我的學生寫作業，常見他們使用善本。管理人員會給你一個紙口罩、紙手套（善本年代久遠難免有粉塵或異味），一把削好的鉛筆。還有一張是悠遊卡，公車、捷運通用，而且使用還可以打點折。據說，持這張卡，還可以交房租、煤氣。一直想辦一張銀行卡，但是沒有居住一百八十天以上的通行證，不允許，不得已，出門只好多備點現款。

在東吳，覺得很不便的，就是校內或附近沒有游泳設施。中華影視城，在溪對岸，原本是有游泳池的，影視城倒閉，泳池也不開張了。外雙溪豎著兩三個學校的警示牌，無非是危險，嚴禁下水之類。距離最近的大概就是中山體育場。這樣，我只得改爲晨跑。六點出頭，天色還有些迷灰，一路無人，只有停車場的門衛和我相互問候。塑膠跑道上，一般不超過十個人。東吳的清晨就這樣的岑寂？東吳的師生就這樣懶於鍛煉？其實，並非如此。一部分人登山去了，大部分鍛煉的人把時間都安排在晚邊。晚邊，我和劉教授吃過飯，通常要在操場上走上幾圈，而這時的跑步者，接二連三，有些人跑起來就像是永動機，看不出他們何時能夠停下來。看來這個學校有一群長跑愛好者，我的推斷果然沒有錯，冬天的一個週日，在這裡還舉辦國際馬拉開松比賽（起點和終點）。

就氣候而言，我並不太喜歡臺北，多陰雨天，颶風太厲害。有一首歌叫《到臺北看雨》，那是住在臺北之外的人到臺北來賞雨的歌，偶然欣賞可能是很美的。二〇〇六年十一月我住在臺北喜來登飯店，清晨，飄著零星的雨點，從高樓上下視，有著幾分的纏綿幾分的詩意。那時，覺得臺北的雨，是很特別的，的確很美。到了你天天住在這個城市，並且一兩週就往中南部走一趟，就會感到臺北的陰雨天太多，不像中南部那樣爽朗，甚至覺得有點壓抑，或許，這和我的宿舍是在底層，背後就是山、窗前又有一小片樹林有關？一到天晴的日子，特別是天晴出遊，心情就特別的好。

十月六日，颶風柯羅莎肆虐，城市一片狼籍，東吳也是一片創傷。工人清理殘斷的樹木樹技，大既花了一週的時間。有一天早上，我懶懶地起來，推開窗戶，縷縷的陽光掃在枝葉上。久違了，臺北的太陽！鳥兒在枝頭上歌唱，暴風雨過後，世界如常。只不過早先茂密的林木稀疏了，稀疏到隱約可以見到山下錢穆故居紅色的屋瓦。羅莎挾著大雨，無情地摧殘著門前這片小樹林。經過修整，已經可以重見其生機了。先是，折斷的樹幹和樹枝被鋸成小段，

課餘休閑

運走了。接下來是已經沒有生意的那些枝枝椏椏，也被鋸下來拉走了。掃乾淨地上的殘枝敗葉，扶正歪扭的枝幹，小樹林頑強地挺了過來，在蕭瑟的秋風中歌唱著。當三個月後我和他們說再見，他們雖然不可能一下子變得粗壯，但是又可以見到一股往上闖的生命力了。如果兩三年後我能故地重遊，肯定會比我一個月前見到的更加旺盛更加茂密。那些倒下去的樹木，可能已經化爲灰燼，沒有明天了；挺過來的，儘管受創，小樹還會長成大樹。

一個學期，十八周，一百二十多天，說慢也慢，說快也快。前些年，一位客座教授來東吳，回去後說太寂寞，以後說什麼也不再來了。依我想，可能他整天把自己關在屋子裡，於是就難免無聊！我在東吳的生活，除了備課教書，還有寫作、閱讀，很重要的，在臺灣還有很多有朋友鄉親和學生，他們有活動或飯局就通知我。沒有仔細算過，這類的活動或飯局，平均起來每週不會少於一次，此外還自己安排的出行、應邀到外校作講演，日子過得很充實。當然，我能講一口正統的閩南話，交流也更加便利和隨意，沒有一點生活在他鄉的感覺。從語言和生活習慣的角度來說，如果只有香港和臺北兩個城市讓我挑選，我更願意挑臺北作爲居住地。蘇州大學這個學期安排劉祥安教授來東吳，也是一種緣分，我們隔牆而居，只要沒有私人的其他安排，往往一起到餐廳用餐，晚餐後到操場散步、聊天，還結伴游了陽明山、基隆、花蓮和金門。眞誠感謝劉教授在東吳給我帶來快樂！

卓克華教授《古蹟・歷史・金門人》序

——東吳手記之三十

二〇〇八年元月十八日，由桃園機場經由香港轉機回福州，結束了四個多月東吳大學客座教授的生活。離開臺北的前一周，不知不覺對客座生活留戀起來。登上西飛客機的前一周，我的日程排得很滿：十一日，上午去羅斯福路一段看望文史哲出版社彭正雄先生，中午文化大學廖一瑾教授餞行，下午與幾位學生上士林官邸喝茶道別；十二日，臺北市金門同鄉會王水衷理事長、實踐大學張火木教授等餞行；十三日，去宜蘭，回程觀賞北關海潮，遠眺龜山島，逛了金瓜石、九份；十四日，臺北大學王國良教授餞行；十五日，參訪烈嶼公共事務所，諸同鄉在光復北路一家粵菜館餞行；十六日，東吳大學莫院長在圓山飯店附近一家餐館餞行；十七日，早上經金門鄉親楊樹清介紹，到蘭台出版社拜訪盧瑞琴社長，晚上銘傳大學吳處長餞行。

在東吳期間，樹清兄和我聯繫較爲頻繁，他圈子裏的文人活動，諸如書畫展，書籍首

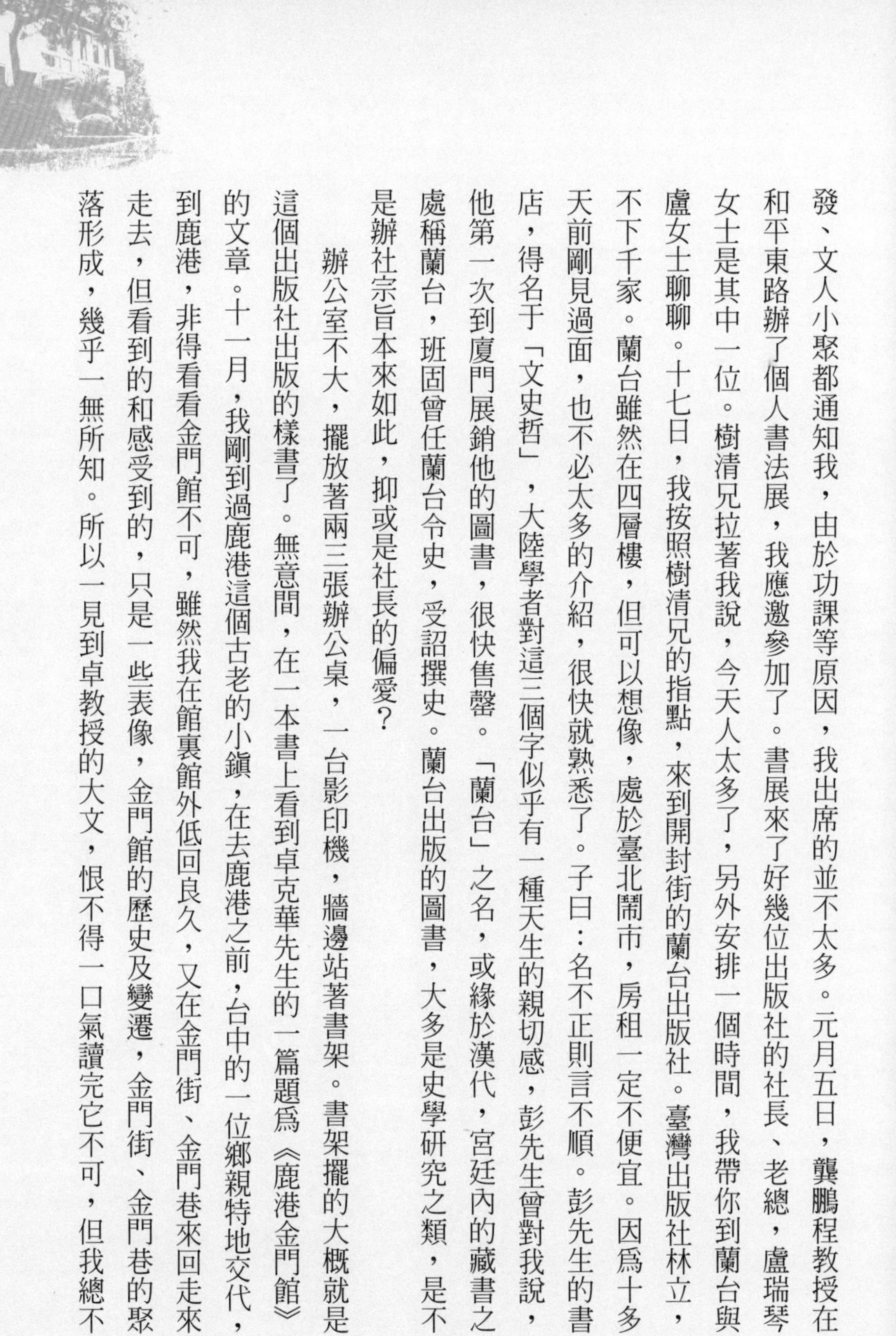

發、文人小聚都通知我，由於功課等原因，我出席的並不太多。元月五日，龔鵬程教授在和平東路辦了個人書法展，我應邀參加了。書展來了好幾位出版社的社長、老總，盧瑞琴女士是其中一位。樹清兄拉著我說，今天人太多了，另外安排一個時間，我帶你到蘭台與盧女士聊聊。十七日，我按照樹清兄的指點，來到開封街的蘭台出版社。臺灣出版社林立，不下千家。蘭台雖然在四層樓，但可以想像，處於臺北鬧市，房租一定不便宜。因爲十多天前剛見過面，也不必太多的介紹，很快就熟悉了。子曰：名不正則言不順。彭先生的書店，得名于「文史哲」，大陸學者對這三個字似乎有一種天生的親切感，彭先生曾對我說，他第一次到廈門展銷他的圖書，很快售罄。「蘭台」之名，或緣於漢代，宮廷內的藏書之處稱蘭台，班固曾任蘭台令史，受詔撰史。蘭台出版的圖書，大多是史學研究之類，是不是辦社宗旨本來如此，抑或是社長的偏愛？

辦公室不大，擺放著兩三張辦公桌，一台影印機，牆邊站著書架。書架擺的大概就是這個出版社出版的樣書了。無意間，在一本書上看到卓克華先生的一篇題爲《鹿港金門館》的文章。十一月，我剛到過鹿港這個古老的小鎮，在去鹿港之前，台中的一位鄉親特地交代，到鹿港，非得看看金門館不可，雖然我在館裏館外低回良久，又在金門街、金門巷來回走來走去，但看到的和感受到的，只是一些表像，金門館的歷史及變遷，金門街、金門巷的聚落形成，幾乎一無所知。所以一見到卓教授的大文，恨不得一口氣讀完它不可，但我總不能把主人和樹清兄撇在一邊，像在圖書館那樣旁若無人只顧自己看書。樹清兄是記者，是散文作家，他對金門的歷史文化情有獨鐘，有很深的研究，是三十卷本《金門學》的策劃者，對創建于宋代的金門燕南書院還有著獨特的見解。每當談起金門的人和事，樹清兄總是想法多多，手舞之而足蹈之。盧社長說，卓教授研究金門的論文已經寫了多篇，即將結集交我們蘭台出版，見書之後，再給你郵去。我說，期待早日見書，一睹爲快！樹清兄不假思索，對社長說，不如請陳教授爲此書作序，上個月他剛應邀從臺北飛往金門作了講演。這個序由他來作，再合適不過，再合適不過！社長也不假思索，就說拜託拜託！

樹清兄固然有他自己的想法，而對我來說，我不過是個金門人，對金門的文史有些興趣而已。不過，攬了作序「這份活」，我還是挺高興的。這篇序，成了我在東吳大學客座的最後一項工作，不過，時間已經不允許我在面對故宮博物院外雙溪的半山上完成這件工作了。

蘭台發來了卓教授《古蹟．歷史．金門人》一書的電子文本。這部書共收錄卓教授十二篇論文，外加附錄《鹿港金門館》，共十三篇。前十二篇寫的都是金門縣一地的古蹟、歷史和相關的人物。鹿港在臺灣彰化縣，鹿港的金門館，既和金門有關，又和金門縣本土的廟觀館有區別，故作爲附錄。

金門是一個島縣，晚清民初，中國沿海這樣的島縣超過十個。金門本島加上周邊的島

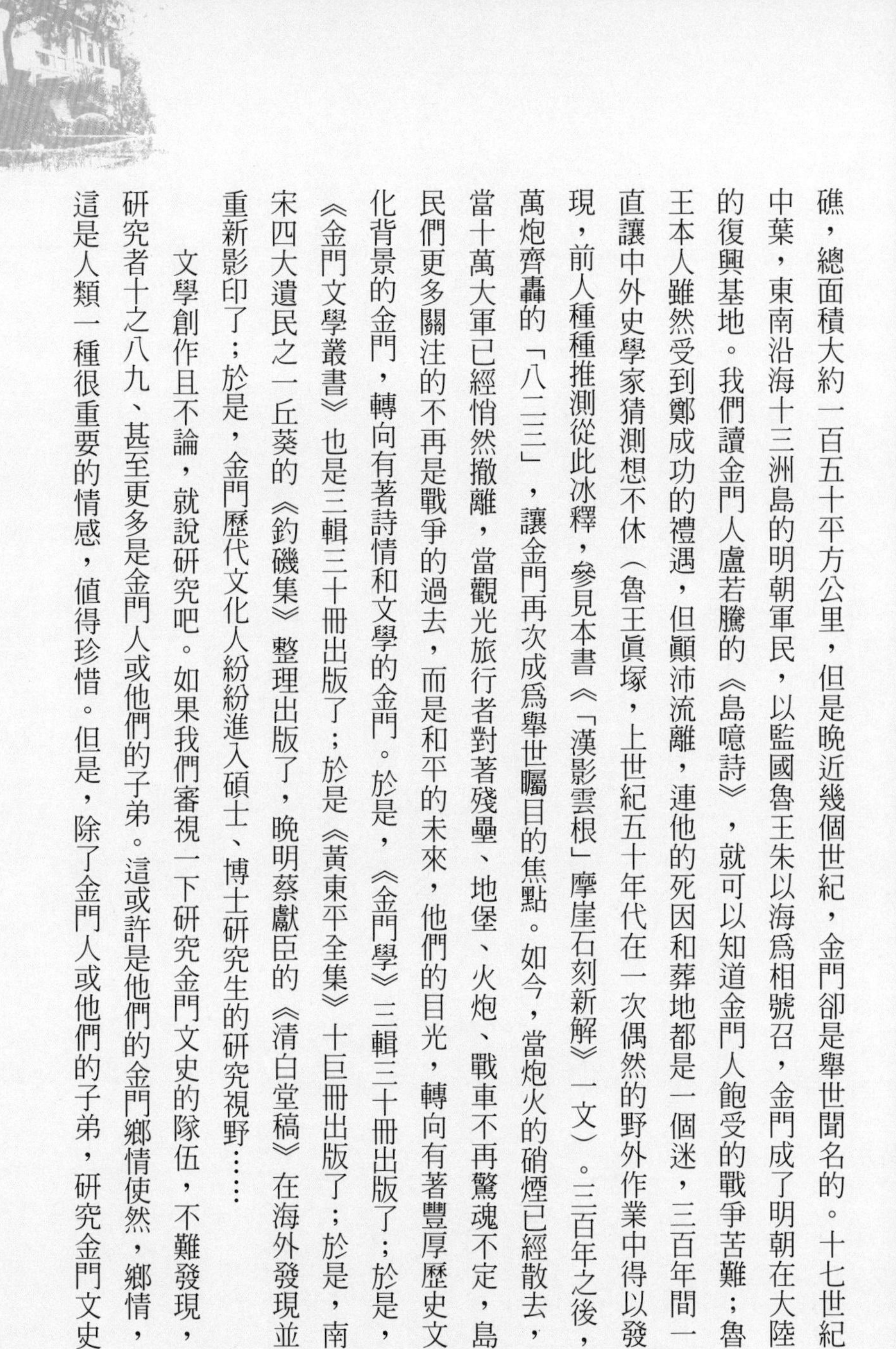

礁，總面積大約一百五十平方公里，但是晚近幾個世紀，金門卻是舉世聞名的。十七世紀中葉，東南沿海十三洲島的明朝軍民，以監國魯王朱以海爲相號召，金門成了明朝在大陸的復興基地。我們讀金門人盧若騰的《島噫詩》，就可以知道金門人飽受的戰爭苦難；魯王本人雖然受到鄭成功的禮遇，但顛沛流離，連他的死因和葬地都是一個迷，三百年間一直讓中外史學家猜測想不休（魯王眞塚，上世紀五十年代在一次偶然的野外作業中得以發現，前人種種推測從此冰釋，參見本書《「漢影雲根」摩崖石刻新解》一文）。三百年之後，萬炮齊轟的「八二三」，讓金門再次成爲舉世矚目的焦點。如今，當炮火的硝煙已經散去，當十萬大軍已經悄然撤離，當觀光旅行者對著殘壘、地堡、火炮、戰車不再驚魂不定，島民們更多關注的不再是戰爭的過去，而是和平的未來，他們的目光，轉向有著豐厚歷史文化背景的金門，轉向有著詩情和文學的金門。於是，《金門學》三輯三十冊出版了；於是，《金門文學叢書》也是三輯三十冊出版了；於是《黃東平全集》十巨冊出版了；於是，南宋四大遺民之一丘葵的《釣磯集》整理出版了，晚明蔡獻臣的《清白堂稿》在海外發現並重新影印了；於是，金門歷代文化人紛紛進入碩士、博士研究生的研究視野……

文學創作且不論，就說研究吧。如果我們審視一下研究金門文史的隊伍，不難發現，研究者十之八九、甚至更多是金門人或他們的子弟。這或許是他們的金門鄉情使然，鄉情，這是人類一種很重要的情感，值得珍惜。但是，除了金門人或他們的子弟，研究金門文史的人的確不多。卓克華先生祖籍福州，文化大學碩士，廈門大學博士，佛光大學教授，就個人的背景而言，似乎與金門沒有更多的瓜葛，但是他研究金門了，而且研究得很成功，成一家之言，新見迭出，這也是我個人特別欣賞、特別欽佩的一個原因。

近十多年來我比較多關注福建地域文學，有朋友對我說，地域文學課題太小，以你的積累，如果做點大一點的課題，也許成績會突出一些。說實在，我也時常感到困惑，特別是個案研究，投寄的稿件，編輯有時連你研究的對象都沒有聽說過，這不是讓他爲難嗎？申請的課題，有時也讓評審的評委覺得爲難，是不是課題小了點，意義不夠重大？卓克華教授這部著作，《金門朱子祠與浯江書院》一文，事關朱子研究，也許算是「大一點」的課題，其他諸如一座堂（黃氏酉堂 ）、一座宅第（將軍第）、一座舊兵署（清金門鎭總兵署）、一座塔（文台寶塔）、一座館（鹿港金門館）、一座節孝坊（邱良功之母節孝坊）、一個名不見經傳的人物（邱良功）、幾個節婦（瓊林蔡家一門三節婦），幾方石刻（雲影漢根和虛江嘯臥群碣），作介紹尚可，作爲論文的題目，是不是有點「小題大作」？其實，論著的題大題小，並不重要，重要的是論著有沒有新觀點，有沒有提供新材料，是否解決前人沒能解決的問題。卓教授的論文，的確是「小題」，但是，他卻能以「小題」寫出好文章，能解決前人沒能解決或解決得不夠好、不夠深入的問題。例如，鹿港的金門館，很多人都認爲金門館就是金門會館，是清代金門人移民臺灣在鹿港形成聚落的標誌。卓教授仔細地

研究了現存的四方石碑碑文，結合其他文獻，推翻舊說，認爲「金門館」初名「浯江館」，是清代爲金門換防來台的水師官兵所建，是屬於「班兵伙館」一類的建築。金門館附近的聚落是具有海軍眷屬性質的村落。隨著金門館歷次的修繕，「伙館」功能在逐漸消失，金門館內供奉的由金門分香而來的蘇王爺也就成了周邊民眾信奉的神靈，金門館也就具備了「角頭廟」性質的一座廟宇。四方石碑，是研究清代班兵制度的重要文獻，從一向不爲人所重的捐贈碑，還可以看出中元普渡的風俗在鹿港起碼已經流傳了二百年以上。

卓教授這部著作寫的雖然只是金門的歷史和人事，其視野似乎也是局於一隅一地。其實亦不然。卓教授在首篇《清金門鎮總兵署》一文引用了晚明曹學佺兩句描寫浯洲也即金門的詩：「浯洲斷嶼入海水，仙人倒地眠不起。」曹氏這兩句詩見其《端山蘭若歌爲池直夫作》（《石倉四稿·西峰集·六四草》），詩前半寫道：

君不見銀城昔日號大同，主簿聞有朱文公。至今題詠諸岩石，峻嶒道骨驅真風。又不見文圃學士多遺跡，土無頑夫木無棘，杳洞邃谷皆天成，唐帝潛蹤傍黃檗。浯洲斷嶼入海水，仙人倒地眠不起。閩王北鎮雖釁封，秖似桃源避秦世。南陳北薛共嘉禾，天雞叫曙飛蜂巢。七星點綴珠囊啓，篔簹港塞那通波。茲我直夫負奇穎，更有誅茅在幽境（按：以下寫端岩蘭若，下略）。

池直夫，即池顯方，同安人，居嘉禾嶼（今廈門本島），天啓四年（一六二四）舉人。學佺詩寫顯方結茅幽境，因同安古稱大同，又號銀城，故從銀城、大同入筆。浯洲即金門，明屬同安縣；嘉禾即廈門島，亦屬同安縣。如果此詩僅寫顯方居嘉禾，南陳北薛，不及銀城、大同，亦無浯洲，歌行未免就局促了。這裏說的雖然是詩人的視野，而研究性質的論文也常常也有視野的問題。我們見到的一些論文往往展不開，或深度不夠，與作者的研究視野亦不無關係。卓教授的研究之點，雖然僅在金門這個「點」上，但所關注到的卻是明清的閩台、甚至東南沿海，總兵署、虛江嘯臥、雲根漢影等好多篇論文都是這樣寫法，涉及的有倭亂、抗清、兵制、海防、建築、族群等許多大問題。不久前，卓教授從臺灣來福建，我們終於有機會見面。他認爲，在臺灣研究史學，僅僅局限於臺灣是不夠的，還要關注金門、進而關注福建，關注東南沿海，以至於整個大陸。卓教授的話，給我的啓示是：卓教授研究歷史，比不少研究文學的人要嚴謹，視野似也開闊。

我知道，卓克華教授在廈門大學從陳支平教授攻讀史學博士。支平兄和我都曾在崇安縣（今武夷山市）呆過，一九七八年我們先後離開了崇安，所以還未曾與卓教授謀面之前，就有一種不可言狀的親切。卓教授是由林國平教授領著來到寒舍來的。國平兄也是多年朋友，我在閩台中心兼過職，國平兄一度還是我的上司。國平兄與卓教授都出自支平兄的門

下，我們三個人言談甚歡，時間恨短。令我想不到的是，卓教授與敝校財務處處長金天欽還有點親戚關係，卓教授有一本早幾年出版的著作要送我，國平兄說，放在金處不就行了嗎？大家開心一笑。原來世界也眞小。

盧社長從海東發郵催序了，這兩天颱風，暫時給炎熱難耐的夏天帶來些些清涼。

二〇〇八年七月三十日

颱風鳳凰過境之第二日

【附錄】

一、我的家鄉在烈嶼

烈嶼在何處？若干年前，我對它茫茫然一無所知。說來很多人不太相信，但有什么辦法呢？確實是一無所知啊！

我在廈門出生，在廈門長大，一直到大學畢業，我一直說我是廈門人。我是長孫，但是到一九七〇年祖父過世，我仍然不知道自己是金門人。

後來，父母才告訴我，說我們是金門人。

再後來，母親才取出收藏完好的結婚證書讓我看，父親的籍貫赫然寫的是金門黎嶼。因此我才確切地知道，我是金門人。

一九八五年，福建省金門同胞聯誼會成立，我登記的是籍貫就是金門黎嶼。但是，我仍然不知道黎嶼是金門的什麼地方。後來，通訊冊出來了，金門黎嶼，改爲金門烈嶼。原來如此！烈嶼就是小金門，小金門就是烈嶼，烈嶼方音讀成黎嶼，黎嶼就是小金門！父母登記結婚的時候講的是方言，登記者照錄，烈嶼也就寫成黎嶼了。因此，我才知道我是金門烈嶼人。烈嶼是我的家鄉。

在廈門開放以前，海島東邊，我到過的最遠點，只有烏里山一帶；登山，最高的只有五老峰和日晃巖。向東望去，波濤浩渺，無邊無際。天朗氣清的日子，水天盡處隱約可以見到如線的島礁，我想，那大概就是大、小擔了，而藏在大、小擔之後定然是大、小金了。我的家鄉，就在如線的島礁之後，在水天的盡頭。那是一個神密的，似乎是一個永遠也不可能揭開它面紗的地方。我所知道的家鄉，我對家鄉所有的「印象」，也就這一丁點了。

隨著年歲的增長，對家鄉瞭解的渴望與日俱增。林豪的《金門志》讓我初識了金門的地理山川、民俗民風，初識了一代又一代的鄉先賢。閱讀紙質的方志，暫時痛快于一時，卻不能慰籍一世的鄉情！

上世紀九十年代初，福建的高校開始有些臺灣的學生來就讀。福建中醫學院是台生比較多的一個學校，內人任教于此。我們家日常都說閩南話，這些同學也就常來我們家啦啦家常什麼的。有個小夥子叫葉宗禮，是金門輾轉來的。宗禮經常介紹些金門山山海海，也

回到烈嶼

講他就讀的金門中學和他的同學、老師。宗禮畢業後，因為女朋友的緣故，去了臺北。一去已有十年，再沒有會面的機會。但是，我時常會想念他，畢竟是來自金門本島的第一位朋友呵！

也是在這個年代，臺灣的大學和研究機構四次邀請我赴台，第一次是一九九六年四月成功大學舉辦的魏晉南北朝文學研討會，不過沒能成行。一九九七年和一九九八年，我分別到了台中、臺北等地。一九九八年這次，會後住到板橋的一位許姓的朋友家，我小心地問許先生，如果從臺北飛金門，往返費用幾何，兩三天的時間夠不夠？回答是要參加旅行團，三天兩夜約六千新臺幣。其實，問也白問，沒有「金馬通行證」，上得了飛機嗎？住在許先生家，可謂驚喜參半。許先生也是就讀于福建中醫學院的台生，不過他獲取的是碩士學位，年紀稍大一點。他說，早年在小金門當過兵。聽他這一說，不覺暗自吃驚，恍恍然如同隔世一般，這在若干年前是完全不可理喻的呀！世界這麼大，烈嶼這麼小，到過我的家鄉烈嶼、並且在那兒居住過數月或一年的世上有幾人？不期許先生卻給我碰上了。許先生講烈嶼的風浪海濤，儘管平淡無奇，聽起來仍然快意當前！

一九九八年，我被推選為福建省金門同胞聯誼會副會長，和省內各地的烈嶼同鄉的接觸比較多了。原省會副會長、現任顧問的林應望先生，就是金門烈嶼人，他的名片，職銜的字體不大，金門烈嶼幾個字倒是十分醒目。林先生年屆八十，談起烈嶼常常眉飛色舞，像孩童一樣沒有半點文飾。副秘書長洪汝甯，福州市會的洪植城，還有方友義、友德兄弟，陳水車老師……原來，有這麼多烈嶼鄉親！

二〇〇一年年初，廈門與金門「兩門」對開，兩地隔絕了五十多年的海上航行終於恢復了。第一批踏上故土的是六十五歲以上的老鄉親。予生也晚，「不夠老」，沒有資格踏上首航的輪船。過後，我看了錄像，拜讀了許文辛會長的名文《破冰之旅》，一次又一次地感動，一次又一次地熱淚盈眶。

這一年杪冬，難忘的時刻終於到來了。我終於有機會隨著許文辛會長，隨著眾鄉親回到金門了！我無法形容一腳踏上金門土地的那短暫的一刻，也無法形容太武號緩緩碰接在烈嶼九宮碼頭的那一剎那。眼鏡的鏡片始終是濕潤朦朧的，視線也是始終是模模糊糊的。這個只有十四平方公里的小島，這個四望都是一片汪洋的小島，這個人口至今只有數千人的小島，就是我的家鄉，就是祖輩二百年居住和生活過有的地方。我不知道，祖先在那座山采過樵，在那塊地種過番薯，也不知道祖先在那個港灣討過海，一山一石一礁，一草一木一禾，一個浪花一汪池塘一眼古井，我都盡力去搜索，都生怕從眼前溜過。這天中午，烈嶼鄉宴請，許文辛會長是個細心人，特地安排我致辭並與洪鄉長交換紀念品。在家鄉吃家鄉飯，在家鄉喝家鄉水，在家鄉說家鄉話，在家鄉與那麼多的里鄰鄉長痛飲，年過半百，才是第一回！金門的貢糖名揚天下，烈嶼的竹葉貢糖又甲于金門，又酥又香；「烈嶼芋，不免哺」，既鬆且粉，入口即化。林應望老對烈嶼的貢糖情有獨鍾，每次我到泉州拜望，林老都要取出貢糖款待，而且再三說，是烈嶼的貢糖，是從烈嶼帶來的。

二〇〇二年和二〇〇四年兩個歲末，我又回金門回烈嶼兩次。二〇〇五年元旦，世界金門人日，這一天，大會安排我講演，地點在總兵署遺址。我講的題目是《木本水源》。這個題目不是我自己杜撰的，而是祖父所修家譜封面上的題字，右下角落款則爲「穎川陳敬福堂」。祖父過世時，我剛出來工作兩年，其時在武夷山的一所農村中學執教鞭，交通十分不便，收到舍弟信件時，祖父已經下葬多日了。過了二十年，父親也病故了。一日，舍弟將一本祖父修的家譜交給我。家譜，線裝，正楷，本子完好，墨跡如新。舍弟說，二叔讓他交給我的，我是長房長孫。這個本子，我小的時候隱約見過，祖父一直把它鎖在抽屜裏，一旦有那個兄弟姐妹快要過生日了，祖父一看本子，馬上就可以提醒大家。我們對它的好奇，大抵如此。祖父不告訴我們的祖籍，有他的良苦用心。祖父把家譜留給我，更有他的良苦用心，「木本水源」，我們的先祖，不知在那一代從河南穎川走到金門、走到烈嶼？木有根，水有源，祖父要我們世世代代不要忘記「敬福堂」陳氏的根本！撫摩著家譜，我深深地感激祖父，家譜記載著從康熙年間至二十世紀六十年代我們這一支的家世，計九代，數十人的生辰，以及我的曾祖曾祖母以上，始祖始祖母以下諸祖的葬地。家譜明確地記載著始祖以下四代祖先「風水在例（烈）嶼祖籍」。諸祖葬地還明確地記載某山坐某向某及相關干支。我問過鄉人，他們告訴我，某山就在湖下，於是，我這下知道了，我是金門烈嶼湖下人。經歷了上個世紀的六十年代，祖父所修的家譜能夠完好地保存下來，眞是不容易阿！

二〇〇四年十二月二十九日，也就是到達金門當天的下午，對金門族譜有專攻的蕭永奇工程師，就領著我到陽翟陳氏祠堂祭祖。永奇說，金門陳氏發源于陽翟。家譜中有一頁記著陳氏的輩份「志克卿子公侯伯仲延篤慶丕先德昭謨奕禩賢」。陽翟祖廟的柱子，將此輩份分刻於兩楹。因此我推想，大概在康熙年間，允文公一支由陽翟遷至烈嶼湖下。族人熱情地款待我，他們的輩份大多是延、篤輩，也就是祖父或父輩。至少從自曾祖開始，都是長房長子，因此我的年紀雖然老大不小，但輩份低，所以我當稱他們爲族祖或族叔。慶字輩也有，但顯然比我年紀輕多了。

二〇〇五年一月二日下午，再次乘船前往小金門。八分鐘的水路，烈嶼鄉呂秘書和鄉長老陳清海來碼頭接我。清海前輩引導到一陳姓本家小坐，希望我和本族人多坐坐聊聊。本家之子爲陳國元，臺灣桃園金門同鄉會會長。國元曾率旅居桃園的鄉親來過福州，換過名片，互稱本家。祝賀國元當選會長的匾額挂在牆上。祖輩離開烈嶼已歷數代，人事滄桑，本村似乎已經沒有至親。本家說，與我同輩份的有慶忠、慶華，他們都已移居臺灣。他們仔細瞧了瞧我，說，慶忠、慶華長得和我有些相像。本家一邊和我聊天，家人一邊爲我作點心，這天中午，已經吃得很飽，故再三推託。不過，等到點心端出來之後，一看是油蔥蚵仔豬腳麵線，不知怎的，忽然又來了胃口，麵線的做法和滋味，和我上學時祖母和母親常給我做的全然沒有兩樣！這個下午，心裏一直明暖烘烘的。

離開烈嶼，離開金門，我一直想著兩件事。第一件事，我的先祖們在自然環境比較險惡的小島是怎樣生活的？我曾經讀過一本《福建移民史》的書，第五章詳列了一六三七年六月至一六三九年十一月大陸各地與臺灣間船隻來往的情況，大陸往臺灣的船隻，烈嶼爲一百零二艘，僅次於廈門的一百零六艘，而遠多於金門本島的十三艘；而從臺灣往大陸的，烈嶼一百一十八艘居首位，多於廈門的一百一十七艘，遠多於金門本島的七艘。近來，鄉親洪植城先生出示陳衍所撰的《金門洪景星先生墓誌銘》拓本，景星，是植城先生曾祖洪天賞的字，也是烈嶼人。《墓誌銘》透露了清中葉至晚清烈嶼人生活的某些情況。洪天賞的曾祖和祖父都操航業，祖父「傾覆浡潏洪濤中」，家道因此中落。天賞後來又重操祖業，曾遇颶風，一船傾覆；又曾觸礁，隻身脫險。據母親講，我的曾祖也曾在碼頭上做過事，不知祖上是否也在海上遇到過風險——烈嶼人討海行船，海上遇風或遇險，恐怕太平常不過了。幾百年來，烈嶼人外出討生活的人，操航業的人，實在太多，洪天賞他們就是在那個小島生存艱難，才不得不離開那兒到省垣「鬻餺飥爲活」爲活的。我祖上離開金門，大概也是生活所迫。從家譜上，我得知我的高祖母梁氏同治間卒於香港，年僅十八，也就安葬在那兒了。這樣說來，高祖也曾漂泊到英國人統治之下的香港，在那兒謀生。曾祖這一輩，

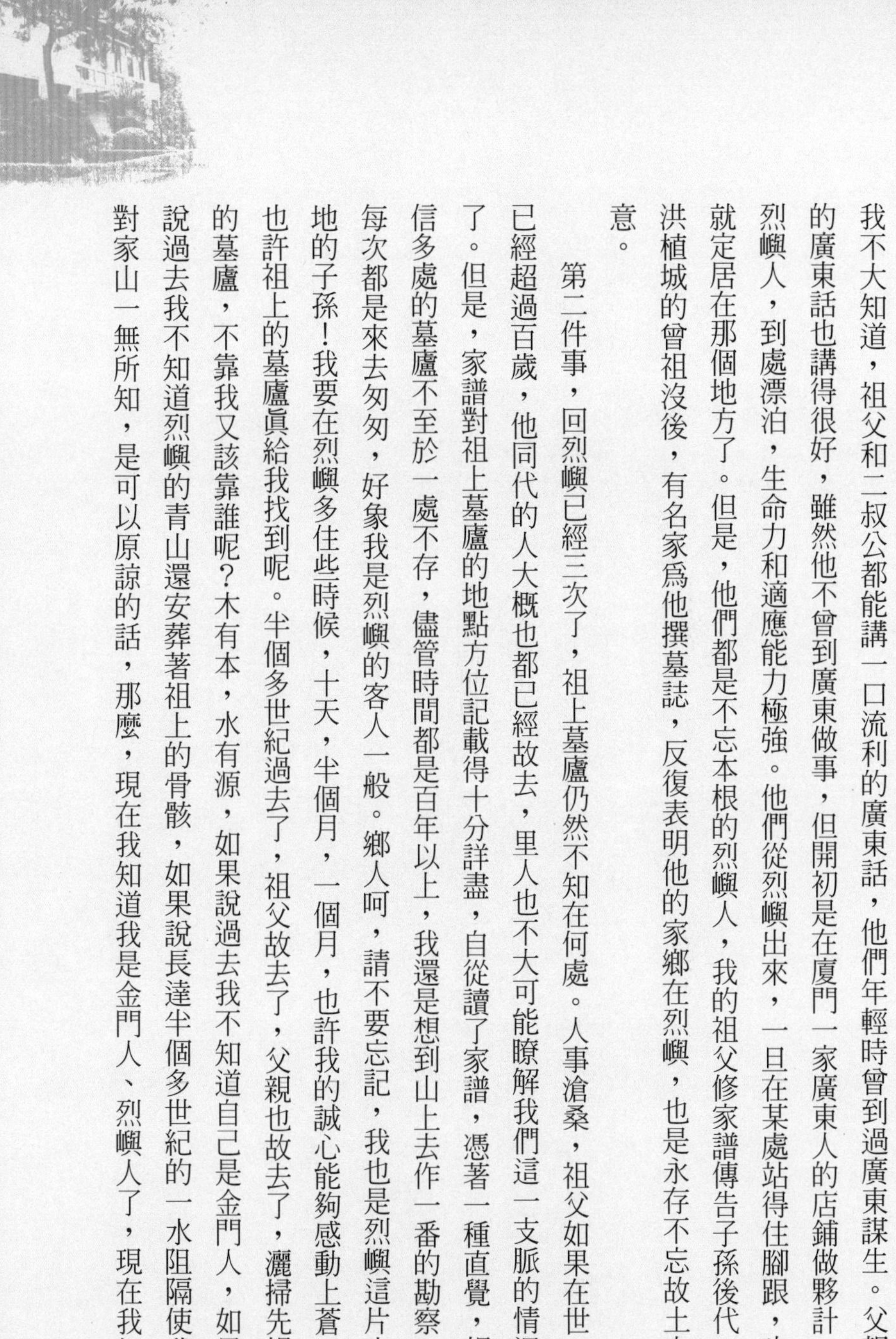

我不大知道，祖父和二叔公都能講一口流利的廣東話，他們年輕時曾到過廣東謀生。父親的廣東話也講得很好，雖然他不曾到廣東做事，但開初是在廈門一家廣東人的店鋪做夥計。烈嶼人，到處漂泊，生命力和適應能力極強。他們從烈嶼出來，一旦在某處站得住腳跟，也就定居在那個地方了。但是，他們都是不忘本根的烈嶼人，我的祖父修家譜傳告子孫後代；洪植城的曾祖沒後，有名家爲他撰墓誌，反復表明他的家鄉在烈嶼，也是永存不忘故土之意。

第二件事，回烈嶼已經三次了，祖上墓廬仍然不知在何處。人事滄桑，祖父如果在世，已經超過百歲，他同代的人大概也都已經故去，里人也不大可能瞭解我們這一支脈的情況了。但是，家譜對祖上墓廬的地點方位記載得十分詳盡，自從讀了家譜，憑著一種直覺，相信多處的墓廬不至於一處不存，儘管時間都是百年以上，我還是想到山上去作一番的勘察。每次都是來去匆匆，好象我是烈嶼的客人一般。鄉人呵，請不要忘記，我也是烈嶼這片土地的子孫！我要在烈嶼多住些時候，十天，半個月，一個月，也許我的誠心能夠感動上蒼，也許祖上的墓廬眞給我找到呢。半個多世紀過去了，祖父故去了，父親也故去了，灑掃先祖的墓廬，不靠我又該靠誰呢？木有本，水有源，如果說過去我不知道自己是金門人，如果說過去我不知道烈嶼的青山還安葬著祖上的骨骸，如果說長達半個多世紀的一水阻隔使我對家山一無所知，是可以原諒的話，那麼，現在我知道我是金門人、烈嶼人了，現在我知道烈嶼的那一座山頭長眠著幾代的祖宗了，現在我可以輕輕鬆松花幾個小時就可以回到故土了，如果仍然置祖上墓廬而不顧，那就是不肖的子孫了！即便是，祖上墓地早已犁爲田；即便是，墓碑早已毀於兵，我也要對著那一座空山燒一柱清香，獻上一束鮮花。

烈嶼只有十四點八五平方公里，是一個名副其實的小島。烈嶼人有時很自悲，以爲這個海島實在太小了，在一般的地圖上根本找也找不到它，名聲亦不揚，所說爲不無道理。但是澳門本島的面積不也是與烈嶼相當嗎？廈門的鼓浪嶼更是小而又小，不也是很有名嗎？所以，關鍵不在島嶼的大或小。李炷烽先生說，讓兩岸瞭解金門，讓金門走向世界。我想，是不是進一步可以說，烈嶼也應走向世界，也要讓世界瞭解烈嶼。當然，烈嶼要走向世界，要靠全體居住在中國各地的烈嶼鄉親的努力，要靠居住在世界各地的烈嶼鄉親的努力。要讓世界瞭解烈嶼，途徑很多，途徑之一就是要多加宣傳。臺北的金門烈嶼公共事協會（同鄉會）林鴻圖等先生辦了一份《烈嶼會刊》就是一份很好的宣傳烈嶼的刊物。過幾天我又要回金門、回烈嶼了，趕在成行之前，寫完本文，儘早將它奉獻給鄉親和讀者。

二〇〇六年三月四日

【附錄】

二、長春書店裏的陳長慶

姓名相同或相近，在國人中好像不是一件什麼了不起的事兒，但對當事人來說，有時未免比較關注。如果媒體報導的罪犯恰好和自己同名同姓，那就頗不自在；如果同名同姓者是名人，不免多少有點竊喜。福建有兩個較有氣的人和我同名同姓，有好事者千方百計找機會讓我去結識他倆。姓名的相近，當然比不上相同那樣「直接」，但也會引起自己的較多的關注，這似乎也是人之常情，法國漢學家陳慶浩，和我是一字之差，而一見如故，稱兄道弟，不久前臺灣學者王國良到法國訪問，兩人一聊，提到我，慶浩立即拿起電話，打到我家裏來，寒喧一陣。陳長慶也與我一字之差，雖然他的「慶」字在後，順序與我不同，但也是屬於姓名接近的一類，因此第一次見到這個名字時也引起我的注意。《金門日報》副刊常常連載他的小說，早幾年太忙，我又不研究小說，故只知其名而不識其作品。

承金門文化人陳延宗兄的厚愛，《金門叢書》第一輯十冊（聯經出版社，二〇〇三年版），出版後就寄贈給我。對金門文學，我很不熟悉，其初也是隨便翻翻，看看書名和書的體裁，粗粗瞭解一下作者，漫不經心的。小女進了碩士班，要選論文題目了，找我商量。我寫論文，一向不喜歡選別人做過的或與別人相類的題目，有時一個課題做了一半，發現有人也開始做相同或相近的題目，常常割愛放棄。正好有一套《金門叢書》在手，金門歷代文人眾多，比較出名的作家也可找上好幾個，我想，以金門文學作爲研究對像，寫一篇碩士論文，題目當不至於太小，材料也不至於不夠。雖然小女也有她的導師，仍免不了要和我切磋切磋，於是就逼著我去讀些金門作家的作品。和大多數人的閱讀習慣一樣，一大堆書，找來讀的通常首先是小說，本來就有點印象的陳長慶所著《失去的春天》便成了首選。

《失去的春天》如果從情節上來說，並沒有什麼離奇的地方。陳長慶在《踽踽人生（代序）》（《失去的春天》卷道）中寫道：

想爲讀者留下的，不僅僅是一個故事或一篇小說；而是爲生長在這方島嶼，與走過烽火歲月的島民作見證。於是我以青春和愛情作爲本書的主題，讓歲月隨著時光流失，讓情感因環境而生變，讓渺小的生命回歸原點；更讓我們緬懷六十年代艱辛苦楚的農耕歲月，以及軍管時期、戰地政務體制下的悲傷和恐懼。

在實行「戰地政務」時期，駐箚金門的軍人和本地的老百姓，是不能隨便離開這個海島的，如果特別的需要，也得經過嚴格審查並發給通行證才得以放行，而且一般的民眾和普通的軍人也不能搭乘飛機，只能乘船在海上顛簸。作品的女主人公顏琪小姐是來自臺灣的藝工隊演員，因病重不能得到及時救治，等到審批完畢，還走了點關係，送回臺灣已經爲時已晚，最後香銷玉殞。儘管兩岸的讀者對長達數十年的對峙，立場可能不同，價值評判也可能不一，但是讀完這部小說，對顏琪小姐的同情應當是相同的。在這部小說中，我第一次知道金門「戰地政務」時期設有「特約茶室」、有「侍應生」。陳長慶引起我的極大的關注，一是他是土生土長的金門籍作家，作品講的是發生在金門的故事，故事的男主人公「陳大哥」又是金門的青年，太武山、小徑、古岡湖、雲根漢影，金門的山山水水都被他收入筆下。其次，陳長慶曾是「戰地政務」時期金防部政五組的重要雇員，見過大大小小許多的官員和事件，他的小說大多都與大家都非常關注的「特約茶室」、「侍應生」有關。

當我閱讀《失去的春天》一書時，《金門日報》正在連載陳長慶的《走過烽火歲月的特約茶室》，我對報刊的連載一般都無多大的興趣，讀

陳長慶（左）與作者陳慶元（右）合影

了《失去的春天》之後，卻特別想把陳長慶的作品都找來讀讀，於是就把過期的《金門日報》重新翻揀出來，依順序閱覽讀一過。不久，報載《走過烽火歲月的金門特約茶室》將增加其他內容仍以原名出版成書。我曾向陳延宗兄打聽過陳長慶和該書的出版情況。二〇〇五年十二月，福建省金門同胞聯誼會成立二十周年慶典活動在西湖賓館拉開帷幕，陳長慶也在邀請的名單之列，延宗兄說陳長慶長年開一家「長春書店」，沒有人手，走不開。陳長慶托他帶來《走過烽火歲月的金門特約茶室》和《日落馬山》兩書。我已經多年沒有集中一段時間讀當代小說，特別是集中讀一個當作家的小說了。從《走過烽火歲月的金門特約茶室》所附《作者年表》中，我得以知道陳長慶的著作非常豐富，計有：

一、短篇小說《寄給異鄉的女孩》，臺北林白出版社，一九七二年版，同年再版，一九九七年三版；

二、長篇小說《螢》，臺北林白出版社，一九七三年版，一九九七年再版；

三、短篇小說《再見海南島，海南島再見》，臺北大展出版社，一九九七年版；

四、長篇小說《失去的春天》，臺北大展出版社，一九九七年版，二〇〇三年收入《金門文學叢刊》第一輯，臺北經聯出版公司版；

五、長篇小說《秋蓮》，臺北大展出版社，一九九八年版；

六、散文集《同賞窗外風和雨》，臺北大展出版社，一九九八年版；

七、散文集《何日再見西湖水》，臺北大展出版社，一九九九年版；

八、長篇小說《午夜吹笛人》，臺北大展出版社，二○○○年版；

九、中篇小說《春花》，臺北大展出版社，二○○二年版；

十、中篇小說《冬嬌姨》，臺北大展出版社，二○○二年版；

十一、散文集《木棉花落花又開》，臺北大展出版社，二○○二年版；

十二、中篇小說《夏明珠》，臺北大展出版社，二○○三年版；

十三、長篇小說《烽火女兒情》，臺北大展出版社，二○○四年版；

十四、長篇小說《日落馬山》，臺北大展出版社，二○○五年版；

十五、散文集《時光已走遠》，臺北大展出版社，二○○五年版；

十六、小說集《走過烽火歲月的金門特約茶室》，臺北大展出版社，二○○五年版。

陳長慶還有〈咱的故鄉咱的詩〉七帖收入《金門新詩選集》，金門縣文化中心編，二

○○三年版。此外，艾翎還編有《陳長慶作品評論集》，臺北大展出版社，一九九八年版。

二○○六年三月，蔡襄研究會的同仁擬到金門與蔡氏宗親聯誼，邀我同往，上半年本沒有回金的打算，剛好閱讀陳長慶之作品正熱頭上，也就隨他們踏上海船了。此行的重要安排，就是拜訪陳長慶，並希冀從他那兒再要些他的作品，如果能搜集齊全最好，將來或許能做一個研究陳長慶的課題。十日，浯島溫暖有如初夏，我只穿著襯衫，黃振良兄先已和陳長慶聯絡，在他的引領下，我們來到新市里的長春書店。已經是下午四點左右的光景，陽光斜斜地照入書店，更有一種溫馨的感覺。如果比較于我曾光顧過的臺北彭老闆的文史哲等書店，「長春」還算開闊。但是書店除了三面牆體全是書架，中間也還是書架，擁擠不堪，左側中間有一個電腦桌，記憶中好象沒有比這個桌面更小的電腦桌了——擺上電腦之後，邊緣不超過十釐米，勉強可放一隻不大的茶杯。坐椅是沒有靠背的那種硬凳子，如此簡陋的陳設，用心良苦，無非是爲多挪出更多的空間擺放書籍而已。電腦打開著，是另一部長篇小說《小美人》的稿子，作者正在進行最後的修改，即將在《金門日報》副刊連載。除了姓名相近，我和陳長慶還有一個共同「點」，即兩人同年。飽經風霜，不僅刻在他的臉上，而且顯露在他的滿頭白髮上。但是他目光如炬，神情兩旺，卻是六十歲人中很少見的。書店有點冷清，間或也有讀者光顧，陳長慶很熟練地算帳、找零、開票。自一九七四年離開金防部「福利單位」創辦長春書店，已經有三十多年了，十幾部的小說、散文就是在長

春書店這樣的環境中寫就的嗎？

臨行，陳長慶從書架上抽出《春花》、《冬嬌姨》、《夏明珠》等七八部書簽名相贈。說實在，我還很想讀讀他的處女作《寄給異鄉的女孩》。《寄給異鄉的女孩》自一九七二年初版，至一九九七年已經出了三版。黃振良《回首來時路——〈寄給異鄉的女孩〉三版代序》在談到金門本土作家時說：「至於在文藝寫作的成就方面，長慶算是工夫下得最深，也是最有成績的一位了。」（《仙洲群唱》，金門寫作協會會員專輯一，一九九九年版）陳長慶說，這本書還是有點錯字，等修訂再次出版時和其他書一起寄給我。振良兄為我們在書店前拍照以作紀念。

當我在寫這篇文章時，《小美人》也許還在連載中，也可能已經連載完畢了，因為我看到的《金門日報》常常是一個多月前的舊報紙，好在我的興趣主要是在副刊方面。離開金門已經三個月了，長春書店裏的陳長慶還在那兒賣他的書，也還在書城中寫他的書吧？「儘管頂上無烏紗，胸前無勳章，復無傲人的學歷、得獎的次數可以炫耀。然而，文學卻猶如是我心中的春陽；當我踏上這條不歸路，即使它崎嶇不平、坎坷難行，依然會一步一腳印，無怨無悔地走到它的盡頭……」（陳長慶《踽踽人生路》（代序））是的，寫作也是一種艱辛的勞動，特別是對陳長慶這樣一個沒太高學歷、沒有什麼更高社會地位的島民來說，更談何容易！但是陳長慶靠著他的努力，也靠著他過人的資質走過來了，前路儘管還有崎嶇、還有坎坷，但大道如青天，我很看好這位同齡作家的創作前景。

期待著在長春書店裏再見到的陳長慶，期待著在長春書店裏讀到他寫出來的新書！

二〇〇六年六月十七日

三、走近李淑睿

二〇〇六年十一月，到臺灣雲林科技大學參加國際漢學研討會。會畢，台中市金門同鄉會黃吉瑜理事長開車到雲科大接我。我說想去走訪同鄉會，拜訪理事長和總幹事們。先走南線，到高雄縣市、台南縣市。吉瑜理事長行程安排得很緊湊，折回中部，還得往北趕往桃園縣和臺北縣市，吉瑜理事長唸叨：「沒有時間了，我們的台中市金門同鄉會反而被我錯過了。他們都很想和你見見面。」我安慰他：「下次來臺灣，我首先來台中。」嘴巴是這樣說，心裏也覺得遺憾，雖然台中這個城市，上個世紀九十年代我已經到過兩次，而且第一次來臺灣，下了飛機，就徑直被接往台中的東海大學，嚴格說，我第一次來臺灣，到的第一個城市正是台中。這次從台中邊上擦過，未能到台中市的金門同鄉會看看，未免有點悵悵然。

二〇〇七年三月二十一日，應銘傳大學李銓校長的邀請，到臺北參加第二屆海峽兩岸大學校長論壇和該校校慶。二十五日下午四點，我到了台中，住長榮桂冠。吉瑜理事長來接，晚，台中市同鄉會在一家裝修古雅的飯店請吃飯。擠擠挨挨，坐了滿滿一大桌。飯後，吉瑜理事長帶我去參觀他的公司，在他的公司我看到了從金門縣寄給同鄉會的《金門日報》。我問他：你的公司也兼作同鄉會辦公室？他說：是這樣的。原來，有時我打到同鄉會的電話，就是公司的電話。吉瑜說他當理事長的任期今年屆滿，當了兩屆了，不能連任。我問他，誰來接任。他說，理事長是選出來的，現在不好說。不過，李淑睿女士倒是很合適人選。講到李淑睿，我想起宴席間的那位女士，吉瑜曾對飯局中的各位作了逐一介紹，或許是女性較少，或許是淑睿特別清朗優雅，給我留下很深的印象。

再次見到淑睿女士是在半年之後，九月，我到東吳大學任客座教授，住在臺北外雙溪。教學雖然有點兒單調，金門同鄉有什麼活動，或者喝點小酒什麼的，大多都來電邀我參加，所以並不覺得特別的寂寞。十一月十六日一早，我乘高鐵到台中參加明道大學唐宋詩詞國際學術研討會，下榻日華金典。黃吉瑜理事長把我接去參觀台中港，鎮瀾宮；下午又陪我參觀台中科學博物館，博物館有一位顏先生，也是金門人，由他導覽。晚，與鄉親吃飯。飯局中有黃夫人及他們的小孩、新任理事長候選人李淑睿女士、台中榮民醫院的李雅高、交通事故理賠公司李清煜及台中縣理事長洪慈旭等先生。黃理事長即將卸任，新一屆台中市理事會將在十一月二十五日選舉產生，黃理事長和新任理事長候

李淑睿在浙江蔣氏故居

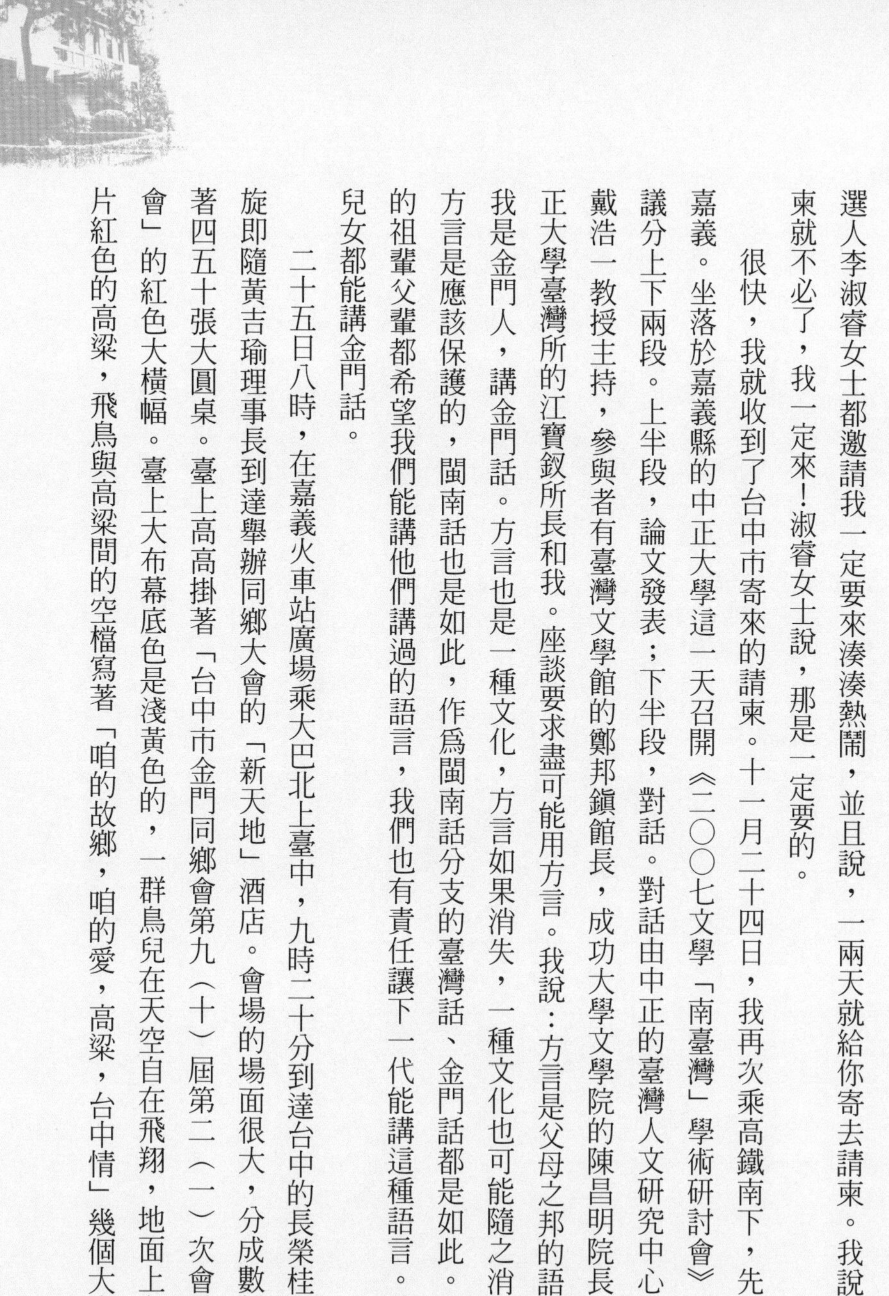

選人李淑睿女士都邀請我一定要來湊湊熱鬧，並且說，一兩天就給你寄去請柬。我說，請柬就不必了，我一定來！淑睿女士說，那是一定要的。

很快，我就收到了台中市寄來的請柬。十一月二十四日，我再次乘高鐵南下，先去了嘉義。坐落於嘉義縣的中正大學這一天召開《二○○七文學「南臺灣」學術研討會》，會議分上下兩段。上半段，論文發表；下半段，對話。對話由中正的臺灣人文研究中心主任戴浩一教授主持，參與者有臺灣文學館的鄭邦鎮館長，成功大學文學院的陳昌明院長，中正大學臺灣所的江寶釵所長和我。座談要求盡可能用方言。我說：方言是父母之邦的語言。我是金門人，講金門話。方言也是一種文化，方言如果消失，一種文化也可能隨之消失。方言是應該保護的，閩南話也是如此，作爲閩南話分支的臺灣話、金門話都是如此。我們的祖輩父輩都希望我們能講他們講過的語言，我們也有責任讓下一代能講這種語言。我的兒女都能講金門話。

二十五日八時，在嘉義火車站廣場乘大巴北上臺中，九時二十分到達台中的長榮桂冠，旋即隨黃吉瑜理事長到達舉辦同鄉大會的「新天地」酒店。會場的場面很大，分成數行擺著四五十張大圓桌。臺上高高掛著「台中市金門同鄉會第九（十）屆第二（一）次會員大會」的紅色大橫幅。臺上大布幕底色是淺黃色的，一群鳥兒在天空自在飛翔，地面上有一片紅色的高粱，飛鳥與高粱間的空檔寫著「咱的故鄉，咱的愛，高粱，台中情」幾個大字。

兩旁是紅底白字：「愛在飛翔遠離故鄉的小鳥啊同鄉會是你的休憩地；發揮金門艱苦奮鬥積極開創的精神加入台中建設。」　參加換屆的來賓有時任立委的吳成典，金門縣國民黨党部江主任，金門縣社會局許局長；除了會員，還有來自臺灣各同鄉會的理事長、總幹事，共計四五百人。選舉沒大懸念，李淑睿女士當選爲新一屆的理事長，原理事長黃吉瑜這一屆的工作十二月底結束，然後就要移交給李淑睿女士了。我向李淑睿女士表示祝賀，她說，多靠鄉親支持。這次換屆，黃吉瑜理事長張羅於臺上，例如接待來賓，獎品的安排，上臺講話等；李淑睿女士由於「身份未分明」，故操作於台下。淑睿女士手上拿著兩三張紙，是列印好的換屆「作業」，上面寫著姓名，分配做的事，要求完成的時間，以及注意事項等。我看到了明道大學李增教授的名字。我說，教授也做工作人員嗎？她說是，不管是誰，只要是會員，有責任心，有能力，我都會分派他的工作，並且要考慮到每一個人的長處。數百人的大會，沒有一個專職的工作人員，大家都是兼職的，你不做，他也不做，只靠黃理事長、淑睿女士能辦得起來嗎？今天我特別高興，在會場上見到葉宗禮鄉親，多年前他就讀于福建中醫學院，是我們家的常客。他和太太，拉著一個小孩，另一個小貝比躺在小兒車上。宗禮說，他一早就來幫忙，完成淑睿大姐分派給他的工作。

第三次見到李淑睿女士是在台中縣。十二月九日，我再次南下台中，雖然還是在台中高鐵站下車，但是這次卻直接去了台中縣所在地豐源。這一天是台中縣金門同鄉會換屆的

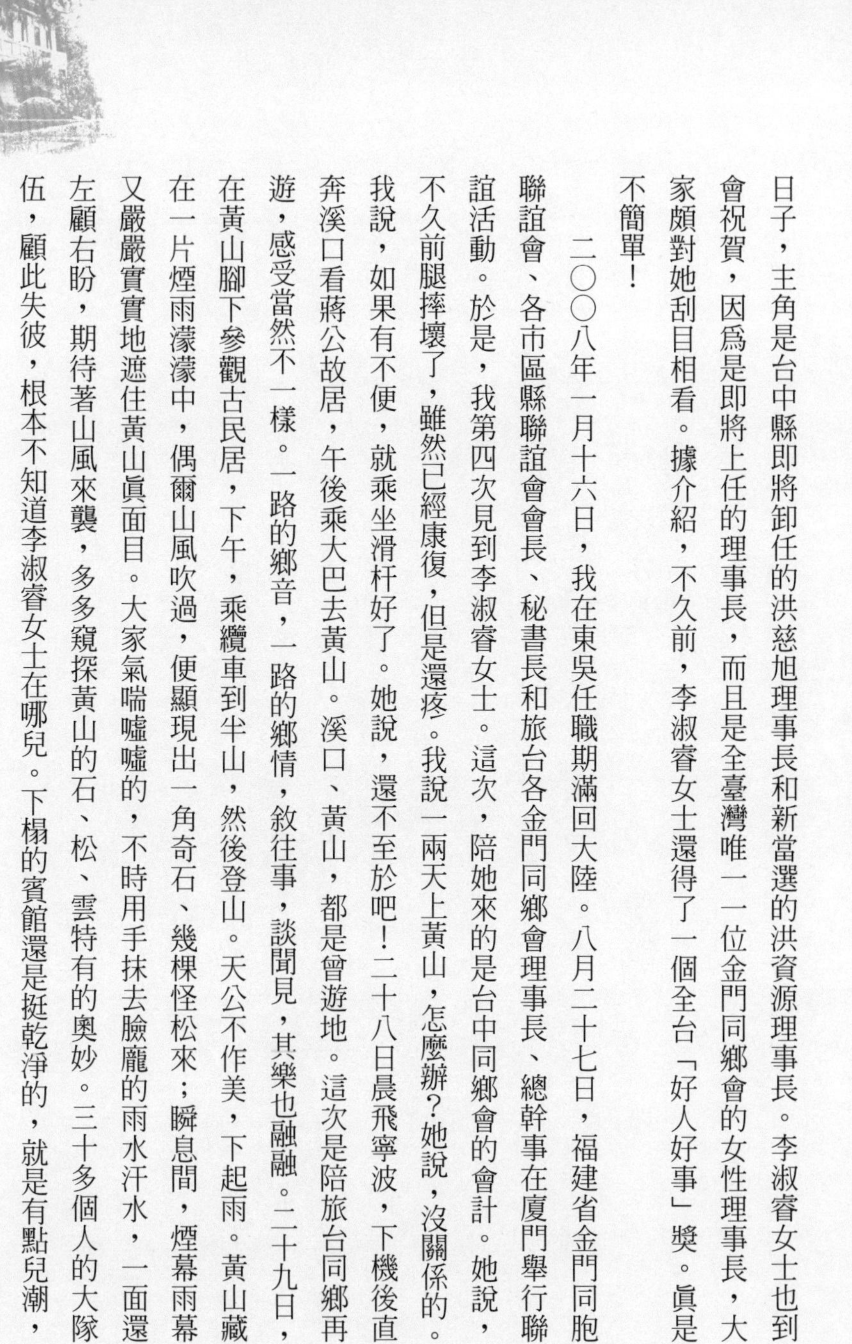

日子，主角是台中縣即將卸任的洪慈旭理事長和新當選的洪資源理事長。李淑睿女士也到會祝賀，因爲是即將上任的理事長，而且是全臺灣唯一一位金門同鄉會的女性理事長，大家頗對她刮目相看。據介紹，不久前，李淑睿女士還得了一個全台「好人好事」獎。眞是不簡單！

二〇〇八年一月十六日，我在東吳任職期滿回大陸。八月二十七日，福建省金門同胞聯誼會、各市區縣聯誼會會長、秘書長和旅台各金門同鄉會理事長、總幹事在廈門舉行聯誼活動。於是，我第四次見到李淑睿女士。這次，陪她來的是台中同鄉會的會計。她說，不久前腿摔壞了，雖然已經康復，但是還疼。我說一兩天上黃山，怎麼辦？她說，沒關係的。我說，如果有不便，就乘坐滑杆好了。她說，還不至於吧！二十八日晨飛寧波，下機後直奔溪口看蔣公故居，午後乘大巴去黃山。溪口、黃山，都是曾遊地。這次是陪旅台同鄉再遊，感受當然不一樣。一路的鄉音，一路的鄉情，敘往事，談聞見，其樂也融融。二十九日，在黃山腳下參觀古民居，下午，乘纜車到半山，然後登山。天公不作美，下起雨。黃山藏在一片煙雨濛濛中，偶爾山風吹過，便顯現出一角奇石、幾棵怪松來；瞬息間，煙幕雨幕又嚴嚴實實地遮住黃山眞面目。大家氣喘噓噓的，不時用手抹去臉龐的雨水汗水，一面還左顧右盼，期待著山風來襲，多多窺探黃山的石、松、雲特有的奧妙。三十多個人的大隊伍，顧此失彼，根本不知道李淑睿女士在哪兒。下榻的賓館還是挺乾淨的，就是有點兒潮，沒辦法呀，到處是雲，到處是霧。

第二天從另一條路下山。我和將軍出身的許乃銓局長等人跑得快，多上了一處景點——光明頂。在折回的路上碰上淑睿女士，她的會計和她走散了。淑睿女士背了一個包，有些艱難。我問她：你的腿怎樣了，要不要叫滑杆？她說，還行，慢慢走。於是，我幫她背了雙肩包。我責怪自己的粗心，怎麼不早點給她一點幫助？淑睿女士一下輕鬆起來，話也稍稍多了。她說：「我還是能吃苦的。」我知道她行銷化妝品，而且事業做得不錯。她說：「你不知道，我開始做是很苦的，有一次幾乎絕望。當我從絕望醒來，堅定地對自己說：一定不能倒下去，一定要堅強。女人，做事業是很困難的，但是經歷了絕望，我什麼都不怕了。每天早早起來，很晚睡覺。睡覺之前都要先規劃好，第二天要做什麼事，怎麼做，事先想好。」對了！淑睿女士在操辦同鄉會換屆時便是如此，先做好規劃，有條不紊，一絲不苟。金門人大多是堅強的，我們的祖先，或下海捕魚，或到內陸討生活，或過臺灣，或下南洋，千辛萬苦，但是金門人從來沒有倒下。從淑睿女士的經歷，我看到了金門人精神在她身上的再現！隨便說一句，那天煙雨中登黃山，沒有一個人坐滑杆，即便是年紀較長的許丕華先生。快到纜車站了，淑睿女士見到了她的會計，我把雙肩包交給她，她高高興興地和會計下山了。三十日，大家到了杭州，三十一日上午雨中游西湖。下午，大隊人馬搭飛機回廈門，因為第二天是九月一日，學校開學了，我必須趕回，所以和大家不在一個班機，直接

飛回福州了。淑睿女士說，她已接任了台中市同鄉會理事長，希望我能爲會刊寫一篇文章。我爽快答應了。

我不是健忘，而是不知道寫什麼好，就這樣，一拖就是半年多。今年五月七日，福建省金門同胞聯誼會、各市區縣聯誼會會長、秘書長和旅台各金門同鄉會理事長、總幹事在金門舉行聯誼活動。這是我和淑睿女士第五次見面。她說，你的文章呢？弄得我很不好意思。我說你給我一個郵箱吧，寫好了，發給你。中午，旅台同鄉會宴請，酒酣耳熱，曲終人將散，短暫的相聚之後又將各奔海東海西。各式各樣的組合，閃光燈接二連三亮起。輪到我和淑睿女士合影，她說她是大姐。我佩服她，女士能說自己年歲「大」，本身就是不簡單。一旁知根知底裏的同鄉只是竊笑。她說，那你說說幾年次。我說，我說出來，你可別驚怪是哪個山頭跑出來的老妖。大笑。她的大姐沒當成，倒是我當了一回大哥。大家盡歡！我對淑睿女士說，我趕快把文章寫好（遺憾得很，這次金門之行的照片不小心被我刪掉了）。

十月，我有東海大學之行，再去看你！

二〇〇九年六月十二日

【附錄】

四、顏立水與《金同集》

同安建縣之前，金門屬晉江。同安建縣至民初，現在的廈門（含集美、灌口）、翔安以及金門，都隸屬于同安。現在，集美、同安、翔安，都是廈門市的一個區，金門則是一個福建省的建置縣。行政區域的沿革，是歷史地理學的研究對像之一。諺語說「無金不成銀」，「無金不成同」，是說銀城（同安別稱）、同（銅）城離不開金門，也就說同安與金門歷史上密不可分。由於歷史的淵源，即使金門建縣之後，金、同的聯繫依然緊密。我一直在想，維繫金、同緊密聯繫的，固然有各種各樣的「緣」，但最重要的是「地緣」，以及與地緣密不可分的行政沿續關係，其他各種「緣」，五緣也好，八緣也好，甚至是十緣，都是由此派生出來的。金、同阻隔數十年，但是，自然的地緣力是不會因人事的阻隔而消歇的，歷史上行政沿續的無形之力也是短時期內難以消除的（數十年，在千年的歷史長河中是很短暫的）。

《金門學叢刊》已出版三輯三十冊，這三十部著作研究了金門的方方面面，有很高的史料價值和學術價值。其中兩部，則與其餘二十八部略略不同，一部是顏立水的《金門與同安》，另一部是吳培暉的《金門澎湖聚落》（均爲第二輯，金門縣政府，一九九八年版），這兩部著作雖然與其餘各部一樣，研究都立足于金門，但前一部則追溯金門與其原母縣同安的淵源，後一部更探尋了金門人向澎湖遷徙的軌跡。這兩部書的編入，反映編者深邃的見識與開闊的視野，也更使《金門學叢刊》更爲飽滿。

《金門與同安》一書，在《叢書》的三十部著作中，最爲特別之處在於，顏立水是所有作者中惟一一位居位在大陸的學者。初讀此書，翻開作者簡介，有些驚訝：顏立水，筆名岩立，祖籍金門賢厝。歷任同安縣文化局局長、同安縣文物管理委員會副主任、同安縣宗教局局長。書前有時任廈門文化局局長彭一萬先生作的序，書後有作者寫的跋，根據這些材料，我才知道，顏立水多年來在《金門日報》發表了數十、上百篇有關金、同的文章，是研究金門、同安地方文史、風土民俗的專家。或許是這一原因，引起《叢書》總編輯楊樹清先生的注意，楊先生請時爲福建省金門同胞聯誼會會長的許文辛先生傳達了邀稿的雅意。《金門與同安》一書的撰寫經過和列入《金門學叢書》的經過大約如此。

顏立水一九六七年畢業于廈門大學中文系，這樣算來，他與我在廈門一中讀書時的學長陳慧英、林斌龍、曾時新是同屆同學了。陳是著名的作家，林後來在一家報社任要職，曾未畢業就被有關部分抽調走了。自讀了《金門與同安》一書之後，一直想會會作者，同時向他請教同安文獻、文物的問題。

二〇〇五年八月二十四日，廈門市金門同胞聯誼會常務副會長許伯欽先生發來傳真，說金門縣寫作協會楊理事長清國先生一行，將於二十六日上午抵廈，當日下午赴同安，二十七日在同安舊政協大樓舉行《金門縣寫作協會赴同安讀書會與交流活動》開班式，楊理事長特邀請我參加。細看讀書會交流活動日程表，楊先生一行赴同所讀之書是顏立水的《金同集》，顏還將爲寫作協會會員們作導讀。我立即請辦公室的同志給伯欽打電話，說一定去。

二十六日晚邊，驅車趕到同安梵天寺與寫作協會的同仁會合。協會會員來了九位，楊清國先生是新一屆的理事長，洪春柳、王先正等位，都是在金門見過的老朋友了。寫作協會中，還有一位很活躍的陳延宗，《金同集》的序就是他作的；延宗見過的次數最多，因爲忙於編務，未能隨團而來。顏立水親自導遊，一石一龕，如數家珍。天色漸漸黑，突然想起韓愈「山石犖确行徑微，黃昏到寺蝙蝠飛」（《山石》）的句子來，並講解給隨我同來的研究生。我兩次黃昏過古寺，前一次是二〇〇一年前六月，與李梅等遊建甌光孝寺。薄暮，江雨橫空，寺院空曠，全不見遊人蹤痕，殘牆斷垣，饑雀蹦上跳下，至今印象良深。而此行

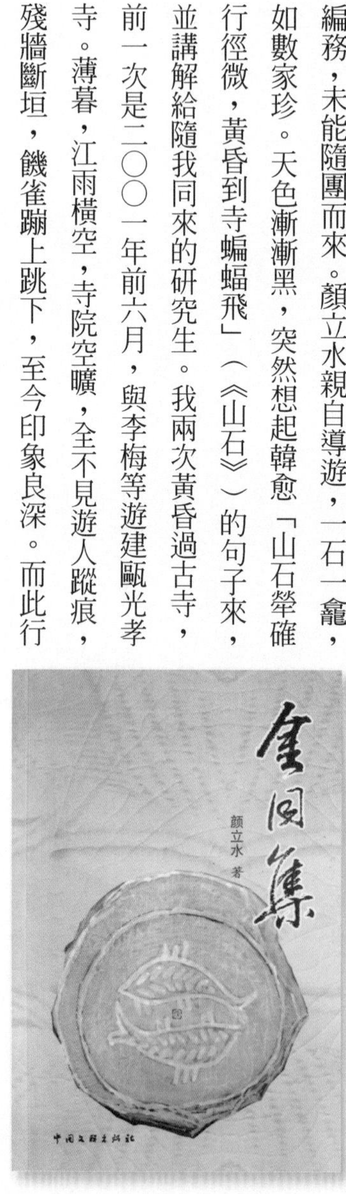

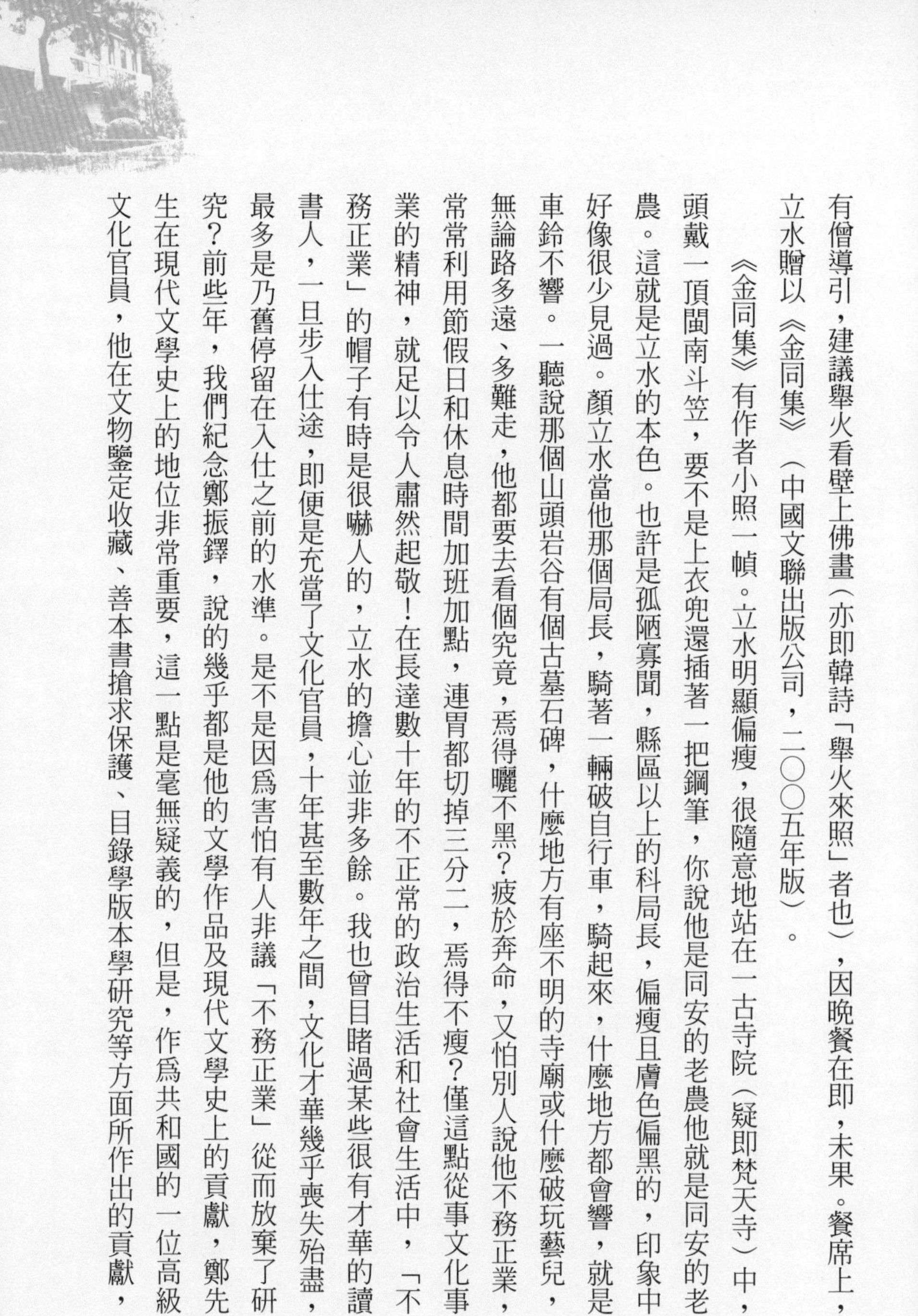

有僧導引，建議舉火看壁上佛畫（亦即韓詩「舉火來照」者也），因晚餐在即，未果。餐席上，立水贈以《金同集》（中國文聯出版公司，二〇〇五年版）。

《金同集》有作者小照一幀。立水明顯偏瘦，很隨意地站在一古寺院（疑即梵天寺）中，頭戴一頂閩南斗笠，要不是上衣兜還插著一把鋼筆，你說他是同安的老農他就是同安的老農。這就是立水的本色。也許是孤陋寡聞，縣區以上的科局長，偏瘦且膚色偏黑的，印象中好像很少見過。顏立水當他那個局長，騎著一輛破自行車，騎起來，什麼地方都會響，就是車鈴不響。一聽說那個山頭岩谷有個古墓石碑，什麼地方有座不明的寺廟或什麼破玩藝兒，無論路多遠、多難走，他都要去看個究竟，焉得曬不黑？疲於奔命，又怕別人說他不務正業，常常利用節假日和休息時間加班加點，連胃都切掉三分二，焉得不瘦？僅這點從事文化事業的精神，就足以令人肅然起敬！在長達數十年的不正常的政治生活和社會生活中，「不務正業」的帽子有時是很嚇人的，立水的擔心並非多餘。我也曾目睹過某些很有才華的讀書人，一旦步入仕途，即便是充當了文化官員，十年甚至數年之間，文化才華幾乎喪失殆盡，最多是乃舊停留在入仕之前的水準。是不是因爲害怕有人非議「不務正業」從而放棄了研究？前些年，我們紀念鄭振鐸，說的幾乎都是他的文學作品及現代文學史上的貢獻，鄭先生在現代文學史上的地位非常重要，這一點是毫無疑義的，但是，作爲共和國的一位高級文化官員，他在文物鑒定收藏、善本書搶求保護、目錄學版本學研究等方面所作出的貢獻，則是近數十年來少有學者能同他比擬的。難道鄭先生做的這些工作，也是「不務正業」？

是夜，讀《金同集》，頗為感動，因此也稍稍不平靜。第二天，我在會上發言，對《金同集》基本評價是：顏立水的成果即使是放在大學教授中，也一點不遜色。立水的數十年的研究，已自成系列和特色，他長年以同安、金門的文史、文物及民俗為研究對像，研究的成果集中，已經形成系列；兩岸學者談起金、同的研究，沒有人不知交顏立水的，故先有《金門學叢書》的邀稿，後有學作協會同仁來同安讀他的《金同集》。顏立水文學的基礎扎實，從他的成果看，又廣泛地涉獵到考古學、宗教學、民俗學、譜諜學、方志學和方言學等各個專業領域。顏立水的治學又是嚴謹的，他的論著不尙空談，重實證，尤其是重第一手材料。二十世紀初，王國維先生在談到研究方法時，提出既要重視地面的文獻材料，又要重視地下的、亦即考古發現的材料的觀點。立水運用的第一手材料，有時就是他親手從地下挖找出來的碑銘，如果這些碑銘不經他的發現，也許從此湮滅；而這些碑銘的發現，又是他研究的、重未有人用過的第一手使用的原始材料。他對材料的掌握達到了相當嫻熟的地步，看他的論文，在論述一個觀點的時候，所引證的材料常常不是一條兩條，有時會達到十條八條之多。立水的研究，有一些是別人未曾做過的拓荒性的工作，例如對明代詩人蔡獻臣（名列《靜志居詩話》）四代人的研究等等。當然，立水的研究與「學院派」也稍有不同，他的研究非常注重鄉土，注重實際。大學和科研機構的某些文史工作者，不太願意去關心

縣區的文物文獻，甚至覺得研究縣區的文物文獻似乎低了一個層次，研究要瞄准「大家」、大課題，似乎研究縣區文物文獻是「小兒科」。我以爲，立水的成功就是不去理會這些，他的腳踏實地，不僅爲地方發現並保護了一批文物文獻，而且憑藉他那淵博的方志、譜諜的專門知識爲海外朋友的尋根、尋找親屬做出了實實在在的貢獻。

立水已經退休兩三年了，他說，現在終於可務正業了。聽了這話，似乎是應該爲他高興，但不知爲什麼，我卻覺得些些的辛酸。是夜，我和我的學生到他寓所看他，因拆遷，他住在過渡房，很簡陋。立水知道我想看看幾方碑銘，又贈我舊著《冬耕集》（鷺江出版社，一九九六年版。從《冬耕集》，我還知道，更早他還出版過《秋實集》，並文編過一些民間文學的著作）。明天，我就要離帶著《金同集》和《冬耕集》離開同安了，我握著他的手說，過些時侯，還要來同安向你請教，還要請你帶我去看金門人蔡復一的故居，看金門人蔡獻臣的墓廬。多保重！

二〇〇五年九月七日

【附錄】

五、《金門洪景星先生墓誌銘》書後

洪植城先生出《金門洪景星先生墓誌銘》拓本，言：「景星，曾祖也」。《墓誌銘》直書、繁體，多僻字、俗字，不易識，植城先生囑予改爲簡體、橫寫，並加標點。植城先生家金門烈嶼，與余同縣同鄉，故欣然應命。

《金門洪景星先生墓誌銘》，陳衍撰文，侯官林韡移書丹，閩縣林石廬篆蓋，閩縣林清卿刊石。陳衍（一八五六－一九三七），字叔伊，號石遺，晚稱石遺老人。侯官（今福州）人，晚近同光體閩派之魁首，著有《石遺室詩集》、《石遺室文集》等十數種。石遺老人與洪景星先生年相若，有深交，景星沒，故爲之撰銘文。

洪天賞，字景星，生於清咸豐九年己未（一八五九），卒於民國十九年庚午（一九三〇）。銘文作於天賞卒後次年，即一九三一年。洪氏世居金門烈嶼，營航業。家道中落，天賞父中年棄世，天賞尚在孩童之年，遂隨世父移居省垣福州，至鬻餺飥爲生。稍長，重操祖業，遠至山東、華北、東北。久之，輪船日興，帆船日替，轉爲茶葉製作和貿易，海上遇險，九死一生，而歲獲奇盈。樂濟善施，茶廠員工達數百人之多。烈嶼洪氏，世代繁衍于生存環境險惡之小島，靠海吃海，出海營生，頗具拼搏冒險之精神，且相商機而能應變，艱難創業，百折不撓，金門人習性如是。

《金門洪景星先生墓誌銘》一文，《石遺室文集》不載，此佚文的發現，當補入。然《石遺室文集》四集有《書洪天賞事》，文云：

洪君天賞。金門烈嶼人。世營航業。寖有蓋藏。翦然傾覆於洪濤。家中落。戮力再造。回翔燕、齊、遼、瀋間。久之。改營茶業。矢言獲奇贏。歲擢若干算。以襄義舉。垂三十年如一日。私計刊書勸善。何以能傳萬本也。製藥施濟，何以能達四方也。出口茶，歲千萬箱，箱虱二物，則不脛而走矣。乙丑七月以數艘載茶上海舶。中途颶風起。一艘遂至垂沒矣。力疾搬卸。甫畢而艘沈。值八千餘金無一損者。論者以爲微箱內善書善藥之關係。不及此。其年十月匪軍踞南港。九十餘鄉糜爛。遺黎塗炭。救濟會起。君遽捐巨金。以爲兵災天下之至痛也。君字景星。今年七十。子心廣。能恢父業而體父志。書之以爲好行其德者勸。（陳步編《陳石遺集．石遺文集》四集，六六二－六六三頁，福建人民出版社二〇〇一年版）

此文云「今年七十」，天賞卒於一九三〇年，年七十二，則文作於一九二八年。陳衍作此文，天賞已垂暮，故于營茶業、施善諸事，亦述之頗詳，足見書事爲稍晚陳氏撰銘文之礎基。然書事無洪氏家世譜系及天賞遷徙省垣諸事，而詳于銘文。書事「乙丑七月」，銘文改爲「乙丑六月」，銘文後出，訂正前文，當以銘文爲是。

天賞子心廣，孫七：汝端、汝方、汝正、汝直、汝嶼、汝青、汝岐。前四者，取爲人當端方正直。嶼，烈嶼也；青岐，烈嶼一地名，洪氏祖居地。警示後人時時不忘鄉梓。植城先生謂余曰：心廣十子，長早夭，依次即銘文汝端七人。天賞卒於一九三〇年，汝岐後，又有汝康，生於一九三七年，現居永安；汝康後又有汝寧，生於一九四〇年，現居福州。陳衍老人卒于一九三七年，故未及見汝康、汝寧之生。汝甯者，原福建省金門同胞聯誼會副秘長、福州市金門同胞聯誼會副會長也；一九八五年，福建省金門同胞聯誼會成立，汝寧爲十七發起者之一。汝甯子植錦，福州市政協委員、福州市金門同胞聯誼會副秘書長。

植城，天賞之曾孫，心廣之孫，汝方之子，原供職于福州市商業局，原福州市金門同胞聯誼會理事，年屆八十，神情钁鑠；子輝益，福建省金門同胞聯誼會常務理事、福州市金門同胞聯誼會會長。

金門烈嶼，與植城先生同宗之洪必照、洪楷孕後人尚健否？

二〇〇六年二月十九日

金門洪景星先生墓誌銘

侯官陳　衍撰文
侯官林韓栘書丹
閩縣林石廬篆蓋

漳、泉人善懋遷阜財，島居者尤夥頤。金門洪景星先生，則律于史遷《貨殖傳》中人而無愧色。先生諱天賞，世居縣之烈嶼。曾祖諱必照，祖諱楷孕，操航業，資轉運，寖有蓋藏矣。翦焉，傾覆浡潏洪濤中，家用蕩析。考耀尊公中年棄世，先生方齠齔，妣馮宜人，劬勞撫育，顧貧無立錐地。世父耀尊公挈底省垣，至鬻餺飥爲活，困可知也。稍長，戮力理舊業，回翔燕、齊、遼、瀋間。久之，長船務，運業蒸蒸日上矣。乃光緒中，輸紙至牛莊，値日俄構兵，物價一落千丈，先生首決脫貨，未甚折閱也。不旋踵，諧價者求解約，願賄多金，峻卻之。乃貨主郵書咎專擅，先生終不獲諒，遂慨然休職，惟與舶商通有無。又久之，輪船日興，帆船日替。先生曰：「昔白圭有言：『智者不足以權變，勇不足以決斷，非吾術也。』茶葉，吾山國產，改營茲業焉。可既得勢，饒益則出。」矢言曰：「陶朱公三致千金，分散貧交，疏昆弟。吾歲獲奇盈，定擢若干算以襄義舉。」於是南郡公學，悅頤堂敬節，廈島建祠，或獨任，或倡捐，其他茲善不可枚舉。垂三十年如一日。嘗計刊書勸善，奚以傳萬本也；制藥濟急，何以達四方也。出口茶，歲萬箱，箱虱二物，則不脛而走矣。歲乙丑六月，命數艘載茶登海舶，一艘遭巨風，遂至垂沒矣。力疾般卸，甫畢，而艘沈，値萬金而無一損者。先是，嘗航海返裏中，途觸礁。同舟胥罹厄，先生無恙，論者以爲皆行道有福雲。歲在上章敦牂，月建巳，癸醜日，疾終台江寓廬，春秋七十有二。其明年逮寅之月，配陳宜人複疾終內寢。宜人善事威姑，舉一男二女，卒躬乳哺。撫兄公遺孤如己子。備極室勞，賙恤饑寒也。防力薄因濫以漏，常遣謹願仆嫗密察裏巷，眞無告者。茶廠工作恒數百人，中多婦女，慰勞殷勤，暇則諄諄以講婦道。男心廣，訓飭必嚴，曰：「獨子姑息，不啻無也。遺以金不如遺以德。」心廣用能早恢父業而繼父志。女，長適蔣，次適趙。孫七：汝端、汝芳、汝正、汝直、汝嶼、汝青、汝岐。孫女、曾孫、曾孫女各二，亦以盛矣！心廣將卜葬先生于高蓋李厝山之陽，宜人附焉。以衍知深，乞爲銘，銘曰：「趨時觀變猛而鷙，前沈後揚足扶義。江神海若斂恣肆，蒙褫咨齎紛涕泗。俾爾繩繩毋失墜，既佚既息安此隧。」

閩縣林清卿刊石

後記

遲不遲，早不早，樹清兄兩次安排我到蘭台拜會盧社長，一次是在離台前一天，一次是在當天。當然，也不能怪樹清兄，只能怪自己行程安排太滿。二〇〇八年一月十七日，樹清兄給我一個開封街的地址和方位，是我自己乘了捷運去的；最近一次，即二〇一一年三月二十二日，是博士班施志勝等同學陪我去的。志勝和盧社長談出版《翻轉中的金門》一書之事，靈機一動，我想，我這本書何不也放在蘭台出版？只是當時金門縣文化局的出版補助尚無著落，暫時不便說出而已。

感謝金門縣文化局，出版補助很快有了著落。按照補助條例，著作出版之後，必須遞交文化局樣書若干。兩岸有不少朋友都很關心本書的出版，因此我還得多要點樣書。兩者相加，數量不小。我對社長說了想法，社長毫不思索地說，那是沒問題的。書稿發過去之後，很快就排了版，版式有豎、橫兩種，由我決定。我挑了豎版。

盧社長還發來郵件，說書名《東吳手記》，不太能彰明全書的內容，同時也缺少「張力」。當初陸續發表這組文字，爲方便記錄篇次起見，加了個副標題「東吳手記」之一、之二……既然是結集出書，重新考慮書名，確實也有必要。書中三十篇文，題目比較有張力的，恐怕只有《羅莎我的野蠻舞伴》這一篇了。我想，如果把這個標題移來作書名，再用「東吳大學散記」作副標題，不知道可以不可以？三十篇文章，所記的都是在東吳客座的經歷、都是在東吳的所聞所見，只有極少數是借題發揮的。東吳客座的經歷，所聞所見不少，但是印象最深，最貼近自然的一件事，卻是颱風柯羅莎的襲來：摧山倒海，大樹腰折，伴隨大雨灌注，溪水陡然暴漲。東南沿海，每年都有颱風，司空見慣，颱風一到，大多躲在樓房中，最狼狽的一次，也不過是待在汽車裡，從來未曾與之正面「肉博」，因此也從來沒有過如此的「興奮」，也沒有過如此的「張力」。當然，如果下一次我再到臺灣「客座」，還是不要再碰上野蠻的「柯羅莎」們爲好，雖然當時沒有絲毫的恐懼，可是事情過後，卻不免有一點點的後怕。

這本書的出版，得到金門多位朋友的幫助。作家陳長慶先生爲本書作了序，另一位作家黃振良先生，提供了我和長慶先生的合影。振良先生也是老朋友了，我計畫出版的的另一本書《師友贈書錄》有與他交往的描述。博士生葉鈞培、陳炳容、呂成發等一直關心此書的出版，特別是鈞培，協助我向金門縣文化局提出補助的申請，列印文稿，聯絡出版社，聯絡長慶先生、振良先生，出力尤多。美術編輯nini，無論是封面還是內文和圖片，設計都非常用心，如果讀者能喜歡這本書，還應該感謝nini！

又到了一年最炎熱的時節。每年的六月底到八月，無公文勞神，少賓客來往，可以集中

精力讀點書，寫一點小文章。很快樂！

二〇一一年六月十九日

諮詢過知情人士，說當時申請補助用的書名是《東吳手記》，如果出版時更改，可能造成不便。故本書書名乃用《東吳手記》不變。作者又及。

二〇一一年六月二十一日

國家圖書館出版品預行編目(CIP)資料

東吳手記 / 陳慶元著 -- 初版 --
臺北市：蘭臺出版社：2011.7
ISBN：978-986-623-123-0（平裝）

855 100013977

臺灣旅遊文學 1
東吳手記

作 者：陳慶元
封面設計：涵設
執行編輯：張加君
出 版 者：蘭臺出版社
電 話：8862-23311675
傳 真：8862-23826225
地 址：台北市中正區重慶南路1段121號8樓之14
贊助出版：金門縣文化局
地 址：893金門縣金城鎮環島北路66號
網 址：http://www.kmccc.edu.tw
電 話：(082)328-638
傳 真：(082)320-431
E—MAIL：books5w@gmail.com或books5w@yahoo.com.tw
網路書店：http://store.pchome.com.tw/yesbooks/
博客來網路書店、華文網路書店、三民書局
總 經 銷：成信文化事業股份有限公司
劃撥戶名：蘭臺出版社 帳號：18995335
香港代理：香港聯合零售有限公司
地 址：香港新界大蒲汀麗路36號中華商務印刷大樓
C&C Building, 36,Ting, Lai, Road, Tai,Po, New,Territories
電 話：(852)2150-2100 傳真：(852)2356-0735
出版日期：2011年7月 初版
定 價：新臺幣380元整（平裝）
ISBN：978-986-623-123-0

行政院新聞局登記證局版台業字第0105號